나는 한밤중에도 깨어있고 싶다

나는 한밤중에도 깨어있고 싶다

노량진 젓갈 할머니에서
대학교 장학회 이사장이 되기까지

유양선 자전 에세이

징검다리

차례

책머리에

새벽 4시

나는 잠에서 깨어나 노량진 수산 시장으로 갈 채비를 한다. 겨울이 다가오면서 거칠게 트기 시작한 얼굴에 맨 물로 세수를 하고 천일염 소금으로 이를 닦는다.

나를 노랑 아가씨로 불리게 해 준 노란색 유니폼을 입고, 이제는 나 라는 사람보다 더 나를 알아봐 주는, 나에게는 나의 분신과도 같은 20년이 넘은 앞치마를 걸치고 나면 시장으로 갈 채비는 끝이 난다.

집에서 나와 시장까지 걷자면 20분이 넘게 걸린다. 그 거리를 장사를 시작하면서 걷기 시작했으니 이제는 습관이 되어서 아침마다 운동 삼아 시장까지 걸어간다.

내가 시장으로 들어가 장사할 채비를 하기 시작하면 얼마 있지 않아 시장 통 안에 매달린 전구불에 하나둘씩 불이 켜지기 시작한다. 사람들의 웅성거림이 들리기 시작하고 한 무리의 손님들이 비린내가 풍기는 시장 좁은 길목을 따라 밀물 빠지듯 밀려오기 시작하면 나의 하루는 그렇게 시작이 된다.

요즘은 김장철이라 1년 365일 중에 가장 바쁜 시기이다. 오랫동안 삭혀 두었던 젓갈이 이제야 제맛을 뽐낼 시기를 찾은

7

것이다.

옛말에 '앞으로 오는 세월 몽둥이로 막았더니 세월이 뒤로 와서 흰머리를 심어 놓았다' 라는 말이 있다.

어느덧 젓갈 장사를 시작한지도 30년이 가까워 오고있다. 세월이 나를 지난 것인지 세월 속으로 내가 들어간 것인지 참으로 덧없이 많은 세월이 흘렀다.

하고 싶었던 일들도 참 많았었는데 주름이 가득 찬 얼굴을 보고 있으면 인생이 참으로 잠깐이구나 싶어진다.

나를 낳아주신 부모님도 돌아가시고 시댁 어른들도 남편도 이제 모두 이 세상 사람이 아니다.

어렵고 모진 세월을 살면서 많이도 힘들어하고 억척스럽게 돈도 모아봤지만 세상을 살아간다는 것이, 인생이 무엇인지 나는 아직도 잘 모르는 것 같다. 하기사 인생을 다 살지 않았으니 인생이 무엇이라고 말할 수도 없는 일이다.

장사를 하다가 손님이 뜸한 시간에 나는 검은 비닐 안에서 아이들이 내게 보내온 편지를 읽는다.

주로 내가 책을 보내줬거나, 장학금을 보내주었던 아이들이 보낸 편지들이다.

편지를 읽고 있으면 연필심이 꾹꾹 눌린 자국들이 보인다. 초등학생들이 보낸 편지들이 대부분 그러하고 재활원 아이들이 보낸 편지들이 그러하다.

그 고사리 만한 손으로 나에게 편지를 쓰겠다고 애쓴 흔적들이 보일 때면 그렇게 고마울 수가 없다.

재활원 아이들은 발음도, 몸짓도, 연필을 잡을 때도 그 모양이 올바르지를 않다. 편지 한 장을 쓰려면 많이 힘들었을 텐데도 아이들은 나를 잊지 않고 편지를 보내준다. 그런 편지들이 모여 지금은 숫자를 다 헤아려 볼 수 없을 정도로 많다. 지금은 그 편지들이 나의 인생이 되었고 삶이 되었다.

시간이 날 때마다 아이들이 보내온 편지를 읽고 있으면 세월이 무상하다느니, 인생이 허무하다느니 그런 생각들은 아이들의 편지를 펼쳐보는 순간 모두 날아가 버린다.

내가 하지 못한 공부, 우리 순애가 하지 못했던 공부를 세상의 소외된 아이들에게 나누어 주고 싶었다.

나는 기꺼이 이 세상에 소외된 아이들의 어머니가 되고 싶었고, 배우지 못하는 서러움, 배우지 못했기 때문에 받는 서러움을 그 아이들에게까지 주고 싶지 않았다.

재활원을 방문하기 시작하면서 고아원과 재활원 수가 많다는 사실을 알게 되었고 그 모든 아이들을 내 팔 가득 안아 줄 수 없음이 가슴 아팠다.

세상의 어두운 곳, 소외되어진 곳, 고통으로 아파하는 곳에 미력한 나의 힘이 도움이 되길 원했지만 뒤돌아보니 미처 하지 못한 일들이 참으로 많이 남아 있었다.

가진 자와 가지지 못한 자, 그 불균등한 관계를 가진 자가 먼저 나서서 이 세상을 균형있게 발전시켜주었으면 좋겠다.

나는 어두운 한 밤 중에도 깨어 있고 싶다.

세상에는 그런 마음으로 어려운 이들에게 봉사하며 사는 선인들이 많다.

이제는 한 밤중에도 깨어 있을 수 있는 사람이 우리 모두가 되기를 진심으로 바란다.

2002년 12월

유양선

젊었을 적 모습

뒤뜰정원, 왼쪽에서 두 번째

자운영 꽃 옆에서, 왼쪽에서 세 번째

 # 유년 시절에 대한 기억

나는 1933년 충남 서산에서 평범한 농부의 5남매 중 막내로 태어났다. 내가 태어난 시기는 왜정 시대로 한참 격동의 시기였고 무척이나 변화가 빠른 시기였다.

일본은 조선을 식민지로 지배하면서 한국인의 정신과, 한국인의 문화의식을 소멸시키기 위해 한국어 말살정책을 시작했다. 강제로 조선말을 쓰지 못하게 하고 일본말을 배우게 했다.

나는 7살이 되자 일본말을 배우기 위해 강습소에 다녀야만 했다. 내 이름은 류양선이었지만 일본인의 창시개명 정책에 의해 '야나무라 요젱' 이라 지어졌고 사람들은 나를 '야나무라 쨩' 이라고 불렀다.

지조 있는 사람들은 시대에 불응하여 일본인이 세운 학교에
아이들을 보내지 않았다. 그래서인지 강습소도 서당도 다니지
못한 아이들은 까막눈이 되었다. 그런 중에도 내가 강습소에
도 다니고 초등학교까지 다닐 수 있었던 것은 여성의 사회활
동이 많지 않았던 시대였지만 그나마 사회활동이 활발했던 어
머니 덕분이었다.

　내가 태어나기 10여 년 전을 전후하여 일본 유학에서 돌아
온 유명한 신여성들이 있었다. 김일엽, 나혜석, 김활란 이 대
표적인 여성들이다. 그들은 일찌감치 개화에 눈이 뜨여 시대
를 앞서 살아간 여성들이었다.

　나는 그들의 추문보다는 그 여성들이 습득한 근대적 지식과
남녀자유 평등사상을 동경했다.농부의 자식으로 태어나 농촌
에서의 끝없는 일과 고된 나날들로 인해 끓어오르는 학구열을
참아야 했던 나에게 그들의 인생은 동경의 대상이었으며 나의
이상이기도 했다.

　신여성들의 공통적인 생각은 여자도 배워야 하며 지식을 쌓
아야 남녀평등을 이룰 수 있다는 것이었다. 그들이 추구한 자
유연애도 바로 남녀평등에 기반을 둔 것이었다. 내가 내 의사
와는 상관없이 집에서 정해준 정혼자와 마음에도 없는 결혼을
하여 평생을 속 태우며 살았던 것을 생각하면 '자유연애'라는
것은 아주 설득력 있게 내 가슴에 와 닿는 말이었다.

　그 시대는 격동의 시대였고 모든 것이 빠르게 변하고 있었

지만, 농촌은 한없이 느리게 움직였고 우리 집과 아버지는 조선시대에서 한 치도 벗어나지 못한 채 그대로 과거에 머물러 있었다.

내가 태어나기 훨씬 전 단발령이 내렸으므로 그 시절 남자들은 단발 커트를 하고 있었다. 그래서 인지 아버지가 상투 트는 모습을 본 적은 없었지만 아버지는 외출할 때나 중요한 일이 있을 때 선비처럼 의관을 쓰고 도포를 입으셨다.

아버지에게 농사를 짓는 일이 천직인지, 천성인지 모르지만 농사짓는 일에 욕심이 많은 분이셨다. 술도 꽤 드시는 편이었고 시조도 하셨던 것을 보면 한량 기질이 있으셨던 것도 같다.

시대는 바뀌었어도 조선시대 관습에 머물러 있었던 아버지는 여자는 남자보다 아래에 있어야 하고 남자만큼 일도 잘해야 하며 가정살림 잘 배워서 농사 많이 짓는 집으로 시집 가 그 집안의 대를 이어주며 한평생 사는 것이 여자의 길이라고 생각하셨다. 그래서 여성이 공부하는 것을 좋게 생각하지 않으셨다.

'임금님 딸도 도리깨질을 배우고 시집가야 한다. 여자 셋이 모이면 접시 30개가 올라갔다 내려갔다 한다. 여자가 공부해서 대통령을 할거여 부통령을 할거여!' 라는 말씀을 늘 하셨다.

나는 아버지의 그 말씀에 반박을 하고 싶었지만 아버지의

15

위엄에 도전하는 것은 자식으로서, 그 시대의 여성으로서 생각조차 할 수 없는 일이었다. 때문에 나는 아버지의 생각대로 공부를 할 수 없었고 내 인생은 나의 의지와 상관없이, 어쩌면 어머니의 말처럼 팔자가 일러준 대로 살아왔는지 모른다.

내가 태어난 시대는 꽤 끔찍했다. 대부분의 여자들은 사람답게 살 권리도, 배울 권리도 없었다. 모두가 먹고사는 일을 해결하는 것이 공부보다 훨씬 절실했다. 여자들이 하는 일이라고는 하루 종일 소처럼 일하고 시집가서는 그 집안의 문서 없는 종이 되어 일하며 아들 낳아 대를 이어주어야 만이 여자로서의 인생의 의무를 다하는 것이었다. 무재주가 상팔자라느니, 여자의 재간은 집안을 망친다는 식의 말들이 빈번하던 시대였으니 끔찍했다고 밖에는 다른 표현이 없을 것 같다.

일본의 식민지로 살아야 했던 우리의 농부들과 그들의 가족들은 하루 먹고사는 일이 전쟁처럼 느껴지던 시대였다. 웬만한 부유층을 제외한 빈민들은 배고픔과 학대와 '조센징'이라는 멸시로 지쳐가고 있었으니 배움이 무엇인지 모르고 시대가 변하고 있는 것을 느끼지 못하는 저층민들은 앞서가는 시대에 맞춰나갈 수 없었을 것이다.

배움이 무엇인지 그 기반으로 나라가 부하고 흥할 수 있다는 것을 그 시대의 아버지들이 같이 깨닫고 동조할 수만 있었어도 그 시대를 살았던 나와 같은 사람들이 배고픔과 같은 학구열로 굶주리지는 않았을 것이다.

아버지는 내가 책을 보고 있으면 회초리 먼저 드셨다. 먹고 살기 위한 일들이 산처럼 쌓여 있는데 책을 붙들고 있는 나의 모습이 아버지에게 용서가 될 리 없었다. 밤이 늦도록 등잔불을 켜고 책을 보고 있으면 아버지의 호통은 문밖을 넘어 나에게로 전해졌다.

"기름 닳는다! 불 끄고 자라, 계집애가 그딴 쓸데없는 책은 왜 보고 있는거여!"

아버지의 호통이 끝나기가 무섭게 나를 거들어 주시는 어머니의 목소리가 문 밖에서 들려왔다.

"선이 바느질해요. 얼릉 자거라. 기름 닳는다."

나의 어머니는 마음이 넉넉하고 근대적인 분이셨다. 사회활동을 하셨던 탓도 있지만 어머니의 생각과 성품은 지금도 내가 존경하는 부분이다.

어린 시절 나는 공부를 반대하는 아버지의 학대 속에서도 배움에 대한 욕구가 아주 큰 아이였고, 어머니 또한 어느 정도는 여자도 가르침을 받아야 한다고 생각하신 분이셨다. 내게 배움에 대한 생각을 키워주신 분은 다름 아닌 어머니였다.

일제시대에는 많은 사람들이 굶기도 하며 어렵게 살던 시절이었지만, 내 고향은 산수 좋고 평야가 넓고 평화로운 곳이었다. 우리 집은 작은 땅이나마 가지고 있어서인지 남들에 비해 심하게 배를 곯지는 않았다.

나는 오남매 중 막내라 그나마 언니들이나 오빠들에게 귀여움을 받고 자란 편이었다. 내 기구했던 인생 전체를 두고 볼 때 어린 시절부터 초등학교를 다니던 몇 년 동안은 내 인생에서 가장 행복한 시기였다.

나의 어머니는 안동포와 누에치는 강습을 하러 동네 여기저기를 다니며 돈을 버셨다. 솜씨가 꼼꼼하고 야무져서 인근에서는 안동포 선생님으로 유명한 인사였다. 어머니는 음식솜씨도 좋아서 동네에 큰 일이 생기거나 잔치가 있으면 일손을 도우러 다니셨다. 어머니의 잦은 출타로 둘째 언니가 시집가기 전까지 어린 나를 업어 키웠다.

어머니가 길쌈을 떠나시면 어린 나를 등에 업은 둘째 언니는 어머니를 배웅한 뒤 집으로 돌아와 집안일을 했다. 해가 기울어도 돌아오지 않는 어머니를 기다리는 나는 언니 등에서 칭얼거리며 울기도 하고 오줌을 싸서 언니를 애먹였다.

"언냐? 나 배고파. 엄마 언제 와?"

"엄마 곧 오실 거다. 우리, 엄마 마중 나가자. 엄마 맞난 거 갖고 우리 선이 보고 싶어 뛰어 오고 계실 거여."

언니는 나를 업고 마을 어귀 우물가를 지나 방둑길을 걸어 시냇가까지 나갔다. 방둑길 너머에 있는 시냇가는 장마가 지면 건너지도 못하는 폭이 큰 물가였다. 으스름한 밤하늘에 쏟아질 듯 별이 박혀있고 밤나무들이 밤바람에 스치는 소리가 졸졸거리며 흐르는 시냇물 소리에 섞이어 들려오면 언니는 징검다리를 건널 때까지 칭얼거리는 내 궁둥이를 토닥거리고 달래며 어머니를 마중 나갔던 발걸음을 돌렸다.

"울지 말어. 조금만 기다리면 엄마 오실꺼여."

"언니야? 엄마 어디까지 오셨을까?"

"징검다리를 건너 탱자나무 울타리까지 오셨다."

언니와 나는 집으로 돌아와 노래를 부르듯 어머니가 지나는 장소를 읊으며 어머니가 돌아오시기를 기다렸다. 배에서는 꼬르륵 소리가 났고 입에서는 자꾸 군침이 돌았다. 마침내 개가 킁킁거리며 반가워 꼬리 치는 소리가 나면 우리는 바짝 긴장했다. 곧 어머니의 걸음 소리가 사립문 앞에서 자박자박 울려왔다. 우리는 방문을 열고 뛰어나가서 어머니의 손에 들린 함지박부터 바라보았다. 함지박 안에는 떡, 고기, 전 같은 맛있는 음식들이 가득 담겨져 있었다.

"어이구! 내 새끼들 잠 안 자고 기다렸구나!"

음식이 귀하던 시절에 아이들에게 그보다 더한 선물과 진수성찬은 없었다. 그 시절, 그 어렵던 시절에 맛보는 기름진 음식은 우리에게 가장 큰 기쁨이었다. 어머니의 옷에 잔뜩 배어 있는 음식냄새들이 하루 종일 종종거리며 일했을 어머니의 고단함과 같다는 것을 그때는 알지 못했다. 허겁거리며 함지박에 담긴 음식을 집어먹는 자식들을 바라보는 어머니의 눈빛에는 고단함이 없었다.

고단한 하루 일을 끝내고 집으로 돌아와 어머니의 사진을 바라보고 있노라면 그때 어머니의 그 눈빛이 떠올려진다. 그리고 뒤늦은 죄송함과 감사한 마음이 절로 눈물을 짓게 만든다. 그때 어머니는 우리에게 이렇게 말씀 하셨다.

"부잣집 옆에 있으면 먹을 게 있는 법이다. 사람은 큰 사람 덕을 보지만 나무는 큰 나무 덕을 못 본다. 너희도 큰 사람이 되어서 베풀고 살아라. 적선하며 살아야 한다. 지나가는 사람에게 물 한 그릇 대접하는 것도 적선이란다."

어머니는 그런 말씀을 자주 하시며 손수 모범을 보이셨다. 지금은 그런 거지들이 안 보이지만 내가 어렸을 때는 각설이춤에 꽹과리를 울리며 동네를 기웃거리는 거지 패들이 있었다. 혼자나 혹은 둘이서 무리를 지어 다녔다. 아마도 집집마다 밥 얻으러 다니는 거지들은 6. 25가 지나 1970년대까지 계속되지 않았나 싶다.

"밥 좀 주시유우——— 밥 좀 주슈———."

밥 달라고 외치는 거지의 목청이 대문 앞에서 우렁차게 퍼지면 밥상에 둘러앉아 밥을 먹던 우리 가족은 모두 자신의 밥그릇에서 한 숟가락씩 밥을 덜었다. 밥 뿐만 아니라 목판에 반찬 두세 가지를 덜고 물까지 준비해서 거지에게 가져다주었다.

"배고픈 설움이 제일이여. 뭣이든지 나누어 먹어야 하는 것이다. 지금처럼 어려운 시절일수록 더더욱. 그래야만이 서로 잘 살 수 있는 것이여."

어머니는 우리에게 혼자가 아닌 하나가 되어 사는 법을 가르쳐주신 분이셨다. 먹고사는 것이 중요한 어려운 시절을 살았던 그 시대의 어머니들은 가족과 자식이 우선이어야 했고 가난했기에 개인주의가 만연 할 수밖에 없었다. 그렇지만 나의 어머니는 물 한 그릇과 밥 한 숟가락이라도 어려운 사람에게 베풀어야 한다는 공동체 의식을 가진 분이셨다.

　우리 마을은 인심 좋고 평화로웠으며 뽕나무와 밤나무도 많아 아이들이 주워 먹을거리가 많았다. 가을에 밤송이가 쩍쩍 벌어지면 아이들이 밤나무 주변으로 모여들어 막대기로 나무를 힘껏 쳤다. 그러면 알밤이 주르르 쏟아졌고 그걸 앞 다투어 주웠다. 뽕나무에 열린 자주색 열매를 '오디'라고 불렀는데 새까맣게 익으면 아주 달콤했다. 마을에는 아주 큰 뽕나무밭이 있었는데 큰 뽕나무 아래서는 버섯이 났다. 아이들은 뽕나무에서 나는 열매도 먹고 버섯도 땄다.

　마을이 가장 아름다울 때는 봄이었다. 사람들은 보릿고개로 배를 움켜쥐어야 할 때였지만, 산과 들에서 풀과 나무의 새싹이 움트기 시작하는 경관은 참으로 아름다웠다. 보리와 마늘이 파랗게 자라나 마을 전체를 뒤덮고 처녀들은 나물을 캐러 들로 산으로 나왔다.

　나도 마을 처녀들과 함께 나물을 캐러 다녔다. 배는 다소 굶주려도 파란 하늘 아래 따사로운 바람을 맞으며 연록빛 들판에서 나물을 뜯는 일은 무척 즐거웠다. 한참동안 나물을 캐고 있으면 마을 처녀들 중 한 사람이 처녀들의 손에 들린 바구니를 둘러보며 말했다.

"누구 나물이 제일 많나?"

여기저기 둘러앉은 처녀들은 바구니에 담긴 나물 양을 비교해 보았다. 내 옆에서 나물을 뜯고 있던 한 처녀가 내 손에 들린 바구니에 담긴 나물을 보고 말했다.

"양선이가 제일 많이 캤구나!"

나는 처녀의 물음에는 대답도 없이 쑥 하나라도 더 캘 생각으로 언덕으로 올라갔다. 손이 닿지 않은 언덕이나 산으로 들어가면 좋은 나물들이 많기 때문이었다. 나는 무엇이든 부지런히 했다.

나는 일을 할 수 있는 나이가 되었을 때 부터 아버지의 채근하는 소리를 들어가며 일을 해야했다. 농촌의 일이라는 것이 농번기에는 쉴 틈이 없어서 서둘러 빨리 일을 끝내지 않으면 다음 날 두 배가 넘는 분량의 일을 감내해야 하고 밭에서 나는 모든 곡식들은 그 때와 시기를 맞추어야 했다. 그래서 몸에 밴 습관이 무슨 일이든 손에 잡으면 빨리, 서둘러, 많이 해야 했다.

언덕에 올라가 마을 아래를 내려다보면 조그만 초가집들이 이마를 맞댄 것처럼 옹기종기 늘어서 있었다. 부자 몇 집을 제외하고는 마을은 거의가 초가집이 대부분이었다. 내가 살았던 마을은 가난한 농촌이라 먹을 것이 많지 않고 힘든 일이 산재해 있는 곳이었지만 산 아래에서 내려다보는 마을의 모습은 평화롭고 아름다웠다. 산바람이 부는 언덕에 앉아 바구니에 수북이 쌓인 나물을 옆에 놓고 산 아래 마을을 바라보고 있으면 절로 부자가 된 듯한 착각에 행복해 하기도 했다.

서산은 평야가 넓은 곳이라 마을 주민 대부분의 생업이 농업이었지만, 바다와도 가까워 가끔 바다로 나가 어패류를 담아 오기도 했다. 나도 어린아이였을 때 사람들을 따라 양동이를 들고 바다로 몇 번 나간 기억이 있다. 그때는 한참 쌀조개가 풍성하던 시기였다. 쌀조개는 재첩 비슷하게 생긴 작은 조개인데 맛은 재첩과 바지락 맛 비슷하다.

갯벌에서 어느 정도 쌀조개를 캐면 갯벌에 모인 마을 사람들은 불을 피워 칼국수를 끓여 먹었다. 끓는 물에 쌀조개를 넣어 끓으면 부르르 거품이 넘쳐흐른다. 그때 얼른 솥뚜껑을 열고 주걱으로 휘휘 젓는다. 그러면 조개 알맹이가 위로 다 올라오는데 조개 알맹이는 조리로 건져내고 우려낸 조개껍질은 버린다. 그런 다음 우러난 조개 국물에 알맹이를 넣고 칼국수를 넣어 끓여 먹는 것인데 칼국수 위에 애호박을 채 썰어 들기름에 볶은 것과 잘 익은 열무김치를 얹어 먹으면 그 맛은 정말로 일품이었다.

더운 여름에는 모깃불을 피워 놓고 마당에 돗자리를 깔고 잠을 자기도 했다. 하늘의 총총한 별들과 노란 조각배 같은 달을 바라보며 아스라이 잠이 들때면 하루의 고단함은 사라지고 더 없는 행복함을 주었다.

하지만 여름은 여러 모로 괴로운 계절이었다. 무더운 날씨에다가 파리와 모기가 들끓었고 거름 악취가 여기저기서 심하게 풍겼다. 맹렬한 더위 때문에 닭 벼슬 같은 맨드라미는 축늘어지고, 해를 보며 항상 웃는 것 같던 해바라기마저 시들시들했다. 김이 무럭무럭 오르는 퇴비더미와 거름통에는 파리떼가 검은 구름처럼 들끓었다.

땀을 뻘뻘 흘리며 아궁이에 불을 지펴 밥상을 차려 놓으면 파리 떼가 먼저 달려와 밥상에 까맣게 달라붙었다. 연못이나 논에도 모기떼들이 우글거렸다. 풍족하고 끝이 보이지 않을 듯한 넓은 평야의 벼들은 불볕더위에도 무르익어 가고 있었다.

나는 우리 고향의 합덕 평야가 자랑스러웠다. 넓디 넓은 평야에 심어진 벼들이 자라나 파랗게 익어갈 즈음 바람이 너울거리는 파란 벼들을 바라보고 있으면 마치 바다의 파도처럼 물결치는 모습이 감탄이 나올 정도로 아름다웠고 배고픔이 사라질 정도로 풍요로움을 주었다. 일본인이 뺏어가지만 않는다면 모두 쌀밥을 실컷 먹고도 남음이 있었을 것이었다.

농촌이 제일 바쁜 시기는 가을이었다. 벼, 조, 피, 메밀 등을 베어 들이고 이삭도 주워야 했다. 베어 들인 곡물들은 햇볕에 말려서 방아로 찧거나 맷돌로 빻았다. 집에서는 절구와 절구공이로 찧었다.

가을이 이슥해지면 고구마를 캐고, 무를 뽑고, 배추와 빨간 고추 따위를 거둬들였다. 집안 식구 누구하나 일하지 않는 사람은 없었다.

나는 가족들이 밖에서 일을 하는 동안 분주하게 집안일을 했다. 새참까지 먹으려면 하루에 많을 때는 밥을 다섯 끼는 차려내야 했다.

가을이 가고 겨울이 올 즈음 부엌일 중 가장 큰 일은 김장 담그는 일이었다. 간장을 담그는 일이나 김장을 담그는 일은 한해 먹을거리 장만 중 가장 큰 일이었다. 그것은 늘 어머니의 몫이었다.

겨울에는 물 긷기 외에는 바깥일이 없었다. 어머니와 언니들은 온돌방에 모여 앉아 길쌈을 하거나 바느질을 하고 화로에 고구마를 구워 먹기도 했다. 겨울이 깊어가면서 가을에 거둬들인 곡식이 바닥나기 시작하고 소에게 먹일 여물까지 떨어져갈 무렵이 되면 마을 사람들의 삶은 궁핍해져갔고 돌아올 봄을 기다리는 일은 지루하고 불안한 일이었다.

"휴우… 보릿고개를 맞을 일이 꿈만 같구나."

어머니는 자식들과 올망졸망한 손주들을 걱정스런 눈빛으로 바라보았다.

"저 제비 새끼처럼 날 보며 짝짝 벌린 입들에다 뭘 넣어 줄꼬?"

"어머니, 산 입에 거미줄 치겠시유?"

"자, 우리 머리를 잘 쓰자. 안 굶어 죽으려면 머리를 잘 써야 한다. 왜놈들에게 있는 것 마저 빼앗길 순 없다. 어떻게든 감춰야 하는디……."

사람들이 겨울부터 그토록 봄을 불안해하는 것은 가을에 거둬들인 곡식의 많은 양을 일본에 공출 당했기 때문이었다. 그러고도 부족해서 순사들과 공무원이 불시에 마을의 집집을 급습했다.

내가 태어나던 1933년 즈음은 쌀 생산량중 반 이상을 세금이라는 명목으로 일본에 바쳐야 했다. 쌀 뿐 아니라 면화와 누에고치, 명주 등등 종류가 다양했다. 그런데 1940년 초에 접어들어 일본이 태평양 전쟁을 벌이면서, 공출은 모든 물자로 확대되어 송진 기름, 아주까리 기름에 가정에서 쓰고 있는 놋그릇과 숟가락, 놋대야, 촛대, 놋주걱까지 강탈당했다.

뿐만 아니라 조선인 징용과 징병령이 떨어지면서 사람도 끌려가기 시작했다. 징용령이 실시된다는 취지가 발표되자 배운 사람들이나 돈 있는 사람들은 중국이나 만주로 도망 다녔다. 어떤 사람은 꾀병을 부렸고 또 더러는 자기 스스로 손발을 자해하여 불구자가 됨으로써 징용을 기피하기도 했다. 식량과 죽창, 낫을 들고 산으로 도망가는 사람도 있었다.

그렇지만 가난과 굶주림에 지친 남자들은 스스로 징용을 자처해서 나서기도 했다. 일본에서 취업 알선업자라는 사람들이 마을로 들어와 마을의 젊은 남자들을 불러 놓고 선전을 했다.

일본에 가면 철공소 일과 토목 공사 같은 일들이 많아 일자리가 얼마든지 있다느니, 공장도 많아 월급도 많이 준다느니, 쌀밥도 배터지게 먹을 수 있다며 거짓말을 하고 다녔다.

그런 거짓말에 속아서 마을의 가난한 청년들은 스스로 일본으로 떠났다. 일본인들은 남자뿐 아니라 여자들에게도 거짓말을 난발하며 취업을 시켜 주겠다, 좋은 돈벌이가 있다, 공부를 시켜 주겠다는 등의 온갖 감언이설로 순진한 조선 처녀들을 유혹하거나 심지어는 납치를 하기도 했다. 즉 군부대 정신대 위안부로 보냈던 것이었다.

어떤 처녀들은 속아 넘어가거나 납치되기도 했지만, 마을의 보수적인 아버지들은 그들의 만행을 두려워하여 딸을 일찍 시집 보내기도 하고, 가난한 집에서는 입 하나라도 덜기 위해 어린 딸을 서둘러 시집 보내기도 했다. 12세 소녀가 자기 아버지뻘의 남자와 결혼하거나, 불구자와 결혼하는 예는 수도 없었다. 그러니 그들이 행복할 것이라 짐작 할 수는 없는 일이었다.

식민지 국민으로 살아야 했고 가난했기에 인간의 삶이나 행복 같은 것을 거론할 수 없었다. 더욱이 여자로 태어나 타국 땅에서 그들의 향락을 위해 버려져야 했던 수많은 한국여성들에 대한 분노를 지금에 와서 어찌 다 보상할 수 있을까! 위안부라 불리었던 지금의 내 나이의 여자들에게 그 시절은 참으로 불행한 시절이었다.

나의 큰오빠도 징용가는 것을 막아내지 못했다. 스스로 불구자가 되는 길을 선택할 수도 없는 일이었다. 1942년인지, 3년인지는 정확치 않지만 큰오빠는 일본 북해도로 징용을 가게 되었다. 큰오빠가 떠나는 날 집은 그야말로 초상집과 같았다. 아버지는 말없이 자신의 손을 아들의 어깨에 올려놓았다. 평생 농사를 지어 검고 두툼하며 갈고리처럼 거친 손이었다. 아버지는 자신도 어찌하지 못하는 현실을 한탄하며 언제 다시 볼 수 있을지 기약할 수 없는 아들의 얼굴을 말없이 바라보셨다.

"우리 걱정은 할 것 없다. 돌아오기만 하면 그게 젤로 효자인겨!"

"집에 남아 있는 사람이야 어떻게든 살지. 그런데 밖으로 한 번 나가면 행방이 묘연해지는 사람들이 많다고 하더라. 이 일을 워쩐다냐? 부디 몸 성히 돌아와야 헐 텐디."

아들을 보내는 어머니는 바닥까지 내리 꽂히는 무거운 마음을 가누지 못하고 떠나는 아들의 모습을 눈물로 지켜보셨다. 아이를 업은 올케는 어찌 할 수 없는 현실을 알고 있음인지 말도 못하고 눈물만 글썽였다.

"어머니, 아무 걱정마시유. 남들도 다 가는디. 돈 벌어서 올 테니께."

오빠는 서럽고 그윽한 눈빛으로 자신의 아내와 자식들을 오랫동안 바라보았다. 그리고 내 손을 잡으며 말했다.

"어머니 말 잘 듣고 잘 커야 헌다."

"오빠 안 가면 안 돼⋯⋯?"

나는 오빠의 옷자락을 잡아당겼다. 언니는 남편에게 작별 인사도 제대로 못했고 옷자락도 붙잡지 못했다. 오빠가 돌아 서자 마침내 올케 언니의 입에서 슬픔이 터져 나왔다. 언니의 눈물을 본 조카들이 언니를 따라 목 놓아 울기 시작했다. 언 니와 조카들의 울음소리에 어머니가 화를 내셨다.

"울긴 왜 우냐? 가는 사람 더 심난허게."

울먹거리는 표정으로 자꾸 돌아보던 오빠는 슬픔을 애써 참 으려는 것인지 더는 뒤돌아보지 않았다. 그때 얼굴을 아래로 내리며 걸어가던 오빠의 모습이 눈에 선하다. 오빠의 발걸음 은 천근만근 무거웠을 것이다.

큰오빠가 징용을 떠난 후 어머니는 일본인들에 대한 분노가 전보다 더 커졌고 그들에게 빼앗기는 것들에 대한 집착이 전 보다 더 투철해졌다.

"일본 놈이 달라는 대로 다 줄 순 없지."

어머니는 식량도 잘 감춰 두었고 놋그릇과 밥그릇, 숟가락 도 다 감췄다. 놋숟가락은 창호지로 돌돌 말아서 집 울타리에 감췄다가 필요할 때 꺼내 썼다. 목화도 공출을 덜 하려고 씨 를 빼서 베개 속에 목화를 채워놓았다. 그런 식으로 요도 만 들고 밤에 몰래 목화를 도로 빼서 실로 자아 무명을 지으셨 다. 나는 어머니의 그런 행동을 보면서 꼭 도둑질을 하는 것처럼 가슴이 두근거렸다.

"들키면 어쩌쥬? 안 잡아 갈까유?"

들키긴 왜 들켜? 일본 놈이 도둑질하는 건데, 조금이라도 덜 뺏겨야지."

칼 찬 순사들은 우리 집이 공출을 덜했다고 생각했는지 갑작스럽게 들이 닥치기도 했다. 애들이 울다가도 '순사 온다!' 그러면 울음을 뚝 그칠 정도로 그 시대 칼 찬 순사는 공포의 대상이었다. 그 순사들이 다닐 때 마을 사람들은 원한과 두려움에 떨며 수군거렸다.

"세금 걷으러 온다!"

사람들은 일본인이 공출해 가는 것을 세금이라고 했다. 그 소리를 미리 들으면 더 단단하게 숨겨두어야 했다.

곧 순사들이 우르르 몰려 와서 험악하게 굳은 표정으로 집을 뒤지기 시작했다. 두세 명이 들어와 거칠게 방문을 열어보고, 부엌문을 발로 쾅 차고 뒤란도 열고 집안을 온통 아수라장을 만들어 놓았다.

순사들은 집안의 단지들을 뒤지며 곡식을 찾아내려 혈안이 되어 있었다. 나뭇간을 파고 묻었다가도 들키면 그대로 다 뺏겼다. 부엌바닥이나 볏짚 더미에 묻어 둔 것까지 철창으로 쑤셔가며 모조리 빼앗아갔다. 그렇지만 어머니의 지략을 순사들이 따라 잡을 수는 없었다. 뒤지고 또 뒤져도 발견하지 못한 그들은 뭔가 불만이 있는 듯한 얼굴로 어머니를 노려보고 집을 나갔다.

마을 사람들이 공동으로 약간의 양곡을 숲 속이나 동굴, 바닷가 바위 속에 숨겨 놓으면, 마을마다 배치해 놓은 정보원들이 이를 밀고하여 주모자는 얻어맞고 숨겨놓은 곡식은 모두 빼앗겼다. 옆에 있는 누구도 믿을 수 없는 세상이었다.

가을에는 가을볕에 나가 이삭도 줍고 텃밭 감자도 캐서 그럭저럭 풀칠은 할 수 있었지만, 봄에는 마냥 굶주림에 시달렸다. 자식이 주렁주렁 많이 달린 집 애들은 굶고 말라서 배만이 퉁퉁 부어오르고 얼굴은 누렇게 부황이 들었다. 자신들이 굶어야 하는 이유를 모르는 아이들은 배고픔에 피폐하게 말라갔고 아이들을 지켜보는 부모의 마음은 바짝 말린 풀처럼 바스러져 내렸다.

가난한 농민들은 농사지은 쌀을 일본에게 다 빼앗긴 채 조밥도 못 지어먹었다. 초가집 한 채 있는 것 마저도 다 빼앗겨 길거리에서 유리걸식하며 동냥질을 해야만 했고, 옷도 두 벌을 가질 여유가 없어 다 떨어진 한 벌의 옷으로 몸을 가려야 했다. 그것조차도 언제까지 유지할 수 있을지 의문이었다. 조밥을 먹다가 초근목피로 연명하고 셋방에서 천막생활로 누더기조차 없어 맨몸이 될 지경이었다. 어머니는 그나마 우리가 조금 더 낫게 산다고 그런 사람들을 보면 불쌍해서 어찌할 바를 모르셨다.

일제의 수탈 이전에는 우리 산림도 울창하여 산간주민들은

31

버섯과 산열매, 약초를 채취하며 살 수 있었다. 그런데 일본인들이 울창한 산림을 마구잡이로 벌목하면서 황폐화되기 시작했고 굶주린 조선 사람들이 풀뿌리와 나무껍질을 벗겨 먹으면서 산림은 더욱 훼손되어갔다.

어린아이들도 그 시절에는 해야 하는 일이 있었다. '관솔'이라는 것은 소나무에서 나오는 기름이다. 석유는 배급을 탔는데 석유가 떨어지면 관솔로 불을 밝혔다. 그 관솔은 아이들을 통해 공출했다. 관솔을 공출하기 위해 아이들은 눈이 올 때도 미끄러져 가며 산에 올랐다. 나 역시 책보를 맨 채로 산에 올랐다. 눈 속에서 자빠지고 넘어지는 것은 예삿일이었다.

관솔을 채집하기 위해서는 소나무 아래 작은 가지를 다 쳐내야했다. 그 나뭇가지를 자른 데서 진이 나오기 때문이었다. 그걸 통째로 썰어다가 말려서 불을 붙이면 아주 밝았는데 그것을 채집하여 학교에 가져갔다.

또, 아이들은 책보를 등에 맨 채 논둑에서 벤 풀을 어깨에 지고 학교로 갔다. 그 풀을 쌓아서 퇴비 만들어 거름하는 것이 학교의 목적이었다. 학교를 가려면 풀을 지고 가야 했던 시절이었다. 관솔을 채집하는 일은 일요일도, 여름도, 겨울도 가리지 않았다. 아이들은 작은 노예나 마찬가지였다.

아이들이나 어른들이나 헐벗음과 굶주림에 지칠 만큼 지쳐 익숙해져 있을 때였다. 일본의 약탈과 우리의 가난은 숙명처럼 영원히 이어질 것만 같았지만 45년 동안 조선의 독립을 갈

망했던 일은 현실로 이루어졌고, 1945년 8월 15일 우리는 일본으로부터 독립했다.

히로시마와 나가사키에 원자폭탄이 떨어지자 일본은 연합국에 무조건 항복을 선언했다. 일본에 원자폭탄이라는 가공할 폭탄이 떨어지자, 도시들이 회색 잿더미로 화하고 십 수만 명이 즉사했다는 소식은 빠르게 돌아 우리가 사는 곳까지 돌았다. 그 소문에 이어 일본 천황의 무조건 항복 선언을 선포하는 힘없는 목소리가 라디오 전파를 타고 흘렀다.

해방을 확인한 민중들은 거리로 쏟아져 나와 만세를 부르기 시작했다. 나라 전체가 만세의 함성 소리로 들썩거렸다. 사람들은 태극기를 만들고 돼지를 잡고 술상을 차려 잔치를 벌이기도 했다. 온 마을에 돼지 멱따는 비명 소리가 진동했다.

일본인들은 조선인에게 빼앗았던 토지와 재산을 내놓고 보따리 하나만 들고 도망갔다. 무엇보다 일본이 항복을 했으니 벼 공출과 관솔 공출, 명주 공출, 쇠붙이 공출 등등 그 억울하고 성가신 공출도 없어질 것이었다. 사람들은 아무 시비 없이 내 것을 먹을 수 있다는 기쁨에 흥분했고 온 마을과 온 나라가 독립으로 환호했다.

전쟁이 끝나자 마을의 몇몇 남자들과 큰오빠가 북해도에서 돌아왔다. 나는 그때 오빠를 제대로 알아보지 못했다. 떠날 때와는 너무나도 달라져 있었기 때문이었다. 앙상하게 마른 체구에 살가죽만이 남아 있는 피폐된 모습이었다. 지나가던 거지인가 싶어 돌아봤더니 마당에서 키를 까불고 있던 언니가 남편을 알아보고 키를 떨어뜨렸다. 키에 까불고 있던 곡식이 마당에 주르르 흩어졌고 언니는 단숨에 오빠에게로 달려갔다.

"아이구 언냐! 저걸 언제 다 줏어! 닭들이 쪼아 먹기 바쁘네."

나는 달려드는 닭들부터 후치기 바빴다. 내가 그런 걱정을 하는 사이에 두 사람은 부둥켜안고 울음을 터뜨렸다. 나는 이리저리 한참을 살핀 후에야 그 해골 같이 비쩍 마른 사람이 바로 큰오빠였다는 것을 알아보고 경악했다.

"양선이 많이 컸구나."

나는 큰오빠의 모습이 낯설었다.

"어머니, 큰오빠 돌아왔시유!! 오빠 왔어유!!"

나는 오빠를 반갑게 안아주지도 못하고 고래고래 소리를 지르며 어머니와 아버지를 찾으러 밖으로 뛰어나갔다. 신이 나서 만세를 부르듯 이리 뛰고 저리 뛰었다.

아들이 돌아왔다고 기뻐하며 동네방네 떠들고 잔치라도 벌일 것 같던 어머니는 곧 자제했다. 아직 돌아오지 않은 사람이 더 많았던 까닭이다. 한쪽에서 잔치가 나면 다른 한쪽에서는 초상을 치를 분위기였다. 그래서 우리는 우리끼리만 조촐한 음식상을 차렸다. 오빠를 위해 닭을 잡고 빈대떡을 부치고 술까지 곁들였다.

오빠는 북해도 광산에 끌려가서 죽도록 일만 했다고 한다.

그 광산에는 경상북도와 충청남도의 고향 동포들이 많았으며 대부분 우리 같은 빈농 출신들이었다고 말했다. 오빠처럼 강제로 끌려가 형무소 같은 곳에 살며 지옥 같은 생활을 하다가 일본이 패망하자 돌아올 수 있었던 것이다. 많은 사람들이 징용으로 끌려가면 영영 돌아오지 못하고 불귀의 객이 된다고 들었다. 그런 것에 비하면 오빠는 운이 좋은 편이었다. 오빠의 지난 이야기를 들으며 어머니와 올케 언니는 눈물을 찍었고 오빠가 살아 돌아온 다행함을 새삼 느꼈다.

"어머니가 젤로 보고 싶었시유. 배가 고프고 고향에 오고 싶어 죽는 줄 알았구먼유."

오빠는 어머니와 아내를 번갈아 보며 눈물지었다.

"니가 효자는 큰 효자다. 이렇게 돌아와서 부모 기쁘게 한 거 보면."

어머니는 마냥 흐뭇해 하셨다.

"그 억울한 생활을 지는 말로 다 못 하겠어유. 위험한 일은 죄다 우리 조선인에게만 시켜서 죽는 사람이 매일 꼬리를 물고 나왔지유. 한번은 몸이 아파서 쉬고 있으니께 감독하는 놈이 다짜고짜 물을 퍼붓고 몽둥이로 때려 맞아 죽는 줄 알았시유. 참말로 소나 말처럼 맞으며 혹사당했는디 돈도 일본 노동자의 절반도 안 주었어유. 그 억울한 생활을 어찌 다 말로 할까, 먹는 음식도 일본 놈들과는 딴판이었지라. 먹는 게 소금국과 잡곡밥이었는데 돼지나 먹이면 되지, 사람 먹을 음식이 아니었다니께. 사고로 죽은 우리 민족의 유골이 아직도 거기 파묻혀 있을 것인디……."

오빠는 지난 일들이 회상되는지 더는 말을 잇지 못했다. 아버지는 장하다는 듯 연신 고개만 끄덕거리셨다. 묵묵하게 말은 아끼셨지만 누구보다 아들을 기다렸던 분은 아버지였는지도 모른다.

 자운영꽃

가끔은 나에게도 추억이라는 것이 있었나 생각하게 된다. 결혼을 하고 고된 시집살이와 아이를 낳지 못한다는 남편의 학대, 그리고 여자이기 때문에 그대로 감수해야만했던 불평등한 일들이 내 삶에 기구하게 얽히어 젊은 시절을 생각하노라면 아픈 기억 외에는 나에게 추억이란 것은 없었다.

수없이 많은 책들을 많은 학생들에게 보내면서 '책 할머니'라는 별칭이 붙어지자 나에게도 소중한 추억들이 하나둘씩 생겨나기 시작했다. 일을 끝내고 늦은 밤 집으로 돌아와 어머니의 사진을 보고 '어머니 막내딸 돌아왔습니다.' 라는 인사를 하고 난 후 나를 찾는 전화벨 소리가 울리지 않으면 피곤함에 지쳐 쓰러져 잠을 자거나, 아이들이 나에게 보내온 편지들을 읽어보곤 한다.

책을 보내기 시작하면서 아이들이 나에게 보내온 편지를 읽는 일은 나의 일상에 생긴 유일한 낙이자 행복이다. 이것저것 뒤적이다 오래된 흑백 사진 한 장을 발견했다. 흑백 사진이어서 색깔은 없지만 구름처럼 자욱하게 우거진 자운영꽃들 틈에 서서 친구들과 찍은 사진 안에 어린 시절 나의 모습이 있었다. 똑같은 단발머리에 비슷한 치마와 저고리를 입은 여자아이들의 모습이 작고도 귀엽다. 나에게도 이런 시절이 있었나 생각하니 세월의 무상함이 절로 든다. 세월이 많이 지났으니 지금은 살아 있는 친구도 있고 세상을 버린 친구들도 있을 것이다.

학교를 다니면서 공부를 할 수 있어서 너무 좋았지만, 그래도 가장 즐거웠던 일은 역시 소풍이었다. 소풍을 가던 길가 논둑에 온통 불타는 듯 빨갛게 피어난 자운영꽃이 있었다. 자운영꽃은 자줏빛이 나는 붉은 꽃으로 꿀이 많고 꽃잎은 자잘하지만 무더기를 이루고 피어오르면 그 빛이 아주 고왔다. 봄에 논두렁과 들녘에 피었다가 퇴비와 거름용으로 쓰여 잡초라고도 할 수 있는 꽃이었다. 농부들은 만발한 자운영꽃을 보며 풍요로운 농사를 기원했다.

지금 아이들도 소풍이라면 즐겁겠지만 그때는 너무나 좋아 날아갈 것 같이 가슴이 두근거려 밤새도록 잠도 못잤다.

소풍 가는 날은 큰 명절이었다. 소풍갈 때 돈 1원 짜리 하나

받으면 세상이 모두 내 것이었다. 또 소풍날은 삶은 달걀을 먹을 수 있는 날이었다. 달걀 삶은 것을 소금과 먹으면 그렇게 고소할 수가 없었다. 그리고 달걀보다 더 좋은 것은 김밥이었다.

소풍날 아침은 잔치를 치르는 것 같았다. 김밥에 넣기 위해 계란을 부쳐 썰고 당근을 채 썰어 기름에 데치고 노란 단무지를 잘랐다. 조선 천지에 그보다 좋은 음식은 없었던 것 같다. 고구마 찐 것도 가져가고 물통에 물도 담았다. 물론 가져가는 음식의 일부는 선생님께도 드렸다.

나는 학교를 다니기는 했지만 집에서는 공부할 시간이 없었다. 책을 붙들고 있으면 아버지의 호된 호통이 늘 나를 긴장하게 만들었기 때문이었다. 공부할 수 있는 시간은 학교에 가거나, 아니면 짬을 내어 도둑공부를 하는게 다였다. 특히, 산수 문제를 풀 때 답이 정확히 나오면 그것만큼 재미있는 것이 없었다.

공부에 대한 내 집념은 대단했던 것 같다. 똥을 쌀 지경이라도 손에 잡은 공부는 다 끝내야 자리에서 일어났으니, 아버지의 호통에도 도둑공부를 해야 했던 것은 공부를 하며 무엇인가를 배우고 알아간다는 사실이 흥분되고 즐거운 일이었기 때문이었다. 하지만 아버지는 내가 학교 가는 것을 탐탁치 않게 생각하셨고 매우 노여워하셨다. 도둑 공부를 해 가면서 몰래 몰래 학교에 갈 수 있었던 것은 여자도 공부를 해야 한다는 어머니의 소신이 굳었기 때문이었다.

"기집애가 집안 일 밀린 것도 천지인데 무슨 공부를 하는 거여? 당장 집어치우고 일이나 하지 못혀!"

책을 보고 있는 나에게 아버지의 호통은 여지가 없었고 아버지는 내 손에 들린 책과 공책을 빼앗아 들고 성큼성큼 밖으로 나갔다. 나는 겁에 질려 떨면서도 책과 공책을 어떻게 하시면 어쩌나 가슴이 조마조마했다.

아버지는 거름통 앞으로 성큼성큼 걸어갔다. 그리고 책과 공책을 아무 주저 없이 냅다 거름통 속에 던져 버렸다. 숨어서 그 장면을 지켜보던 나는 아버지가 사라지자 울면서 거름통 속에서 책을 건져냈다.

거름통은 변소 옆에 커다란 독을 받쳐둔 것인데, 인분과 오줌, 설거지한 구정물, 쌀뜨물 등을 섞은 것이었다. 그렇게 거름을 푹 삭혀서 호박에도 주고 보리밭에도 뿌리고 농사일에 골고루 쓰여졌다. 변소보다는 인분의 농도가 훨씬 낮아서 나는 얼른 거름통에 빠진 책을 건져내 물로 씻었다.

내가 울면서 그 책을 물에 씻고 걸레로 닦고 있을 때 어머니가 들어오셨다. 나는 어머니를 보자 더 서럽게 울었다. 어머니는 나를 달랬고 혀를 차며 묽은 양잿물로 책을 닦아 주셨다.

"아이고, 이 양반이 애 책을 하필 거름통에 넣었댜? 울지 마

라. 내가 냄새 안 나게 닦아줄게. 아이구 내 새끼……."

어머니는 나를 달래며 책 한 장 한 장을 양잿물로 깨끗이 닦아 주셨다. 좀 깨끗해지기는 했지만 글씨가 지워진 부분도 적지 않았다. 책에 배인 냄새도 쉽사리 가시지 않았다. 책을 보며 공부를 할라치면 냄새 때문에 머리가 아팠고 학교에 가면 옆에 앉은 동무에게 미안해서 책장을 넘길 수가 없었다.

어린 시절, 그때 공부를 하는 일로 아버지에게 회초리를 맞은 기억도 있다. 숙제하는 것을 들킨 일이었는데 그때 나는 차라리 아버지에게 피가 흐르더라도 종아리를 맞는 편이 훨씬 낫다는 생각을 했다. 다시 아버지가 책을 거름통에 집어넣는다면 종아리를 맞는 아픔보다 더 괴로울 것이라 생각했다.

"니가 대체 정신이 있냐, 없냐? 시방이 어느 땐디 연필을 들고 공부를 허고 있어? 다시 공부허는 꼴을 보면 학교도 못 가게 다리 몽댕이를 분질러 버릴 테다! 학교 가는 것도 마땅찮은디 집에서까지 공부를 허고 있어? 공부혀서 기집애가 뭐 헐라고 그러냐?"

아버지는 그렇게 야단을 치며 내 다리가 부러져라 회초리를 치셨다. 아버지가 거름통에 책을 던졌을 때는 서럽게 울었지만, 회초리로 칠 때는 아픈 것을 참고 소리도 내지 않으려 애썼다. 방 밖에서 지켜보다 못한 어머니가 안으로 뛰어 들어오셨다.

"이제 지발 그만 하소! 선아, 아버지께 잘못혔다고 빌어라."

41

"아부지 잘못 했어유……. 이제 공부 안 할 거유."

나는 어머니가 시키는 대로 잘못했다고 아버지께 용서를 빌었다. 아버지는 그제서야 회초리를 멈추었다. 내 종아리에는 지렁이 같은 검붉은 자국이 그어졌고 금방이라도 피가 흐를 것 같았다. 파랗던 멍이 시간이 좀 지나자 시커먼 멍으로 변했다.

집에서는 해야 할 일이 산처럼 쌓여 있었다. 다른 식구들은 소처럼 하루 종일 일을 하는데 나만이 한가롭게 공부를 할 수는 없었다. 나는 학교를 갔다 오기 바쁘게 종일 일을 해야 했다. 새벽에 할 일을 끝내 놓고 나면 아침 먹을 시간도 없이 굶고 학교에 갔던 기억이 수없이 많다.

지금은 모든 것이 전문화되고 분업화되어서 돈만 있으면 필요한 것을 구입할 수 있지만, 그 시절은 의식주 대부분을 거의 자급자족하는 형편이었으므로 일손 가는 곳이 많았다. 농촌에서는 자식이 많으면 많을수록 재산이 되는 실정이었다.

학교에서 돌아오면 나를 기다리고 있는 일은 산재해 있었다. 콩 까고 마늘 까는 일부터 빨래하고 다림질을 하는데도 손이 아주 많이 갔다. 여름에는 가족들의 옷에 땀이 배여 빨래를 더 자주 하게 되었다. 덥고 모기는 끓는데 열이 오른 마당에 앉아 벌겋게 달아 오른 숯불 옆에서 다리미질을 하려면 등줄기에서 절로 땀이 흘러 내렸다. 가을이 되면 목화를 따놓았다가 겨울밤에는 목화씨를 일일이 빼서 다듬어 솜틀에 타서

42

베를 짜 옷을 해 입었다.

그 시절 옷이 여자들의 일거리를 더 늘어나게 만들었다. 일본인이 들어오고는 검은 색으로 옷감을 염색해 입고 양장이라는 문화가 들어오면서 옷 입는 습관이 간편해졌지만 어른들은 여전히 흰색이나 회색 옷을 고집했고 여전히 한복을 입었다. 한복은 모시, 무명, 옥양목 등으로 지어서 입었는데 전부 풀을 먹여야 하고 그런 다음에는 한 여름에도 숯불 다리미로 다려야 했고 겨울에는 솜을 넣어 꿰매야 했다.

양잠 선생이며 베 짜는데 솜씨가 좋았던 어머니의 딸인 나 역시 동네에서 소문난 바느질꾼이었다. 내가 가장 잘하고 많이 했던 일도 베 짜고 바느질하는 일이었다. 그때는 옷 하나를 만들기 위해서는 천을 고르고 치수 재어 재단하고 일일이 꿰매야 하는 일 등, 열 가지 스무 가지도 넘는 일을 다 손으로 해야 했다. 그래서 일은 언제나 많았고 온종일 옷감과 씨름해도 시간도 일손도 턱 없이 부족했다.

시골에서의 아침은 새벽을 알리는 첫닭 울음소리로 시작한다. 나는 일어나자마자 닭장 앞으로 달려가 암탉들이 낳은 계란을 모았다. 매끈하게 잘 빠진 갓 낳아 따뜻한 계란을 모아 짚으로 열 개씩 엮어 시장에 내다 팔기도 하고 간혹 반찬으로 만들어 먹기도 했는데, 그때는 물을 붓고 무 채 썬 것과 새우젓을 넣어 밥하는 가마솥에 얹어 쪄서 먹기도 했다.

여름에 삼을 심으면 크는 대로 거름을 주었다. 삼이 무성하게 자라면 그것을 베어서 삼에 붙은 이파리를 떼고 묶어서 가마솥에 찐 다음 껍질을 벗겨서 볕에다 말렸다. 후에 말린 것을 물에 담갔다가 망치로 두들긴다.

나는 새벽같이 일어나 바느질하고 삼 삼고(삼이나 모시 등을 비벼 꼬아 잇는 일), 모시 삼고 베를 짰다. 모시나무를 베어 뚝 자르면 양쪽으로 갈라진다. 그 다음에는 모시 껍데기를 벗겨 가지고 톱으로 훑었다. 고무신 창을 엎어놓고 거기다 대고 쩍쩍 훑으면 껍데기가 쫙 벗겨져 하얗게 된다. 그걸 메밀풀을 먹여 쪼개서 손가락에 하나씩 걸고 삼고 매서 짜는 일이었다.

그 모시를 삼으면 손바닥과 무릎이 얼마나 아픈지 껍데기가 벗겨져 끙끙 앓을 정도였다. 그런 일 외에도 양말 떨어지면 꿰매고, 버선 떨어지면 기우고 무명실 짜서 대나무 뜨개질하여 양말 짜고 목도리 뜨고 스웨터도 짜는 일 등 시골에서의 하루란 일로 시작해서 일로 끝나는 일과였다.

쌀 찧어서 밥하는 것도 내 몫이었다. 그렇게 일을 해도 모자란데 공부할 시간을 따로 낸다는 것은 엄두도 못 낼 일이었다. 몰래 공부를 하고 있으면 아버지에게 들킬까 걱정이 되면서도 나는 공부를 하고 싶었다. 여자는 살림만 잘하면 된다는 아버지의 뜻은 일이 많고 고단했던 농촌에 한 사람의 일손이라도 필요해서 라는 것을 알았지만 그때는 아버지가 많이도 야속하고 원망스럽기까지 했다. 지나고 생각하니 먹고사는 일이 그 무엇보다 귀하고 소중했던 시절이었기에 한 집안의 가장인 아버지는 그 일 외에는 다른 어떤 것도 소중하지 않다고 생각하셨던 것 같다.

요즘도 아이들에게 책을 보낼 때면 거름통에 빠져 고약한 냄새가 오래도록 배여 있던, 양잿물에 글씨가 사라진 나의 헌 책과 공책이 떠오른다.

책은 넓은 세상을 사는 사람들의 이야기를 간접적으로나마 접할 수 있는 소중한 것이다. 이 세상의 위대한 사람들의 사상과 그들이 남겨놓은 역사와, 한 시대의 발전을 위해 노력했던 많은 연구 자료들이 책 안에 있다.

나는 이 세상의 소외된 아이들에게 내가 보지 못했던 많은 세상을 보여 주고 싶다. 일일이 그들을 찾아가 손을 잡고 위로하며 격려해주고 싶다. 음지에 있는 아이들, 공부를 하고 싶어도 할 수 없는 아이들에게 나는 많은 기회를 주고 싶다. 그러기에 책을 보내는 노력을 쉬지 않았고, 지금도 더 많은 책들을 아이들에게 전해주고 싶다.

식구는 많지, 먹을 건 없지 날이 가물어서 모를 못 심을 때가 가장 어려운 때였다. 왜정이 지나도 농촌이 가난한 건 여전했다. 날이 가물자 모 한 포기 못 심고 지난 해에 농사지은 것이 조금 남아 있으면 거기에 온 식구들의 명줄이 달려 있었다.

그 어느 해 여름은 가뭄이 특히 심했다. 저수지 바닥이 드러나 갈라져서 툭툭 터지는 게 보일 정도였다. 일제시대 때도 공출이 심해서 그렇지 그만한 가뭄으로 고생했던 적은 없었던 것 같다. 봄부터 내내 비는 한 방울도 오지 않았고, 논에 물을 대기 위해 학수고대하던 농민들은 두 손 놓고 눈앞에서 모가 말라죽는 것을 멍하니 바라보고만 있었다.

일제시대가 지났다고 해서 농촌이 나아진 것은 별반 없었다. 여전히 보릿고개를 못 넘겨 칡뿌리, 산나물 따위로 연명했고 가뭄이나 재해가 오면 더욱 속수무책이었다.

비가 오기를 기다리던 농부들은 벼 수확할 가망을 버리고, 서둘러서 밭에 옥수수 같은 작물을 심기 시작했다. 어쨌든 기근만은 면해 보려 애쓰며 이런저런 부황 작물을 심었다.

모두 비를 갈망하고 있었다. 짐승들은 축 늘어져서 숨을 헐떡이느라 움직이는 것도 싫어했고 마당에 핀 봉숭아니 맨드라미, 분꽃 같은 것도 시들어 잎이 타들어 가고 있었다. 나는 마루에서 베를 짜면서도 비가 와야 할 텐데, 비가 와야 할 텐데 하면서 하늘을 올려다보며 중얼거렸다.

그때 갑자기 남동쪽에서 바람이 불어 왔다. 그 바람은 갑자기 휘몰아치더니 서늘해졌다. 태풍의 징조를 알리는 바람과도 같았다. 나는 그 바람에 귀를 기울였고 바람의 움직임을 느끼기 위해 손을 흔들었다. 별안간 불어온 그 바람이 마루 대청 안으로 확 불어 닥쳤다. 바다의 시원한 기가 서린 그 질풍은 신선하고 상쾌했다. 이 바람이 비를 휘몰아다 주지는 않을까.

더위에 밤새 잠을 설쳤던 나는 그 바람이 너무 달아서 깜박 잠이 들고 말았다. 곧 나는 요란한 장대비 소리에 눈이 떠졌다. 비가 머리 위 초가지붕을 기세 좋게 흐르며 추녀를 따라 뜨락의 돌을 마구 때리고 있었다. 나는 기쁨에 넘쳐 눈을 감았고 두 팔을 번쩍 들었다.

"이제 살았다! 모두 살았다……."

모진 더위에 시달렸던 기갈 들린 식물들과 축 늘어졌던 마당의 동물들은 모두 생기를 띠고 비를 맞으며 오랜만에 목욕을 하고 있었다. 개가 마당에 고인 빗물을 급하게 홀짝거렸다. 농촌에서의 가뭄이나 장마는 한해의 농사를 좌지우지 한다. 그저 평온할 수만은 없는 것인지 먹고사는 일이 힘들었던 시절 마을 사람들은 내리는 빗속에 춤을 추며 논으로 달려 나갔다.

 상록수

　부끄러운 말이지만 '책 할머니'라는 별칭을 가지고 있으면
서도 70평생에 정작 내가 읽은 책은 얼마 안 된다. 한참 학구
열에 불탔던 어린 시절에는 내 주변에 읽을 만한 책이 없었
다. 내가 볼 수 있는 책이라야 교과서와 참고서가 전부였다.
　청소년기가 되어서도 농촌에서 책을 대하기란 어려운 일이
었고 결혼을 하고 난 후부터는 책을 대하는 것이 더더욱 어려
워졌다. 그리고 서울로 올라와 노량진 시장에서 젓갈 장사를
하고 난 후부터는 오로지 돈버는 데 모든 신경을 쏟느라 책
읽을 시간이 없었다. 새벽 4시부터 11까지 장사를 마치고 집
에 들어오면 씻고 잘 정신도 없이 비린내가 밴 걸레처럼 누더
기가 된 앞치마를 벗어 던지고 나면 그대로 잠이 들어버렸다.

그럼에도 불구하고 나이가 들어서 주로 읽었던 책은 눈물 없이는 볼 수 없는 '소년소녀 가장 수기'였다. 나는 소년소녀 가장의 어려운 사정을 알고 책을 보내 주기 위해 밤늦도록 수기를 읽으며 울기도 여러 번 울었다. 그 중 가장 감명 깊게 읽은 책은 '혼자 도는 바람개비'라는 책이었다.

'혼자 도는 바람개비'라는 책은 한국복지재단에서 소년소녀 가장 생활수기를 모아서 좋은 작품에 상을 주고 책으로 묶어주는 것인데 그때 상을 받은 아이의 수기였다. 나는 그 책 800여 권을 고아원과 낙도 어린이들에게 보내 주었다.

어렸을 때 읽은 몇 권 안 되는 책은 그나마 워낙 오래 되어 내용도 제목도 잊어 버렸다. 그럼에도 불구하고 소녀 시절에 아버지 몰래 읽었던 보물 같은 책이 두어 권 있었다. 그 중에서도 상록수는 내 인생에 가장 큰 영향을 미친 책 중에 하나이다. 그 책을 읽을 때의 벅차고 가슴이 찡했던 기억 또한 잊을 수가 없다.

상록수의 여주인공으로 나오는 채영신은 일제 시대 농촌 계몽에 헌신적 노력을 기울였던 여성이었다. 채영신은 예배당을 빌려서 가난한 농촌 아이들의 한글 강습을 하는 선생님이었다. 영신은 아이들을 가르치기 위해 기부금을 모아 학교를 지을 계획을 하고 있었지만 일제의 탄압으로 괴로워한다. 일본의 탄압을 피해 아이들은 뽕나무 위에 기어올라 예배당 안을 보며 글을 배우려고 한다. 나는 그 장면을 읽으면서 아버지의 반대를 무릅쓰고 몰래 도둑 공부를 하던 나를 떠올리며 한숨 짓기도 했다.

영신은 학교를 짓는데 과로하게 되고 학교를 다 지어 마을에서 잔치가 열리는 날 맹장염으로 쓰러져 입원하게 된다. 영신은 결국 죽음을 맞이하게 되고 영신의 애인이었던 박동혁은 영신을 장례 지내고 산을 내려오다 산에 심어진 상록수들을 보며 영신이 못 다한 일을 자신이 하기로 결심한다. 영신은 사랑과 일, 두 가지 중 하나를 선택하기를 괴로워했다. 영신이 사랑과 일, 두 가지 중의 하나를 선택하느라 괴로워하는 모습은 어린 소녀였던 내게 참으로 인상적이었다.

그 후 채영신은 유관순 언니만큼이나 내게는 살아 있는 인물 이상의 의미를 지니게 되었다. 세월이 흐르면서 채영신은 소설 속의 인물이 아니라 실제로 살아 있었던 인물처럼 더 생생해졌고 내 가슴속에 살아 움직이는 인물로 변해갔다.

시대에 맞서 자신의 의지를 굽히지 않았던 여성, 자신의 삶을 의로운 일에 모두를 걸었던 두 여성의 짧은 삶은 그 시대 여성들에게 새로운 활력과 감동을 주기에 충분했다. 그들의 당당함과 꿋꿋한 의지는 늘 푸르른 소나무처럼 나의 가슴에 깊이 심어졌다.

하지만 시골에서 살아가는 일이란 너무도 바빠서 생각에 깊이 잠기거나 복잡한 감정으로 생각을 허비할 틈이 없었다. 그 바쁜 와중에도 가끔 복잡한 상념에 빠져들었던 나는 호박 텃

밭과 넓고 넓은 합덕 평야를 넘어 내가 속하지 않은 먼 세계를 동경하기도 하였다.

학교를 좀 일찍 마치거나 숙제가 있는 날은 집에 들어가지 않고 은신처를 찾아서 공부했다. 나는 남의 눈에 잘 띄지 않는 뒷산의 중턱으로 올라갔다. 오솔길도 없는 나무숲을 그대로 헤치고 올라가면 초록으로 덮인 무덤에 이르는 한 가닥의 산길로 빠져나갈 수 있었다. 그 무덤은 아름답고 편안한 장소였다. 봄이면 빨간 할미꽃이나 제비꽃이 피어 있었고 여름은 초록빛 풀이 무성했다.

어느 날 나만의 은신처였던 그 무덤 상석에 앉아서 공부를 하고 있을 때였다. 제대로 풀리지 않는 산수 문제를 푸느라 몇 분 동안 끙끙거리며 앉아 있었는데 등 뒤에서 인기척이 느껴져 뒤돌아보니 훤칠한 키에 젊은 남자가 나를 내려다보고 있었다. 공부에 몰두한 나머지 누군가가 옆에 온 것을 모르고 있었던 나는 죄를 지은 사람처럼 깜짝 놀라 급하게 양손으로 책을 가렸다.

"미안허다. 놀라게 할 생각은 없었는디, 공부하는데 방해를 해서 미안허다. 이 무덤이 증조부님의 무덤이라서 한번 둘러보려고 올라온 거여. 많이 놀랜거여? 미안허다."

나는 나를 내려다보는 남자의 얼굴을 차분히 살폈다. 자세히 보니 초면이 아닌 사람이었다. 그는 우리 어머니가 잔치일을 도우러 간 적이 있었던 부잣집의 자제였다. 어머니의 말로는 그 남자는 서울에서 대학을 다니는 학생이라고 했다.

그 후에도 그 남자와 나는 내가 학교 가는 길에 우연히 여러 번 만난 적이 있었다. 그때도 그랬지만 그 남자는 인상이 참 좋았다. 시골 남자들과는 다르게 이목구비가 훤하고 살빛이 흰 편인데다가 옷도 깨끗하게 입고 있었다. 서울에 있는 대학을 다닌다고 했으니 도시 냄새가 나는 것은 당연한 일인데 그 남자를 보고 있으면 꼭 다른 세상에서 사는 사람처럼 낯설게 느껴졌고 그에게서 풍기는 도시적인 냄새가 나를 끌리게 했다.

그는 서서 나는 앉아서 한동안 우리는 말없이 그렇게 있었다. 침묵을 참지 못한 나는 고개를 옆으로 돌려 그가 입고 있는 검정 바지와 검은 구두 쪽으로 시선을 두었다. 차츰 바지선을 따라 그의 얼굴을 보았을 때 남자의 등 뒤에 가려진 태양 빛이 부시어 그의 얼굴을 보지 못하고 고개를 돌려 버렸다. 그때 그가 자세를 낮추어 나와 눈높이를 맞추며 잔디에 앉았다.

"혹시, 나를 본 적이 있니?"

그의 물음에 나는 고개를 끄덕거렸다.

"그랬구나. 어쩐지 그런 것 같았어. 나는 박준서라고 혀. 여름 방학이라서 고향에 내려온 거여. 너는 이름이 뭐니?"

"양선이, 유양선⋯⋯."

"이 마을에 살어?"

나는 두어 번 고개를 끄덕거렸다.

박준서는 나의 손에 들린 공책에 눈길을 주었다.

"공부를 하고 있었구나. 아까 보니까 산수 문제를 풀고 있던 것 같던디 잘 안 풀리는 문제가 있었던 거여? 자꾸만 고개를 갸웃거리는 것 같던디."

박준서는 나의 손에서 자연스럽게 공책을 빼어 들었다. 나도 순순히 그에게 공책을 주었고 그는 내가 풀지 못한 문제를 자세히 설명해 주며 일러 주었다.

"양선아? 이건 이렇고 저건 저렇고……."

처음으로 가까이 대면한 그는 마치 선생님 같았다. 나의 이름을 다정하게 부르면서 나와 눈을 맞추고 내가 알아듣는지 못 알아듣는지를 확인해가며 자세히 문제를 풀어 주었다.

그 날 이후 나는 그를 선생님이라 부르게 되었다. 그를 처음 만났을 때 나는 초등학교 5학년이었지만 나이는 열 다섯 살이었고, 그는 스물인가 스물 하나쯤 되는 대학생이었다. 큰 나이 차이가 나는 것은 아니었지만 그는 나에 비해 너무 어른스러웠으며, 아는 것도 많았고 대학생이라는 높은 위치에 있었다.

나이 차이에 비해 내가 그를 어른스럽게 생각했던 것은 그가 가진 지식과 학식, 내가 가질 수 없는 대학생이라는 신분 때문이었을 것이다.

배우고 못 배우고의 차이가 사람의 인성을 비교할 수 있는 기준이 되는 것은 아니지만 중학교도 제대로 갈 수 없었던 나에게 대학생이란 신분은 높고 높은 산처럼 느껴지는, 결코 내 것이 될 수 없는 지금으로 말하자면 우주의 신비와도 같은 존재였다. 그가 남자였기에 나는 박준서라는 사람을 어린 나이인데도 불구하고 이상을 넘어 이성으로 생각하게 됐는지도 모른다.

박준서와 말문을 처음 튼 나는 그날의 호기를 놓칠 수가 없었다. 나는 집에 늦게 가 야단 맞을 각오를 하고 평소 몰랐던 것까지 그에게 질문했다. 그는 귀찮아하지 않고 여유 있게 내가 질문하는 것을 답해 주었다. 그는 내가 공부에 열의가 있는 것이 마음에 드는 모양이었다. 그는 대학교 생활에 대해서 이야기하고 자기가 읽은 책 이야기를 해 주었다.

"양선아, 너는 책 읽는 것도 좋아하는 것 같은디."

"책이라고는 교과서하고 참고서 밖에 아는 것이 없는 디요. 책도 없지만 읽을 시간도 없고……."

"그러면 여기 와서 책도 좀 읽고 해라. 내가 책하고 참고서를 가져다줄 테니까. 내일 여기서 보자."

그는 그 말을 하며 일어섰고 나도 그를 따라 일어났다. 그제야 나는 집으로 돌아가 아버지에게 경을 칠지도 모른다는 생각이 들었다. 나는 그에게 인사를 하고 뒤도 돌아보지 않은 채 허겁지겁 미끄럼질을 치며 뛰었다.

"넘어진다, 조심해라!"

그가 걱정이 되는지 여러 차례 소리쳤다. 뒤를 돌아보니 그가 소나무처럼 싱그러운 웃음을 띤 채 나를 지켜보고 있었다.

다음 날 학교 수업을 마치고 그와 약속한 무덤 쪽으로 달려 갔다. 그는 먼저 와서 상석에 앉아 책을 보고 있었다. 나는 그 것을 연정이라고 의식하지는 못했지만, 그를 보는 순간 얼굴에 열이 나고 가슴이 뛰며 숨이 콱 막혀왔다. 나를 발견한 그가 싱긋 웃으며 손을 흔들었다.

"꼭 달려오는 폼이 다람쥐 같구나. 넌 항상 그렇게 뛰어 다니니? 뭐가 늘 그렇게 급한거여?"

"얼른 공부하고 얼른 집에 가서 일해야 하니께 걸어 다닐 시간이 없어유."

"그려도 천천히 걸어 다녀야지, 날씨도 더운데."

"그럴까유."

그는 그 날 심훈의 소설인 상록수를 나에게 전해 주었다. 그는 '상록수'의 여주인공인 채영신이 어쩐지 나와 닮은 것 같 다며, 나에게 도움이 될 것 같은 생각이 들어 그 책을 빌려준 다고 했다. 그리고 참고서는 주는 것이니 공부 열심히 하라는 말을 덧붙였다.

"정말 고마워유! 공부 열심히 혀서 훌륭한 사람 될께유."

나는 선생님에게 말하는 착한 아이처럼 연신 그렇게 말하며 고개를 숙였다. 그와 나란히 그 언덕을 내려오는데 온 세상이 환해 보이고 이 세상이 내 것인 것처럼 그렇게 마음이 넉넉할 수 없었다. 바람이 불어와 그의 머리카락이 흩어 내려지자 그는 희고 가는 손으로 자신의 머리카락을 뒤로 넘겼다.

그가 내 옆에서 나와 함께 발을 맞추며 걷고 있었다. 난생처음 느껴보는 이 미묘한 기분을 뭐라 설명해야 할지, 나는 그가 전해준 책을 가슴 안으로 꼭 여미어 안았다. 처음 받아보는 낯선 소설이라는 책이 내 품에 있다는 것이 행복했다. 그리고 나에게도 비밀이 생겼다는 것, 그와 만날 수 있는 비밀의 공간이 생겼다는 것이 나의 마음을 들뜨게 했다. 평범한 촌뜨기 소녀에게 비밀이 생긴 것이었다.

숲에서 솟아 오른 새 한 마리가 하늘 높이 날아올라 자그마한 점이 되었다. 새 소리는 맑고 높게 울렸으며 그 움직임은 사람의 심장처럼 팔딱거렸다. 나의 행복을 아는 듯 그 노래 소리는 경쾌하게 들려왔다. 도랑물은 노래하는 듯 재잘거리고 싸리풀의 짙은 향기가 콧속으로 스며 들어왔다. 야생화 향기를 담은 뜨거운 바람이 이따금 불어오면 들판에 익어가던 이삭들도 환희에 차 흔들거렸다.

나는 집에 가기 바쁘게 부엌 짚더미 아래에 박준서가 내게 준 참고서와 소설 상록수를 감춰 놓았다. 밥을 지으면서 또 다른 일을 하는 척 하면서 아버지 몰래 책을 읽었다.

나는 상록수라는 책을 읽으며 서서히 책 속으로 빠져들었고 태어나서 처음 읽어보는 소설인데다가 그 감동은 이루 다 말로 표현할 수 없을 만큼 충격적이었다. 그 당시만 해도 연애

56

소설이라는 것이 대중화되지 않았기 때문에 두 주인공이 사랑하는 광경이 나오면 괜히 가슴이 뛰며 얼굴이 달아오르기도 했다.

자는 척 하고 불을 껐던 나는 모두가 잠든 시각 다시 일어났다. 등잔을 밝힌 후 다시 책을 읽기 시작했다. 나는 밤을 새우며 그 책을 읽었다. 책을 여러 차례 읽고 또 읽으면서 상록수의 여주인공은 이미 내가 되어 있었고 그 남자 주인공은 이미 박준서가 되어 있었다. 나는 어찌나 깊이 그 책에 빠져 있었던지 마음에 드는 구절을 공책에 적어 두기까지 했다.

나는 그때 이미 초등학교 졸업반이었고 상록수를 다 본 후에는 꼭 중학교 진학을 하고 싶어졌다. 여성이건 남성이건 간에 어느 정도의 기초지식과 학식을 갖춰야 만이 자신이 원하고 꿈꾸는 인생을 살 수 있을 거란 생각이 들었기 때문이었다. 하지만 현실은 나의 뜻과 같지 않았다.

아버지는 더 이상 나를 학교에 보내지 않을 것이었다. 이제야 배움이 무엇인지 정확히 알 것 같은데 학업을 중단해야 한다는 것은 상상만으로도 너무나 괴로운 일이었다. 그러나 나는 중학생이 될 수 있다는 기대를 안고 더욱더 공부에 매달렸다. 무덤가에서, 부엌에서 밥하는 척 쪼그리고 앉아서, 또 남들이 다 자는 밤에 일어나 몰래 공부를 했다.

어느 날 담임선생님께서 나를 부르셨다.

"양선이는 공부를 잘하니까 당연히 중학교 진학을 할 거지?"

나는 선생님의 그 말에 고개를 떨구었다. 중학교 진학을 위해 공부는 하고 있었지만 공부하지 말라며 책을 거름통에 집어 던지며 회초리를 휘두르는 아버지의 무서운 모습이 떠올랐기 때문이었다.

"잘 모르겠시유. 아버지가 여자는 공부가 필요 없는 거라 하셔서."

그러자 선생님은 답답하다는 표정을 지으셨다.

"너처럼 공부 잘하고 열의가 있는 학생은 꼭 진학을 해야 한다. 다른 애들도 중학교 진학을 하는데 네가 빠진다는 건 말이 안 돼. 양선아 어머니께 말씀 드려서 중학교에 꼭 진학하도록 해라."

선생님은 나의 말을 듣고 안타까워만 하시다가 이내 우리 집을 방문하셨다. 적극적으로 우리 부모님 의향을 들어보고 설득시키기 위해서였다. 선생님은 우선 어머니와 상담을 하게 되었다. 어머니는 주저하고 머뭇거리며 시원한 답을 못하셨다. 지금도 아버지의 반대를 무릅쓰고 몰래 학교를 다니고 있는 형편이었는데, 중학교 진학을 하겠다고 아버지께 말을 한다면 어떤 호통이 떨어질지 눈에 불 보듯 뻔할 일이기 때문이었다.

"글쎄, 지 맘 같아서라면 지도 양선이 중학교 보내고 싶지만……."

어머니는 선생님의 얼굴도 나의 얼굴도 똑바로 바라보지 못하셨다. 어머니의 그 무안한 눈빛이 지금도 기억된다. 아버지가 선생님을 보시기 전에 돌려 보내놓고 미안한 마음에 나의 얼굴도 눈도 바라보지 못하시던 어머니의 모습이 그때는 그렇게도 야속할 수 없었다.

선생님이 아버지를 만나봤자 아무 소용이 없다는 것을 어머니도 나도 알고 있었다. 그렇지만 나는 포기할 수 없었다. 우선 공부를 열심히 해 놓으면 학교를 갈 수 있는 길이 열릴 수 있을지 모른다고 생각했다. 늘 그랬듯이 도둑 공부를 몰래 할 수 있을 지도 모른다는 기대를 버리지 않았다. 하지만 아버지의 눈을 피해 공부할 수 있는 데에는 한계가 있었다. 나는 다시 공부하는 것을 아버지에게 들키게 되었고 아버지는 전보다 더한 호통을 치셨다.

"너 곧 졸업할텐디 뭐 하러 공부 하는겨?"

내가 아무 말도 못하고 떨고 있자 어머니가 거들었다.

"양선이가 중학교 진학을 하고 싶어 해유. 선생님도 아깝다고 진학시키라고 하고……."

나를 거드는 어머니의 말은 오히려 아버지의 분노를 더욱 자극하고 말았다.

"기집애가 지금 공부한 것도 다 쓰잘데 없는디, 뭐시라! 중학교를 간다고?"

아버지는 다른 어느 때보다 더욱 화를 내셨다. 아버지는 내가 공부하던 책뿐만이 아니라 모든 책을 다 찾아내어 책 보따리 채로 거름통에 던져 버렸다. 그 책들 중에는 박준서가 준 참고서와 빌려준 소설 상록수도 포함되어 있었다.

"다시 공부한다고 하면 모조리 다 불살라 버릴 것이여. 기집애가 간도 크지 무슨 중학교를 간다고 그려. 졸업하면 얼릉 시집갈 생각이나 혀."

아버지의 노여움이 너무도 커서 나는 중학교 진학은 완전히 단념할 수밖에 없었다. 나는 서럽게 울면서 거름통에서 책 보따리를 건져냈다.

"아이구! 워쪄! 아이구! 워쪄! 빌린 책은 돌려 줘야 하는디 이 꼴이 되고 말았으니 뭐라고 말해야 혀……!!"

나는 그날 이후 박준서에게 거름에 젖은 책을 돌려줄 일이 막막해졌다. 아버지가 하신 행동을 설명하자니 서울에 있는 대학에 다니는 그가 우리 집안을 이해할리 없었다. 거름에 젖은 냄새나는 책을 햇볕에 말리고 또 말리면서 이렇듯 고약한 냄새가 나는 책을 어떻게 돌려주어야 할지 생각했지만 어떤 방법도 떠오르지 않았다. 그저 걱정되는 마음에 밤새 울어 보아도 모든 현실을 돌이킬 수 없었고 그의 얼굴을 볼 일만이 걱정되었다.

나는 그 일이 있은 후 며칠 동안 그 무덤 쪽은 가지 않았다. 이제 여름도 끝나갈 무렵이어서 오빠가 서울로 돌아가면 다시는 못 보게 될 터였다. 나는 준서 오빠가 보고 싶어졌고 책을 못 돌려주는 이유에 대해서도 말해야겠다고 결심했다. 어쩔 수 없는 일이었고 나의 의지와는 상관없이 아버지가 한 일이니 그에게 이해를 구하고 정직하게 말을 하는 편이 낫다는 생각을 하게 된 것이다.

나는 그가 산책 삼아 잘 다니는 시간에 그 무덤가로 가서 공부를 했다. 책을 펼쳐놓고 있었지만 언제 오빠가 나타날지 걱정이 되어 몇 번이고 주변을 두리번거렸다. 그러자 얼마 안 있어 노래를 흥얼거리며 한가롭게 걸어오는 오빠의 모습이 보였다. 오빠의 모습이 보이자 가슴이 두근거리기 시작했다. 그가 나를 발견했는지 내 이름을 부르며 손을 흔들었다. 그가 내 곁으로 걸어와 앉았다. 나는 발아래 내려놓은 거름에 젖은 책을 치마 아래로 숨겼다.

"양선아? 요즘 왜 안 올라왔어? 나는 양선이 니가 보고 싶어서 이 길로 매일 산책을 다녔는디. 바빴니?"

나는 대답도 하지 못하고 그의 얼굴도 바라보지 못했다.

"사실은유……."

그가 무슨 말이냐는 듯이 머리를 갸우뚱거리며 나를 보며 웃었다. 나는 차마 말을 더 이을 수가 없었다. 아버지가 공부를 반대하고 그 책을 거름통에 빠뜨렸다는 사실을 그가 어떻게 받아들일 수 있을지, 또 그가 우리 집을 완고하다 못해 무식한 집으로 평가하면 어쩌나 하는 걱정이 들었다. 하지만 나는 정직하지 못한 마음으로 그를 바라보고 싶지 않아졌다.

"실은유, 아버지가 선생님께서 주신 책을 거름통에 던져버리셨시유. 아버지 몰래 공부하다 들켰는디 전 번에도, 저전 번에도 자꾸만 거름통에 던져서 조심했어야 했는디 내가 허술하게 숨켜 놓아서 아버지가 선생님 책을 또 거름통에 던지셨구먼유. 책에 심허게 냄새가 배었구먼유. 선생님께 책을 돌려드릴 수가 없을 것 같아서, 면목도 없고 혀서 한동안 못 올라온 거예유. 미안해유 선생님, 나가 할 말이 없구먼유."

나는 그 말을 하면서 결국 울음을 터뜨리고 말았다. 그 책을 읽으면서 꿈꾸었던 나. 채영신이 내가 되고, 그가 나의 애인이 되기도 했지만 그건 그저 꿈이고 소설 속 이야기일뿐 그와 나의 격차는 너무 컸다. 소설은 소설이고, 현실은 현실이어서 그 현실이 내 앞에 놓여져 있다는 것이 어린 마음에도 못내 슬펐다.

그는 측은하다는 눈빛으로 나를 보았다.

"우리 양선이가 그래서 선생님을 만나러 오지 못한거로구나. 괜찮아. 나는 그 책을 이미 다 읽었으니께 괜찮다. 그리고 책은 가지고 있어서 좋은 것이 아니고 책을 읽어서 내 마음에 간직하는 것이 더 좋은거여. 양선이 그 책이 의미하는 것이 무엇인지는 알고는 있는거여?"

"잘은 몰러도 참으로 감동적이었구먼유. 자유연애라는 것도 그렇고, 목숨을 걸면서까지 농촌의 복지를 위해 일한 젊은 청

62

년들의 인생이 너무 가엾기도 허고 훌륭하기도 허고 그랬시
유. 잊지 못할거구먼유. 머리털 나고 처음으로 읽어보는 소설
책이었어유. 선생님께 고맙게 생각해유. 그리고 미안해유. 정
말로 잘 읽고 돌려주고 싶었는디."

"양선아? 책이란 좋은 것이여. 나가 읽어서 좋고 또 다른 사
람한테 전해줘서 좋고 세상이 변하고 시절이 많이 바뀌어도
한번 쓰여진 책은 백 년이 지나도 이백 년이 지나도 사람한테
남아 있응께.

아버지가 양선이 공부하는 거 반대혀도 굴하지 말고 공부할
수 있는 방법을 찾아보도록 혀라. 그리고 영어 공부도 미리
해 두면 좋을 것 같아서 영어책 갖고 왔으니께 이것도 가지고
가거라."

그는 그렇게 말하며 책에 쓰여진 몇 문장을 유창하게 읽었
다. 생전 처음 들어보는 그 낯설고 미끄러운 발음에 나는 넋
을 잃었다.

"요즘 서울에서 공부하고 자유롭게 사는 젊은이들을 모던
보이라고 한단다."

"그럼 선생님도 모던 보이인가유?"

"아니, 난 촌에서 왔다고 촌놈이라고 하더라."

그 말을 하면서 그가 웃었다. 나를 달래려는 호탕한 웃음에
나도 그를 따라 웃었다. 어머니 외에 나를 이해하고 위해주는
이가 생겼다는 것이 나에게는 너무도 든든한 일이었다. 그와

의 인연은 오래가지 않았지만 골이 패여 깊어버린 내 인생에 안주하지 않고 인생을 거슬러 올라가며 살 수 있는 방법을 알려준 그가 나는 지금도 고맙다.

사람은 누군가를 만나 어떤 인연으로 맺어지느냐에 따라 그 사람의 인생이 바뀌어질 수 있다. 물론 스스로에게 역경을 헤쳐나갈 힘이 필요하기도 하지만 그때처럼 많은 것들을 접해볼 수 없었던 나에게 박준서는 내가 모르는 새로운 세상이 있다는 것을 알려준 사람이기도 했다.

그날 그는 내게 서울에서의 이야기와 대학생들의 생활에 대해 이런저런 이야기를 해주었다. 그는 이제 방학이 끝나가니 곧 서울로 가야 한다며 오랫동안 나를 볼 수 없는 것에 대해 서운하게 생각했다. 나 역시 책도 주고 공부를 가르쳐 주던 좋은 오빠와 떨어지는 것이 서운하지 않을 리 없었다.

우리는 여기저기 사람이 없는 곳을 찾아 걸어다녔다. 숲 깊은 곳으로 들어가자 소나무 그늘 아래 작은 우산처럼 소복소복 피어난 버섯이 보였다. 귀한 송이 버섯이었다.

"송이 버섯이다! 팔아도 되고 구워 먹어도 맛있어유."

내가 감탄하며 송이버섯을 땄다. 그 송이버섯을 집에 내놓으면 놀고 왔다는 소리도 안 들을 테고 칭찬을 받을 것이었다. 그러자 그가 그 근처에 있던 큰 독버섯을 따서 내게 주었다.

"아! 그건 독버섯인디!"

내가 놀라자 그가 얼른 버섯을 버렸다. 나는 그가 버린 버섯을 다시 주워들어 주머니에 넣어 두었다.

저녁 무렵 강에서 피어오르는 안개가 대나무숲을 덮고 있었고 나즈막한 언덕에 무성한 풀들은 이상하게도 초록빛이 아닌 은빛으로 술렁거렸다. 골짜기 안에는 둥근 연못이 있었는데, 버드나무와 복숭아나무가 그 연못을 둘러싸고 있었다. 흡사 꿈을 꾸는 것처럼 주위의 모든 풍경이 아련하게 아름다웠다.

"우리 고향이 이렇게 아름다운 줄은 전에는 몰랐는디!"

"지도 그래유! 우리 고향이 이렇게 아름다운 줄은 몰랐구면유. 늘 일만 하느라 바빠서……."

그와의 인연이 더 이상 이어지지 못했을 때 나 혼자서 문득 그런 풍경의 아름다움을 느낄 때는 왠지 가슴에 아릿한 아픔이 느껴졌다.

"그럼 영어 공부 열심히 해라. 꼭 중학교도 가야 허고."

그는 영어 책을 내게 주고 손을 흔들었다. 나는 그 자리에 서서 그의 뒷모습이 멀어질 때까지 서 있었다. 그는 여름이 물러나고 선선한 바람이 불어오기 전에 서울로 올라갔고 먼 후에 나는 전쟁의 포요 속에서 다시 그를 만날 수 있었다.

중학교 진학은 나의 간절한 염원이었을 뿐 결국 이루지 못한 꿈이 되고 말았다. 아버지는 여자는 공부할 필요가 없다고 누누이 말했지만, 서산에도 여대생이 있던 시절이었다. 그리고 여자 중학생은 흔했다. 또 나보다 공부 못하던 애들이 산뜻하고 예쁜 세일러복 모양의 교복을 입고 학교를 다니는 걸 보면 내 가슴은 무너질 것만 같았다. 나는 누구보다 공부를 잘 할 자신이 있었고 그 욕구는 모든 일에 최선을 다하는 쪽으로 이어졌다.

시장 통에 갈 때도 아침에 교복을 입고 학교를 가는 내 또래의 아이를 보고 있으면 그대로 달려가 물어보고 싶었다. 대체 무슨 공부를 하냐고. 아이들의 답변에도 나는 아는 것이 아무것도 없을 것이었다.

박준서가 내게 준 영어책을 보고 있으면 교복을 입은 아이에게 물어보고 싶었다. 이 책에 쓰인 글을 읽을 수 있겠느냐고. 그런 생각들을 하고 있으면 초라한 내 모습이 너무 싫었다. 달려가 물어보지도 못하고 멍하니 서서 교복 입은 여학생이 사라지는 모습을 보고 있으면 그대로 흐르는 눈물이 나를 더욱더 비참하게 만들었다.

'저 애는 좋겠다. 도대체 어떤 공부를 하는 걸까? 아! 영어 공부 하고 싶다. 그런데 어떻게 하면 일하지 않고 공부를 할 수 있는 걸까! 저 애들은 일을 안 해도 되는 건가. 왜 나만 학교에 갈 수 없는 걸까!'

오빠한테 한 약속을 지키지 못할 것 같았다. 교복을 입은 아이들이 부러워서 흘린 눈물이 냇가를 이루고도 남음이 있을 것이다. 그때 나의 슬픔은 그만큼 컸고 비참함 또한 그에 비할 수 없었다.

산뜻한 까만 치마에 하얀 칼라가 달린 단정한 옷. 교복을 바라보는 것만으로도 눈이 부셔서 감히 가까이 갈 수조차 없는 여학생이 구두 소리를 울리며 또박또박 멀어져 가는 모습을 숨어서 지켜보기도 했다. 결국 나는 그 여학생들을 선망하고 선망하다 지쳐 그만 포기해 버렸다.

"정신 차리고 일이나 하자!"

나는 직조기 앞에 앉아 정신을 가다듬었다. 공부 대신 이제 밤새워 베를 짜고 옷을 짓기 시작했다. 공부를 하든, 옷을 만들든 나는 일이 끝나기 전까지는 자리에서 일어나지도 않았고 잠도 자지 않았다. 그럴 때면 문 밖에서 기침하는 아버지 목소리가 들렸다.

"얘야, 이만 불 끄고 자거라, 기름 닳는다."

하지만 일을 하고 있는 내 모습을 향해 던지는 아버지 말투는 전보다 부드러워졌다. 나는 교복을 만들어 보았다. 이미 베 짜는 솜씨나 내 옷 만드는 기술은 마을에서 소문이 날 정도였다.

어느 날은 절로 내 손이 움직인 듯 교복을 만들고 있었다. 마을 여학생들이 입고 다니는 검은색 투피스 교복에 새하얀 칼라를 달아 만들어 몰래 입어 보았다. 교복을 입으니 나 자신이 너무도 예쁘고 귀해 보였다.

이게 과연 나일까? 진짜 나일까? 내가 이렇게 기품 있고 예쁘단 말인가? 문득 교복을 입은 내 모습을 오빠에게 보여 주고 싶었다. 지금의 모습이라면 그와 나란히 걸어도 타인의 눈을 의식하지 않아도 될 듯 싶었다.

오빠를 생각하면 가슴이 두근거리면서 알 수 없는 슬픔에 가슴이 아팠다. 그리고 그를 생각할 때 같이 떠올려지는 나의 평범함이 부끄러웠다.

입고 나가지도 못할 옷을 만들어 놓고 거울 앞에 서 있는 내 모습을 오래도록 바라보고 있을 때 방문을 열고 들어오는 어머니가 나의 모습을 보았다. 어머니는 교복을 입고 있는 나의 모습에 놀란 듯 보였지만 손에 들고 있던 옷감을 바닥에 내려 놓고 방문을 열고 나가시면서 뒤돌아서 내게 말했다.

"입지도 못할 옷은 뭐 하러 만들었니?"

나를 달래려는 어머니의 그 한 말씀에 나는 교복의 단추를 풀었다. 나의 이런 행동이 어머니의 마음을 아프게 할 거라는 생각이 뒤늦게 들은 까닭이었다.

나는 어머니와 의논해서 양재학원을 다니기로 했다. 내가 잘하는 것이 바느질과 옷 만드는 기술이었으니, 본격적으로 배워서 전문 직업인이 될 생각을 하게 된 것이었다. 하지만 그 일도 뜻대로 되지 않았다. 아버지는 전문직도 공부도 그 무엇도 여자에게 허용하지 않으셨고 양재학원을 다닌 지 하루만에 나는 학원조차 그만둘 수밖에 없었다.

그때 양장 기술이라도 전문적으로 배웠으면 옷도 더 잘 만

들고 배운 사람들하고도 어울려 세상을 넓게 살았을지도 모른다는 생각이 든다. 하지만 나는 나의 기구한 팔자가 일러준 대로 살아야 할 것이었는지 나의 꿈은 한번도 실현되지 못한 채 그 후로도 계속 집에 들어앉아 삼 삼고 베 짜며 우물 안 개구리처럼 살 수 밖에 없었다.

사람들이 내 바느질이 예쁘고 단아하다며 칭찬할 때도 나는 그다지 기쁘지 않았다. 그럴수록 일감은 밀려들었고 아버지의 뜻대로 나는 집에 들어앉아 쉴 틈 없이 일을 해야 했다.

'착착착착착……'

직조기로 베를 짜는 소리가 들려온다. 나는 하루에 명주 25자씩을 짰다. 그것은 하나도 안 끊어지고 매끈하게 짜야 했다. 여름에 베를 짜면 배와 등, 엉덩이에서 땀띠가 났다.

나는 시집가기 전에 돈은 좀 벌어 놓았지만 은행에 저축할 정도는 아니었고 모두 생활비에 충당됐으므로 호주머니에 그저 좀 넣고 다닐 정도였다. 나는 오로지 일만 했다. 일을 하는 것이 괴로운 생각에서 벗어날 수 있는 방법이었고 어려운 생활에 보탬이 되었기 때문이었다. 아버지의 불호령은 더 이상 들려오지 않았고 베 짜는 소리만이 늘 나의 귓가에 머물러 있었다.

 어둡고 참혹한 꿈 한 가운데서

1950년 6월 25일 일요일 새벽 북한군이 38선을 넘어 남한을 급습했다. 이 때 남한군은 반 이상이 농번기를 돕느라 휴가 중이었다. 북한군은 소련제 탱크를 몰고 파죽지세로 거침없이 남하했고 6월 28일 서울을 점령했다.

그 전부터 38선 부근은 작은 설사 수준의 전쟁이 벌어지고 있었다. 일본이 망하고 독립이 되었으니 이제 모두 노력하면 잘 살 수 있을 거라 생각했는데 불과 몇 년이 안 되어 다시 역사의 회오리가 한반도에 불기 시작했다.

북한군의 탱크는 계속 진격해서 서울 시민들을 어둠 속 한강 인도교로 몰아 붙였다. 이승만 대통령은 비밀리에 피신했고, 국군은 북한군의 남하를 막기 위해 한강 다리를 폭파했다. 다리를 건너던 많은 피난민들이 부서진 다리와 함께 강물에 빠져 몰살당했다는 소문이 서산까지 퍼졌다.

서산에 친척이 있는 피난민들은 지게에, 리어카에 가재도구를 싣고 수 백리 길을 걸어서 피난을 왔다. 빈 건물 곳곳에 피난민이 우글거렸다. 피난민들을 따라 공산군은 서산까지 밀려내려왔다. 북한군이 마을을 점령하면서 마을 사람들을 강제로 소집해 노래를 부르게 했다.

"장백산 줄기줄기 피 흘린 자국……."

그들은 학교와 경찰서 주요 건물마다 공산당의 붉은 깃발을 꽂았다. 그리고 살기가 사라지지 않은 눈으로 마을 사람들 하나하나를 주시했다. 마을을 점령한 공산군은 인민재판과 피의 숙청을 감행했다. 공산군이 체포한 사람들은 친일파, 민족반역자, 반동분자라 이름 지어져 무자비하게 학살당했고 더러는 납치해갔다.

공산당은 마을 사람들에게 자신들의 말을 듣지 않으면 잡아간다는 식의 협박을 하며 강제로 마을 사람들을 서산 초등학교에 모아 놓고 노래를 부르게 했다. 처녀들, 부인들까지 다 학교에 모여 그 노래를 부르게 했다.

저녁에 집으로 돌아오면 하늘에는 비행기가 가득 떠 있었고 저공비행하며 요란한 소리를 내는 비행기들을 보며 우리는 무서움과 공포에 몸을 떨어야 했다. 이윽고 밤이되면 하늘에 떠있던 비행기에서 별똥별들이 쏟아지듯 폭탄이 떨어졌다. 그

폭탄은 주로 서산 읍내를 강타했다.

1950년 전쟁으로 인해 온 나라가 불길에 휩싸이고 있을 한
여름에 내 조카딸이 태어났다. 그날 밤도 멀리서는 대포 소리
가 들려오고 있었고 이따금 새카만 하늘이 붉어지고 포화가
번개처럼 번쩍거렸다.

"양선아, 밖에 비행기 떴나, 안 떴나 나가 봐라."

나는 빛이 새어나가지 않게 조심스럽게 방문을 열고 밖으로
나가 하늘에 비행기가 있는지를 확인했다.

올케는 이를 악물고 비명을 참으려고 애를 쓰고 있었지만
내지르는 비명보다 고통을 억지로 참는 그 소리가 더 애처롭
고 힘들게 보였다. 방 안은 더위에 숨이 막혔고 무겁고 끈끈
한 공포에 휩싸여 있었다.

아기는 시간이 지나도 좀처럼 쉽게 나오지 않고 있었다. 어
머니는 분만 시간이 늦추어지자 방안의 불빛이 새어나갈까 걱
정이 되어 문에다 여러 겹의 홑이불을 걸쳐 놓으셨다. 불빛이
보이면 하늘에서 저공 하는 비행기가 불빛에 맞춰 폭격을 하
기 때문에 단단히 조심하지 않으면 큰 낭패를 볼 수도 있기
때문이었다.

찌는 듯한 더위 속에 그렇게 숨어 웅크리고서 우리는 아이
가 태어나는 것을 지켜보았다. 후끈후끈한 열기가 감도는 방
은 흡사 군불이라도 지피는 것 같았다. 진통에 시달리며 비명
을 터뜨리는 올케의 신음소리는 비행기 소리가 날적 마다 어

머니와 나를 긴장시켰다. 끈적끈적한 피 냄새에 나는 감히 숨
도 제대로 내 쉴 수 없었다.

아이의 울음소리가 들려왔다. 올케 언니의 신음소리는 멈추
어졌고 탯줄을 달은 채 온 몸에 피가 묻어 있는 조그만 아기
의 모습이 내 눈에 들어왔다. 어머니는 탯줄을 끊고 아이의
온 몸을 이불로 감쌌다.

전쟁이 일어나 수많은 사람들의 목숨이 의미 없이 버려지고
있을 때였다. 한 곳에서는 사람들의 시신이 산을 이루고 또
다른 한 곳에서는 생명을 받아내기 위한 산모의 외로운 고통
이 함께 이루어지고 있다는 현실이 나를 슬프게 했다.

사람이 태어나는 일이 이토록 어렵고 숭고한 일임이 분명한
데도 이 땅에서는 식민의 아픔으로 살아야 했던 우리 민족이
서로에게 총부리를 겨누며 가슴에 상채기를 내고 있었다.

사람들이 죽고 세상이 온통 부서지는 것 같아도 다음 날이
면 어김없이 태양이 뜨고 인간의 삶이 이어지고 있으니 이 혼
란한 시절을 어떻게 설명해야 하는 것인지, 나는 방에서 나와
별빛이 초롱한 밤하늘을 올려다보았다.

"양선아? 다시 비행기 떴나, 안 떴나 보거라."

나를 부르는 어머니의 나즈막한 소리가 방안에서 들려왔다.
나는 부엌으로 들어가 미리 준비해 둔 쌀을 안쳤다.

비행기는 시가지를 주로 폭격했다. 폭격할 때는 하늘에 별
똥이 떨어지듯이 비행기 불빛이 현란하게 깔렸다. 그런 밤이

지난 후 그 이튿 날이 되면 어김없이 어디가 폭격 맞아 무너지고 부서졌다는 소리가 들려왔다.

사람들은 집에도 폭탄이 떨어질까 봐 두려워 자다가도 콩밭에 달려가서 숨고 보리밭에 가서 숨고 산으로도 올라갔다. 북한군이 내려와 죽인 사람들은 교사와 군인, 경찰들, 돈 많은 지주들이었다. 북한군은 그들을 바닷가나 건물에 밀어 넣고 무자비하게 총살했다. 수없이 많은 사람들이 이유 없이 죽음을 당해야 했다. 삶과 죽음은 한반도 여러 곳에서 수시로 교차하고 있었다.

나는 밖으로 나와 망을 보고 서 있었다. 부엌에서 미역국을 끓이느라 불피운 빨간빛이 새어 나왔고 굴뚝으로는 하얀 연기가 피어오르고 있었다. 온 마을이 칠흑같은 어둠 속에 잠겨 있는데 유독 우리 집만이 빨간 불빛과 연기를 내뿜고 있었다.

만약에 지금 비행기가 지나간다면 분명 폭탄이 우리 집 위로 떨어질 것이 분명했다. 두려운 일이었다. 생명이 태어난지 불과 한 시간도 지나지 않은 시간인데 그 아이에게서 세상을 빼앗을 수는 없는 일이었다.

나는 하늘을 계속 바라보고 있었다. 달은 없었지만 별들이 가득했다. 이런 밤이 비행사들이 폭격하기에 좋은 밤이라는 말을 들은 적이 있었다. 차라리 비가 오고 바람이 불었다면 이만큼 숨을 죽이지 않아도 되었을 텐데.

나는 아래채에 있는 광으로 내려갔다. 저장해둔 곡식과 채

소를 부엌으로 옮겨 놓기 위해서였다. 내가 광문을 열고 필요한 것들을 더듬어 챙기려는데, 그때 어둠 속에서 누군가가 내 어깨에 슬그머니 팔을 올렸다.

"도……, 도둑이여?"

기겁해서 비명을 지르려던 나는 달빛에 비친 낯익은 남자의 얼굴을 보고 입으로 손을 막았다. 그는 다름 아닌 박준서였다. 그토록 보고 싶었던 준서 오빠였다.

"워메! 선생님!"

"미안하다, 놀라게 해서."

서울에서 피난 왔던 그는 자신의 집안이 풍비박산 난 것을 보고 놀라 도망 다니다가 갈 곳이 마땅찮아 우리 집 광으로 숨어들었다고 말했다.

그의 아버지는 지주였고 형은 공무원이었으니 공산당이 그들을 그냥 두지는 않았을 것이었다. 그는 아버지와 형의 소식이 묘연해졌다고 말했다. 그는 아버지와 형이 총살 당했을거라는 짐작을 했다. 북한군이 내려와 제일 먼저 한 일은 군인이나 경찰, 공무원을 끌어다가 피의 숙청을 감행한 일이었다.

"폐 끼칠 생각은 없었는데 하룻밤만 신세지자."

어둠 속이었지만 모처럼 보는 그의 얼굴은 많이 상해 있었지만 사뭇 비장했다. 나는 그런 식으로나마 그를 볼 수 있다는 것이 반가웠지만 내색할 수 있는 상황은 아니었다.

"일단은 여기 계시는 수밖에 없네유. 근디 식사는 드셨나유?"

그는 괜찮다고 했지만 힘없는 몰골을 봐서 하루는 족히 굶었을 지도 모른다는 생각이 들었다.

"여기 고구마를 좀 뒤져 먹었어."

"좀만 기다리고 계세유."

나는 부엌으로 들어가 지어놓은 밥과 국을 그릇에 담았다. 금방 지어 김이 무럭무럭 나는 하얀 쌀밥이었다. 전쟁 통 한여름인데도 어머니는 며느리를 위해 얼마 남지 않은 쌀로만 정성스럽게 밥을 지으신 것이었다.

"아이구, 미역국에 쌀밥을 먹으니 내 허리가 다 펴지는 것 같네."

나는 그렇게 내가 먹는 척 하며 상을 차려 살짝 밖으로 나가 그가 숨어 있는 광으로 가 음식이 차려진 상을 내려놓았다.

"쌀밥에 미역국이에유, 잠시 전 올케가 애를 낳았거든유."

"그래서 아까 산모가 진통하는 소리가 여기까지 들려왔구나."

그는 몇 시간을 광속에 숨은 채 산모의 비명 소리를 들었고, 어둡고 숨이 콱콱 막히는 듯한 공포에 고통스러웠을 것이다. 어쩌면 나를 기다리고 있었는지도 모른다. 그런 생각을 하니 가슴이 아팠다. 그는 몇 끼 굶은 사람처럼 정신없이 밥을 먹어대기 시작했다. 얼마를 굶고 있었는지 묻지 않아도 알 수 있는 일이었다.

76

날이 밝으면 그는 곧 떠날 것이라고 말했다. 계속해서 여기 머물 수 없다고 설명했다. 나는 그를 그냥 보낼 수가 없었다. 지금 이 곳에서 나가고 나면 또 며칠을 굶을지 모르는 일이었다.

나는 새벽까지 잠을 이루지 못한 채 일어나 주먹밥을 만들어 길을 나서는 그에게 챙겨 주었다. 아직 날이 새려면 멀었는데 하늘은 여전히 어두웠다. 약간은 희뿌연 푸른빛이 돌아 길은 보였지만 그대로 그를 혼자 보내는 것이 내키지 않아 얼마간 그를 따라 나섰다.

"세상이 어쩌다 이렇게 되었을까? 일본에게 해방되었다고 좋아한 게 얼마 전이었는데."

어둑해진 길을 따라 걷는 내려앉은 그의 어깨가 안쓰러웠다. 부모도 형제도 없는 고향에 내려와 모진 고생을 하고 있는 것을 보니 애잔한 마음이 드는 것을 가눌 수가 없었다. 마을 어귀까지 가는 동안 우리는 한 마디도 나누지 못했다. 마을 어귀를 넘어서 헤어지려 했지만 발이 쉽게 떨어지지 않았다.

"이제 그만 집으로 들어가라."

"조금만 더 따라 갈게유. 너무 걱정이 되어서."

"난 우선 읍내로 가야 해. 그곳은 위험한데 너도 같이 갈 수 있겠니?"

그는 읍내가 위험한 곳이라 말하며 자신의 힘만으로는 감당하기가 벅찰 것 같아 누군가의 도움이 필요한 것처럼 말했다. 그는 당당하고 자신감이 넘치는 사람이었다. 그런 그가 지금은 전쟁의 공포에 몸을 떨고 있었다.

나는 그를 따라 나서기로 했다. 들판과 숲은 아무 일 없다는 듯 여름의 절정을 향해 치닫고 있었다. 우리는 안개가 끼어 축축한 풍경 속으로 묵묵히 걸었다.

폭격을 맞아 폐허가 된 읍내는 사람이 살았던 흔적은 찾아볼 수 없을 정도로 아수라장이 되어 있었다. 폭격을 맞은 건물에서 뿜어져 나오는 희뿌연 먼지들이 읍내 전체를 음산하게 감싸고 있었다. 그는 마을을 지나 인적이 드문 곳으로 돌아갔다. 작은 교회의 문과 창들은 총을 맞아 온통 깨어지고 뚫려 있었다.

우리는 교회 안으로 들어갔다. 교회 안은 컴컴해서 보이지 않았지만 시신이 부패해 가는 지독한 냄새로 가득했다. 안에는 사람들의 시체가 몇 구 흩어져 있었다. 한여름이어서 시체는 빠르게 부패되고 있었다. 흡사 저주받은 악몽을 꾸고 있는 것 같았다. 그는 그 시체들을 뒤적거렸다.

그제서야 나는 비로서 알 수 있었다. 그가 왜 읍내에 왔고 지금 무엇을 찾고 있는 것인지. 그는 겹겹이 누워 있는 시체 더미 위에 손전등을 비추며 아버지와 형의 시신을 찾고 있었다.

손전등의 가는 빛이 새벽빛 사이를 비켜나갔다. 빛이 스쳐

가는 방향 따라 부패되기 시작한 시신들의 모습이 나의 눈 안에 섬칫하게 잡혀졌다. 어떤 사람의 얼굴은 형체를 알아볼 수 없을 정도로 문드러져 있었다. 총탄과 폭탄의 파편이 뚫고 지나간 시신의 배는 찢겨지고 구멍이 난 채로 심하게 손상이 된 채 내장이 밖으로 돌출 되어져 있었다. 산짐승이 뜯어 놓은 것만 같은, 눈을 뜨고는 차마 볼 수 없는 처참한 광경이었다.

이것이 현실인가! 이 무서운 죽음들이 우리 동포의 모습이란 말인가! 나는 끓어오르는 분노와 슬픔을 가누지 못하고 눈을 감아 버렸다. 그리고 엄습해 오는 두려움에 몸을 떨었다. 이미 등과 손에는 식은땀이 흐르고 있었다. 준서 오빠는 시신의 얼굴을 일일이 확인하며 아버지와 형의 시신을 찾기 위해 애썼지만 그의 아버지와 형은 이곳에 없었다.

우리는 밖으로 나와 바다를 향해 걸었다. 교회 안에서 용케도 잘 참고 있던 그가 갑자기 구토하기 시작했다. 오빠는 길가 구석으로 가 그나마 먹은 음식물들을 죄다 토해내기 시작했다. 구토질을 멈추었는데도 오빠는 한동안 그 자리에 앉아 있었다.

나는 오빠에게로 다가갔다. 오빠의 얼굴은 괴로움으로 일그러져 있었고 내가 다가서자 급기야 소리내어 서럽게 울기 시작했다. 오빠는 소리내어 울면서 아버지와 형의 이름을 불렀다.

나는 오빠의 등에 손을 얹었다. 오빠의 웃옷은 이미 땀에 젖어 있었고 가엾은 그의 어깨가 자꾸만 들썩거려졌다. 무어라 말을 해야 할 텐데, 보고 싶었던 사람이, 나의 동경이며 우상이었던 그가 집 잃은, 버려진 피난민이 되어 고향의 길 한 복판에서 이토록 서럽게 울고 있다는 현실이 가슴 저리도록 아팠다.

어둠 속에서 파도 소리가 들렸다. 우리는 언덕에 서서 바다를 내려다보았다. 이토록 황량하고 낯설고 한기가 느껴지는 절망적인 바다를 바라본 적은 없었다. 새벽을 여는 바닷바람이 그날따라 거칠게 몰아쳤고 우리는 한기에 몸을 떨면서도 오래도록 바다를 바라보고 있었다.

나는 교회 안에서 보았던 광경들을 떠올렸다. 절망이라는 단어 외에는 그 어떤 것도 떠오르지 않았다. 여명이 밝아올 때 우리는 산으로 발걸음을 옮겼다. 산 중턱을 넘을 무렵 그가 걸음을 멈췄다.

"양선아, 이 길로 너는 집으로 돌아가라."

"선생님 혼자 어쩔려고 그러세유?"

"나는 아직 할 일이 남았어. 날이 밝았으니 니가 없어진걸 알면 가족들이 걱정할거여. 그러니 너는 어서 돌아가라."

"잠이 안 와서 새벽에 소 꼴 베러 갔다 왔다 그럼 되유."

나는 뒤늦게 집안 일이 걱정되었다. 올케는 갓난쟁이 젖을 먹이느라 잠에서 깼을 테고, 어머니 역시 아기 울음소리에 잠을 설쳤을 것이다. 내가 보이지 않으면 집안은 한바탕 소란이 날 것 같았다.

"빨리 집으로 가라. 오늘 일은 정말 고맙다. 전쟁이 끝나면 다시 볼 날이 있을 거여."

"어디로 가실 건데유?"

나는 글썽거리는 눈물을 참지 못했다.

"양선이는 아직도 눈물이 많구나. 너무 심허게 걱정은 하지 마라. 갈 곳을 생각해 두진 않았지만 읍내에 한번 들러 아버지와 형의 시신을 더 찾아봐야겠어. 이제는 나 혼자 해도 되니께 너는 집으로 돌아가거라."

그가 나의 머리를 쓸어내려주었다.

"선생님? 돌아오실거지유?"

"그럼, 여기는 내 고향인걸……."

그는 그렇게 말하면서 나의 어깨를 힘껏 잡아 주었다.

나는 악몽에서 빠져나오듯 천천히 들판을 걸어갔다. 이 곳은 여전히 훼손되지 않았고 논의 익어 가는 벼들과 나무들은 하늘을 향해 줄기를 뻗고 있었다. 대지는 진 초록빛으로 여름의 절정을 향해 치달았다. 그 대지의 넘치는 생명력이 온 몸으로 느껴지자 오히려 큰 슬픔이 엄습해서 눈물이 흘렀다. 비는 내리고 곡식은 자라고, 사람들은 살아갈 것이며 나도 그들과 같이 아무 일 없었다는 듯 살아갈 것이다. 나는 그 걷잡을 수 없이 흐르는 눈물을 닦으려는 생각도 않고 아이처럼 소리내어 울면서 터벅터벅 걸어갔다.

오빠는 그렇게 나의 곁을 떠났고 그것이 나와 선생님과의 마지막 인연이었다. 그 후로 50년이 다 되도록 오빠의 소식도 오빠의 모습도 다시 볼 수 없었다.

그가 그렇게 떠나고 그날 밤을 무사히 넘기나 싶더니 대낮에 공습이 다시 시작되었다. 덥고 눅눅한 습기로 가득 찬 음습한 날이었다. 저 편 어딘가에 폭탄이 떨어졌고 폭발의 화염이 낮게 깔린 구름을 향해 치솟았다. 폭발음이 하늘을 울릴 때마다 나는 폭음이 울리는 방향의 하늘 쪽을 바라보며 오빠가 무사하기 만을 기도했다. 그렇게 전쟁은 계속되었고 수없이 많은 사람들의 생명이 처참하게 버려지고 있었다.

9월 15일, 맥아더 장군의 인천 상륙작전으로 미군과 국군은 서울을 탈환했다. 맥아더는 북한을 싹 쓸어버릴 만한 엄청난 폭탄을 퍼부었다. 유엔군과 국군은 북한 영토 깊숙이 진격해서 압록강까지 진군했다. 미군이 북진하자 위협을 느낀 중공군이 깃발을 휘날리고 꽹과리와 북을 쳐대면서 개미떼처럼 몰려 내려왔다.

전쟁이 어느 정도 소강상태를 보이는가 싶더니 다시 1.4후퇴가 시작되었고 엄동설한과 정월의 삭풍 속에 피난민들이 또다시 밀려왔다. 북한 사람들은 새로운 삶을 기대하며 남쪽으로 이동했고 다시 서울은 북한과 중공군 수중에 넘어갔다. 이어 국군과 유엔군이 총반격을 펼치면서 서울을 재 수복할 수 있었고 국군이 들어오자 마을 주민들은 태극기를 들고 환호했다.

1951년 섣달 초이튿날, 둘째 형부가 공산군의 편을 들었다는 이유로 끌려갔다. 형부가 집을 나간 그날로 소식이 묘연해졌는데 그날 이후 형부가 집을 나간 그날이 형부의 제삿날이 되었다.

내가 어렸을 때 나를 업어 키웠던 둘째 언니는 해마다 그날이면 남편의 제사를 모셨다. 언니는 열 아홉에 시집을 갔는데, 그때는 일본인이 정신대로 잡아간다는 소문 때문에 과년한 딸이 있던 집은 대개가 그렇게 급하게 시집을 보내야 했었다. 그리고 6. 25전쟁이 일어났고 언니는 반공 이데올로기로 남편을 잃은 기구한 시대의 피해자였다.

그 엄동설한, 눈보라가 휘몰아치던 날 옷이 없어 얇은 옷만을 입고 옥양목 포대기에 애를 들쳐 업은 채 울며 오던 언니의 모습은 잊을 수가 없다. 옛날의 겨울은 지금보다 훨씬 독하게 추웠다. 눈물은 고드름이 되었고 양 볼은 빨갛게 얼어 상기되어 있었다. 그때 언니에게는 딸 둘이 있었는데 큰딸은 세 살이었고 작은딸은 6. 25때 태어났으니 태어난지 몇 달 되지도 않은 핏덩이였다.

"끌려갔슈……, 마치 도살장에 끌려가는 소처럼 끌려갔슈. 다시는 돌아오지 못할 것처럼 꿈벅거리는 눈에 눈물을 떨구면서 자꾸 뒤돌아보던 그 모습이 눈에 선한디. 어떡해유? 어머니 우리는 어떻게 살아유!"

언니는 끝없이 통곡을 했고 시대를 어찌 할 수 없는 어머니는 어린 외손녀를 끌어안고 같이 통곡했다.

"아! 어디서 죽었는 지나 알면 무덤이나 만들텐디……."

그렇게 울면서도 우리는 서로를 바라보며 집안에 일어났던 일들에 대해 함구했다. 우리 집안에 빨갱이가 있어 끌려가 죽었다는 걸 온 마을 사람이 다 알아서는 안 되었다. 공산당, 빨갱이라는 이름이 붙으면 그 인간은 그 순간 인간이 아니었다. 끌려 나간 마을 사람들은 더 있었는데 모두 행방불명되었다.

언니는 그 후로도 거의 날마다 친정집에 왔다. 늘 추위에 얇은 옷을 입은 몸이 꽁꽁 언 채 옥양목 포대기에 딸을 들쳐 업고 와서 울고 또 울었다.

준서 오빠도 다시는 돌아오지 않았다. 돌아온다는 약속을 하긴 했지만 기약 없음을 알고 있었다. 젊은 남자들은 모두 전선으로 나갔다. 비운의 전사 통지서가 올 때마다 마을에서는 통곡 소리가 났고 수많은 청춘들은 그렇게 전쟁터에서 피어 보지도 못한 채 져버렸다.

나는 그 후로 오빠가 떠나간 하늘 위를 멍하니 올려다보았다. 그러면서 이유 없는 눈물을 몰래 흘려야 했고 가슴에서는 '슬프지? 너 많이 슬프구나!' 그렇게 내 안의 목소리가 나에게 말했다.

전쟁도 일장춘몽처럼 지나갔다. 어느새 사람들의 의식에는 전쟁에 대한 기억도 멀어져 가는 것 같았다. 살기 바빠서 마음의 상처를 오래 담아둘 수도 없었다. 어떤 사람들은 전쟁을 이용하여 파렴치한 방법으로 돈을 벌어 부자가 되었고 피난민과 하층민은 배고픔으로 죽어갔다. 파괴된 서울은 다시 재건되고 있었지만 농촌은 절대적 빈곤 상태에서 벗어나지 못하고 있었다.

초등학교 때 담임선생님과 친구들, 저자는 가운데 줄 담임선생님 옆

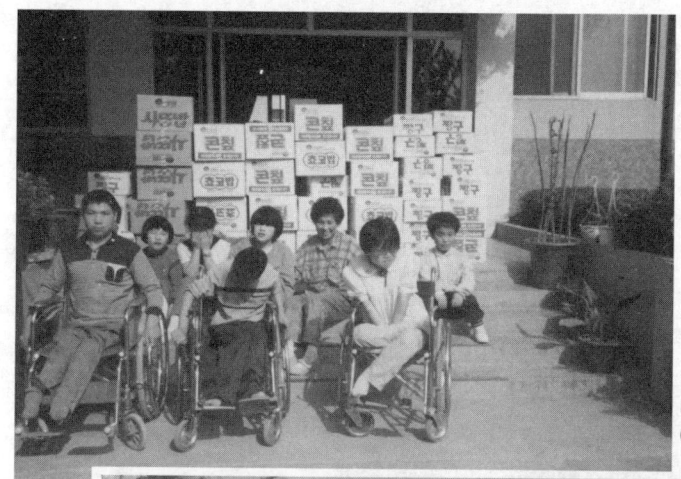

대전 종합 복지 재활원
아이들에게 책과 물품을 전달

딸 순애와 함께

성로원 아기집
아이들에게 책과
물품을 전달

수모와 고통의 세월

나는 언니들에 비해 결혼을 늦게 했다. 스물 여섯에 약혼해서 스물 여덟에 결혼했으니 그 시대로는 상당한 만혼이었다. 내가 시집을 늦게 간 것은 몸이 약한 편인데다, 시집을 가면 고생한다고 집에서 의도적으로 늦춘 이유도 있었다.

나는 몸이 가냘프고 약했지만 앉아서 하는 바느질과 길쌈은 꼼꼼하게 잘했다. 삼을 삼아도 굵고 가는데 없이 똑같은 철사처럼 삼아야 했고 베를 짜도 판판하게 짜야 마음이 편했다. 삼을 삼건 논일을 하건 밭일을 하건 일을 다하기 전까지는 잠을 자지 않을 정도였으니 빈틈없는 내 성격이 몸을 약하게 만들었을지도 모른다.

나는 어려서부터 공부나 일 모두 욕심이 많았고 아버지에게서 배운 근면함 때문인지 한번 일을 손에 잡으면 끝을 보아야 마음이 편했다.

아버지는 나에게 일을 시킬 때 나의 민첩함과 꼼꼼한 솜씨를 칭찬하셨다. 그래서 아버지는 어릴 때부터 내가 공부에 집착하고 공부하는 것을 싫어하셨던 것 같다. 시집가기 전까지 내가 주로 했던 일은 문밖에는 나가지도 않고 집안에 들어앉아서 삼 매고 베 짜는 일이었다.

언젠가 한번 지금은 영화라고 하지만 그 당시에는 활동사진으로 불리었던 것을 밤늦게 보러 갔다 오다가 아버지께 경을 치게 혼난 기억이 있다.

여자는 문 밖 출입을 삼가야 한다는 아버지의 말씀은 시집을 가기 전까지 귀에 딱지가 일 정도로 들었다. 넓은 세상을 볼 수 있는 기회가 많이 주어졌더라면 아버지의 바람대로 집안에서 안주하며 살지는 않았을 것이다. 하지만 그때 내 또래의 처녀들은 집 밖으로 나가면 무슨 무서운 일이라도 일어날 것처럼 겁을 먹고 있었으니 아버지의 말씀이 아니었더라도 나는 고향을 벗어날 용기는 내지 못했을 것이다.

남편은 나와 동갑이었다. 논 30마지기를 가지고 있는 집안이었기에 아버지는 망설임 없이 나를 그 집으로 시집보냈고 결혼을 함과 동시에 그때부터 나의 인생은 고달프고 힘겨운 고개를 넘기 시작했다.

남편은 나와 같이 일 욕심이 많은 사람이었다. 그때는 농기

계가 없어 모든 일을 일일이 손으로 해야 했다. 그럼에도 불구하고 남편은 논 30마지기를 혼자서 농사지을 정도로 건강하고 일에 대한 욕심도 돈에 대한 욕심도 많은 사람이었다.

친정의 팔촌 오빠가 시댁 마당 밑에 살았었다. 그것이 인연이 되어 팔촌 오빠가 중매를 서게 되었고 아버지 대신 큰오빠가 선을 봤다.

그때의 혼사라는 것이 거짓말 세 마디 안 들어가면 혼인이 안 된다는 말이 있듯이 중매하는 사람의 입장에 선 팔촌 오빠는 남편에 대해 좋은 말만을 늘어놓았고 순진하고 남의 말을 잘 믿는 큰오빠는 그렇게 선을 보고 사진을 가져 와 내게 보여 주었다. 그 사진을 보는 순간 나는 불쑥 좋지 않은 예감이 들었다.

"오빠, 지는 이 사람 싫어유."

그러자 나의 의중을 제대로 알지 못하는 큰오빠는 대뜸 화부터 냈다.

"싫거든 네 멋대로 골라서 시집가거라! 나이 들어 시집가기가 얼매나 힘이 드는데 까탈이여! 까탈이."

나와 15세 차이가 나는 큰오빠는 아버지 같은 분이었다. 오빠는 남편의 사람 됨됨이도 괜찮고 집안도 살만하니 그 정도면 괜찮다면서 나에게 자꾸 결혼을 권했고 주변 사람들까지 거들고 있는 터라 나는 남편을 마다할 명분을 찾지 못했다.

나의 의중과는 상관없이 그렇게 혼사가 결정되면서 신랑 집에서 신부 집에 사주를 보내왔다. 그때의 약혼이라는 것은 신랑의 생년, 월, 일, 시를 적은 것을 봉투에 넣어 신부 집에 보내면 신부 집에서는 상을 놓고 정중하게 사주를 받는 것으로 약혼이 성립되었다. 그렇게 약혼을 한 후 3년 뒤 나는 결혼을 하게 되었다.

남편은 약혼 기간동안 두 번인가 우리 집에 찾아와 어른들께 인사를 드렸다. 남편의 얼굴은 보통이었고 외형은 볼품없어 보이는 남자였다. 우리는 예의를 갖추느라 얼굴을 숙이고 이야기를 나누었다. 약혼을 했다고 해서 약혼 기간동안 따로 만나는 일은 없었다.

나는 어쩐 일인지 외모에서 비춰지는 것보다는 인상이나 풍기는 분위기, 말투 같은 것들이 모두 마음에 차지 않았다. 꼭 결혼을 해야 하는 것인지 확신도 없는 상태였고 내 인생이 그로 인해 불길하게 이어질 것을 미리 예감하고 있었던 것인지, 남편과의 만남에서 결혼생활까지 나의 예감대로 평탄할 수만은 없었다. 하지만 어른들의 말은 곧 법이었고 그대로 따라야만 했기에 남편과의 결혼은 강행되었고 나의 인생은 내가 원하지 않은 깊은 산 속 어딘가에 버려지듯 그렇게 살아야 했다.

음력 10월에 잔치가 이루어졌다. 나는 그때 시골로써는 꽤 혼수품을 넉넉하게 해갔다. 가지가지 입을 옷들과 이불을 다섯 채나 해갔다. 가난한 집 딸은 이불 한 채도 제대로 못해 가던 시절이었다. 신부화장을 하고 족두리에 혼례복을 입고 있는 내 모습을 지켜보시던 어머니는 저고리에 눈물을 찍으며 혼례복을 매만져 주셨다.

"우리 양선이 아주 곱구나. 이제 다른 집 식구가 되는구먼. 더 데리고 있고 싶어도 여자는 어차피 다른 집 사람이 되어야 하는 팔자이니 더는 붙잡고 있을 수도 없고, 하고 싶은 것 다 해주지 못해서 너에게 참으로 많이 미안허다.

시집 가거든 시부모님 말씀 잘 듣고 잘 공경허고 남편 뜻에 어긋나지 않게 살어야 헌다. 그리고 늘 남에게 베풀면서 살아라. 잘 사는 집일수록 남에게 베풀고 살아야 혀. 힘들다고 투정하지 말고, 원래 시집살이라는 것이 다 그런 법이니께. 우리 양선이는 잘 할 것이구먼. 워디 못하는 것이 있어야 말이지."

나는 어머니의 그 말씀에 눈물이 핑 돌았다. 어머니는 내 이마와 족두리가 쓰여진 머리카락을 쓰다듬었다.

"잘 살아야 헌다. 효도가 다른 것이 효도가 아니여. 잘 살믄 그것이 효도지. 우리 양선이는 원채 효녀였응께 잘 살거이다."

나는 양쪽에서 부축을 받으며 혼례장으로 갔다. 왠지 발길이 무겁고 텅 빈 마음에 쓸데없는 것들이 들어와 오그라드는 것만 같았다.

사모관대를 입은 신랑이 대례청인 신부 집 앞마당으로 들어

섰다. 바닥에는 멍석을 깔고 대례상을 놓고 병풍을 쳐놓았다. 대례상 위에는 쌀, 밤, 대추, 암탉과 수탉, 촛대 두 개가 놓여져 있었다. 기다리고 있던 신랑과 마주 하고 혼례상 앞에 조용히 섰다. 그렇게 절을 하고 술잔에 입을 대고 혼례를 끝냈다.

혼례가 끝나고 신방에서 신랑을 기다리는 마음에 초초함이 들었다. 시간이 여러 시간 지났는데도 신랑은 들어오지 않고 있었다. 여러겹 겹쳐 입은 혼례복이 몸을 조여오고 다리는 여러 차례 쥐가 나고 있었다. 문득 질마재라는 전설이 생각났다.

'질마재'라는 곳의 전설 속 신부는 첫날 밤 신랑이 줄행랑을 놓아 혼례복을 입은 그대로 신랑이 돌아오기를 기다렸다. 몇 십 년이 지난 후 어느 날 신랑이 그 질마재를 넘다가 옛날에 장가 갔던 기억이 떠올라 신부의 집으로 찾아갔다. 그랬더니 신부가 그 때의 혼례복을 입고 족두리를 쓴 모습 그대로 앉아 있는 것이 아닌가. 눈물이 핑 돈 신랑이 신부를 건드리자, 신부는 폴싹 허물어져 재가 되고 그 자리에서 노랑나비 한 마리가 날아갔다는 전설이었다.

나는 새로운 인생길에 첫날 밤 새색시가 재가 되어 버린 신부의 이야기를 떠올리고 있었다. 남편은 늦은 시간 신방으로 들어왔고 나의 결혼생활은 그렇게 시작되었다.

그때 어느 누구도, 나조차도 그날 이후 나의 인생 앞에 높고

험준한 산이 겹겹히 치고 있으리라고는 생각하지 못했다.

결혼 후 나는 충남 당진군 합덕면에 있는 시댁으로 들어갔다. 남편은 7남매 중 네째였는데, 위로 시누이 셋하고 아래로 시동생 셋이 있었다. 형제로 치면 장남이었다.

결혼 후 처음에는 남편도 나에게 잘 대해 주었다. 서로 늦은 결혼인데다가 늦게 얻은 색시가 신랑도 그리 밉지는 않았던 모양이었다.

노란 양단 저고리에 진분홍 뉴똥 치마를 입고 그 위에 새하얀 행주치마를 걸고 부엌일을 하고 있는 내 모습을 남편은 차마 부엌으로는 들어오지도 못하고 멀찌감치 서서 멀건히 바라보기만 했다. 머리는 땋아서 올리고 새하얀 외씨버선을 신었다. 그렇게 차리고 있으면, 새댁이 아주 이쁘다는 마을 사람들의 입담이 내게 들려왔다.

신혼 초 남편은 내게 장난도 치고 꽤 곰살 맞게 굴었다. 제수씨가 없으면 부엌에 들어와 불도 때주고 한동안은 그럭저럭 별탈 없이 남편에게 정을 붙이며 살 수 있었다. 아기를 낳을 수 없다는 병원의 진단을 받기 전까지는 말이다.

어머니의 말씀대로 시집살이는 고추당초보다 매웠고 나의 생각만큼 그리 만만치만은 않았다. 그저 열심히 일하고 남편 수발 잘 들어 아이만을 잘 낳아주면 사랑 받을 수 있으리라 생각했었다.

그 시대, 시댁이라는 대가족에 속해 있는 여자들은 지나치게 많은 제약들로 숨막혀 했고 현실에 분개하면서도 어쩔 수 없이 살아야만 했다. 참고, 참고 또 참으며 세월이 흘러 자식들 제각기 짝지어 보내고 나면 시부모님들은 돌아가시고 고약스럽게 굴던 남편도 이빨 빠진 호랑이처럼 되어 버린 후 시댁식구라는 명칭을 단 사람들과 같이 늙어갈 무렵 고단했던 시집살이는 끝이 난다.

그러는 동안 여자들은 자신도 모르게 저속해지고 고약해져서 약간이라도 권력을 쥐게 되면 그 권력을 남용하게 되고 그토록 고단하게 살았던 자신의 삶을 그 누군가에게 보상받으려 한다. 보상의 대가를 치러야 하는 것은 그 여자들의 며느리 몫이었다. 시어머니나 시누이 같은 존재가 그런 경우였다.

나의 시어머니 또한 암암리에 전해진 세습 같지도 않은 세습을 따라 사는 분이셨다. 그때 친정에 와서 살고 있던 시누이가 있었는데 시누이 또한 만만찮은 존재였다. 큰시누이는 아들 하나 낳고 스물 넷에 과부가 되어 친정살이를 하고 있었다. 아들은 초등학교 4학년이었다.

큰시누이는 시어머니라는 존재를 등에 업고 내가 잘못한 일이 있으면 무엇이든 시어머니에게 고했다. 찬밥 주네, 더운 밥 주네, 하며 음식 트집을 잡았다. 나와는 나이 차이가 열 살이 났는데 시누이는 시누이인지라 갓 들어온 올케가 어지간히 마음에 들지 않았던 모양인지, 으레 그때는 그랬어야 했는지

윗사람 답지 못한 행동으로 나를 곤혹스럽게 만들었다.

시어머니는 참기름을 짜면 다락에 넣어서 자물통으로 잠궜다. 처음 시집에 와서 다락에 무엇인가를 넣어놓고 자물통으로 잠그는 시어머니의 행동을 보고 의아해 했지만 달리 생각할 것도 없었고 시어머니의 일을 일일이 알려고 들 여유도 없었다.

하지만 며칠이 지나 부엌에 참기름이 없다는 것을 알게 되었고 시어머니가 다락에 숨겨 놓은 것이 다름 아닌 참기름이라는 것을 알게 되었다.

시어머니는 참기름을 내놓지도 않으면서 나물을 찬으로 올려놓거나 참기름이 들어가야 할 음식이 상에 올려지면 나에게 음식솜씨 타박을 하셨고 당신께서는 다락에서 참기름을 꺼내 음식에 간을 해서 드셨다.

내가 시집살이를 하는 동안 참기름을 맛 본 것은 떡을 할 때나 조금 맛을 봤을 뿐이었다. 시어머니와 시누이는 참기름 외에도 귀하다고 생각하는 음식들은 다락에 넣어 놓고 심지어는 시아버님께도 드리지 않았다.

심하게 매질을 하거나, 밥을 주지 않거나 하는 것들을 시집살이라고만 말할 수는 없었다. 농촌에서 일하는 것은 당연하고 농번기가 끝나고 겨울이 되면 더러 쉴 수도 있으니 농번기에 일을 한다고 시집살이라고 말할 수는 없는 일이었다. 언제나 사소한 것들이 문제였고 시어머니는 사소한 것들을 크게 만들어 머리끝에서 발끝까지 하루에도 수 십 번씩 나를 관찰하며 구박할 구실을 만드셨다.

나는 무엇보다 상 차리는 일이 힘들었다. 새댁으로 처음 들어갔을 때는 일꾼도 있었다. 끼니때마다 시아버지 상 하나, 시어머니 상 하나, 일꾼 상 하나, 우리 상까지 상을 넷을 보아야 했다.

그때만 해도 조기가 귀하던 시절이었는데 찬을 볼 때 조기를 한 마리 구우면 시아버지 상에 제일 좋은 것을 놓는 것은 내게 당연한 일이었다. 그래서 나는 늘 가운데 토막은 시아버지 상에 놓아 드렸다. 그리고 남는 머리와 꼬리는 시어머니 상에 놓았다. 그럴 때마다 시어머니는 한 방에 놓여진 각각의 상을 휘이 둘러보시며 벌컥 화를 내셨다.

"이 놈의 고기는 대가리와 꼬리밖에 없는 거냐?"

차마 너무 귀해서 우리는 구경도 못하는 고기였다. 없어서 그렇게 올릴 수밖에 없는 것을 시어머니도 알고 있으련만 늘 트집을 잡아 소리를 지르셨다. 하루 일을 끝내고 앞치마를 풀을 때면 '오늘은 그래도 밥상은 날아오지 않았구나' 하는 생각으로 잠자리에 들었다.

시댁은 집 밖에 우물이 있었다. 워낙 지대가 높아 우물까지가 물을 길어 오는 일은 내게 매우 힘에 부치는 일이었다. 그래서 집안에 우물을 팠는데, 아무리 파도 안 나오던 물이 깊이 파들어 가니 조금씩 샘솟기 시작했다.

하지만 판 우물에서 나온 물이 짠물이어서 빨래는 할 수 없었다. 그래서 겨울에는 개울가까지 가서 빨래를 해야 했다. 그러면 빨래는 얼어붙어 짜지지도 않았고 내 손은 꽁꽁 얼어붙었다. 언 손으로 빨래 통을 들고 집으로 돌아오면 시아버님은 큰 가마솥에 물을 가득 부어 펄펄 끓여 놓고 나를 기다리셨다.

"많이 춥지? 얼른 들어와 더운물에 손 녹혀라."

아무리 힘이 들어도 살 길은 있다고 나의 시아버지는 며느리를 아껴주시는 분이셨다. 시아버지는 부엌일도 곧잘 도와 주셨다. 아궁이에 불을 때는 재료로 짚을 많이 썼는데, 그 짚을 때면 재가 많이 찼다. 그 재를 담아 버리고 또 짚을 때서 가마솥 한가득 물을 끓여 놓아 주셨다. 빨래를 하고 집으로 돌아오면 시아버지는 발갛게 언 내 손을 차마 만져주지는 못하시고 군불에 끓인 물을 내게 내놓아 주셨다.

친정아버지에게서 받지 못한 부정을 나는 그때 알았고 언 손을 물에 녹이고 있으면 그래도 친정이 그리워 눈물 흘리곤 했었다.

"늙은이, 기운도 참 좋다! 니는 시간이 몇 신데 이제 와서 늦장이여. 어서 밥해라. 니 시누이 배고프단다."

시어머니는 시아버지가 며느리에게 잘 대해주는 것도 못 마땅히 여겼다. 시어머니의 성화에 언 손이 채 풀리기도 전에 나는 군불을 때고 밥을 지어야 했다.

어느 날은 시어머니가 부엌에 앉아 빨래를 하고 있었다. 지금은 부엌에 수도가 있고 하수구가 있어 빨래할 수 있지만, 그때는 수도도 없고 물 빠지는 곳도 없었다. 그런데 무슨 일인지 심술이 잔뜩 난 시어머니가 물도 빠지지 않는 부엌에서 빨래를 해 부엌이 온통 물바다가 되었다.

아들들이 어머니께 해드린 코르덴 치마의 색이 진하다고 물을 부어 삶아서 엉망이 된 치마를 부엌에 앉아 벅벅 빨고 있었던 것이다. 그때 코르덴은 귀한 천이었다. 동서와 내가 바깥일 하느라 나갔다 들어와 보니 온 부엌바닥에 물이 질퍽질퍽 차 있었고 아궁이까지 물이 가득 들어차 있었다. 어머니는 며느리들의 외출에 심술을 부리느라 일부러 그러신 듯 싶었다. 남편에게 들은 바로는 시어머니도 시집살이를 독하게 한 분이셨다. 또 시아버님과 사이가 나빠 마음 고생도 심했다고 한다.

시아버지는 첫째 부인과 사이가 좋으셨다. 그런데 애를 낳다가 부인이 죽자 시어머니가 재취로 들어오셨다. 그런데 두 분은 사이가 좋지 않아서 아버님이 삼 년을 밖에서 방황하다가 돌아오셨다. 남편이 그렇게 종적 없이 살다가 돌아왔으니 시어머니 가슴이 온전할 리가 없었다.

자신이 낳지도 않은 남편의 자식 키우며 이쁜 시절 남편에게 사랑도 받지 못했으니 남편에 대한 분노가 남아 있지 않았다면 그나마 남은 가슴은 새카맣게 재가 되어 벌써 사라지고 없을 것이라고 남편은 내게 말했다. 시어머니의 가슴에 남은 재가 세월에 묻혀 있다 내게로 날아오고 있었다.

시당숙의 집안이 부잣집이어서 항상 제사를 잘 차렸다. 며느리들이 그 집으로 일을 하러 가면 그 곳에서 제사를 지내고 아버님께 드리려고 동서와 내가 음식을 챙겨왔다. 손에 들린 음식을 보신 시어머니는 음식 보따리를 풀어보라고 하시고서는 맛나고 귀한 음식은 모두 감추어 다락에 넣어 놓고 두부와 맛없는 음식만 골라 시아버님께 내놓았다.

"놀고 있는 노인네한테 이런 게 뭐가 필요혀. 그 양반한테는 이거면 충분혀! 괜시리 늙어서 식탐만 부리지."

나와 동서는 어머니의 그런 행동이 이해되지 않았다. 그러면서도 어머니는 자신이 낳은 아들에 대해서만은 끔찍했다. 상에 놓은 음식이 다음 식사에 또다시 올라오면 노여워하셨고 남편과 밥상을 맞이한 나는 밥을 상에 올려놓지도 못한 채 바닥에 놓고 머리 숙여 먹어야 했다.

시어머니는 그렇게 대놓고 동서와 내 앞에서 시아버지 구박을 하는 분이셨다. 시아버지에게 남아 있는 정이라곤 아예 없는지 말도 않고 사셨다. 각방 생활을 하시면서 그 불만과 화를 며느리에게 풀었는지도 모른다. 그럼에도 불구하고 아들 넷, 딸 셋, 칠 남매를 낳았다. 금실이 좋아서가 아니었다. 싸우고 집 나가도 애 하나 만들어 놓고 나가고, 첩 살림하고 따로 살다가도 하루 저녁 본부인과 자고 나가면 애가 생기던 그런 시대였다.

나는 서산 면에서 바느질 솜씨로 소문이 났었다. 그래도 시어머니는 며느리 바느질 잘 한다는 말을 한 번도 안 하셨다. 시집오면서 시어머니 옥양목 저고리 다듬고 빨아 삶아서 풀하고 솜 해서 지어드렸었다. 옛날에는 목화솜을 타서 광목, 명주, 옥양목에 그 솜을 넣어 옷을 만들어 입었다. 솜을 넣을 때 솜을 타서 바느질하는데 안 타게 되면 뭉쳐서 옷을 입기가 불편했다. 시어머니는 옷을 들어 밝은 빛에 비춰 보며 내게 야단을 쳤다.

"솜이 뭉쳤네! 솜을 안 탄 모양이구만."

나는 시어머니께 말대답도 하지 못하고 어머니가 하는 대로 지켜보았다.

"바느질 솜씨가 이게 뭐냐! 하도 시원찮아서 내가 뜯어 다시 하려고 그런다!"

그러면서 냅다 화부터 내셨다. 어머니 자신이 고치신답시고 옷을 울퉁불퉁 엉망으로 만들어 놓고 말았다. 지금 생각하면 참 특이한 분이었지만 남편에게 사랑받지 못한 나의 인생을 돌이켜 보면 시어머니에게 드는 연민이 없다고는 말할 수 없다.

매사를 그렇게 불편하게 사셨으니 당신 또한 살아오신 인생을 행복하다고 느끼지는 못하셨을 테니, 그 인생 또한 불쌍하다 말하지 않을 수 없다. 흡사 팥쥐 엄마처럼 구셨다. 밑 빠진

독에 물 부어라, 부러진 호미로 밭을 매라, 매사가 그런 식이셨다. 그걸 지켜보던 동서가 나를 거들어주고 싶은 마음에 나의 귀에 대고 속삭거렸다.

"허이구! 우리 형님 바느질은 대한민국에서 제일 잘하는데, 그걸 뜯어서 다시 하시더니 꼭 거지 옷 누빈 것 맨키롱 해 놓으셨네!"

내가 시집 온지 서너 해 지난 후에 동서가 아들을 낳았다. 시동생은 아기에게 덮어줄 군인용 국방색 담요를 사 왔다. 그 시대로는 아주 좋은 담요였다. 시동생은 그것을 아내에게 선물로 주었다. 동서는 매끈하게 미끄러져 내려가는 담요를 쓸어내리며 아기에게 덮어 주었다. 그 모습을 본 시어머니는 '감이 따뜻하고 좋구나. 나랑 나누자.' 하시면서 그것을 반으로 잘라 당신의 몸뻬를 지어 입으려 하셨다.

그 시대 며느리들은 다 재봉틀을 해서 시집갔다. 시어머니가 동서에게 몸뻬를 지으라고 하셨고 천이 모자라 길이가 맞지 않자 동서는 여러 번 고쳐내야 했다. 세 번을 고치자 시어머니의 역정이 시작되었다.

"그걸 솜씨라고……. 쯧쯧!! 그걸 어찌 입누. 보기 싫다. 치워라! 안 입을란다."

시어머니의 구박은 세월이 가도 여전한 반면에 시아버지는 언제나 며느리 도울 일을 찾아 우리의 일손을 덜어 주셨다. 시아버지는 부처님 가운데 토막 같이 얌전하신 분이었다. 논

밭에 나가 일은 안 하셨지만 여자들이 부엌에서 하는 소소한 일은 알아서 다 해 주셨다.

우리가 밭에서 일하다가 식사 때에 맞춰 부엌에 들어가면 며느리 바쁜 마음을 미리 아시고 콩 깔 틈 없지 않느냐면서 밭에서 딴 콩을 까서 부뚜막에 갖다 놓고, 마늘도 까고 감자도 캐서 껍질을 손수 긁어 놓으셨다. 안마당과 바깥마당도 다 쓸어 놓으시고 나무는 말려서 장작간에 넣어 주셨다.

"추운데 애썼다. 아가? 추운데 일 너무 많이 한다. 오늘 못 하면 내일 허지. 뒀다가 내일 하지. 날마다 하는 일, 워찌 그렇게 한다니?"

이처럼 시아버님의 따뜻한 보살핌이 없었더라면 고추당초보다 매운 시집살이를 어떻게 견디어 냈을지 지금도 그 고마우신 말씀이 기억에 또렷하다.

"아버님, 빨래하니까 옷 벗어 주세유."

"어이구, 아가 내 옷 깨끗혀. 내일 벗지."

그렇게 날마다 내일 벗지, 내일 벗지 하시면서 옷도 안 벗으셨다. 며느리들 힘들고 일하는 것이 불쌍하다며 흙으로 더러워진 옷을 며칠씩 입곤 하시던 분이셨다.

아버님께 받은 사랑 때문인지 지금도 아버님 좋아하시는 것들이 생각난다. 아버님은 생선류는 다 좋아하셨다. 뼈다귀 하나 안 남기고 다 깨물어 드셨다. 뭐든지 좋은 것을 보면 지금도 아버님이 떠오른다. 아버님이 지금 살아 계신다면 잘 해

드릴 텐데 그때는 해드리고 싶어도 없어서 못 해 드린 것이 많았다. 조기나 갈치를 사면 대가리와 꼬리가 남았다. 그걸 돌절구로 잘 다져서 빻으면 믹서에 간 것 같았다. 그 뼈를 갖은 양념에 묻혀 내놓으면 아주 잘 잡수셨다.

그때는 대가리와 꼬리를 묻혀 드려도 잘 잡수셨는데, 지금은 온종일 수산시장에서 온갖 생선들을 보고 있으면 저런 걸 해드리면 얼마나 좋아하실까 싶어 자꾸 아버님 생각이 난다. 온통 싱싱한 생선들이어서 졸여 드리면 얼마나 좋을까, 이제는 드시는 것쯤이야 마음껏 해드릴 수 있는데 야속한 마음에 후회되는 마음이 든다. 후에 아버님은 칠십 세까지 살다 돌아가셨고 시어머니는 팔십이 넘게 사시다 8년 전에 돌아가셨다.

남편의 성품은 얼마 가지 않아 본 성품을 드러냈다. 시어머니를 닮아서인지 화를 잘 내고 자기 성에 차지 않으면 욕부터 하는 나쁜 버릇을 갖고 있었다. 참는 것에 익숙하지 못한 남편의 성격은 작은 일에도 화부터 냈고 서두르는 버릇은 꼼꼼하게 일을 마무리짓지 못해 늘 말썽을 일으켰다.

어느 날은 마당에 엿기름을 널어 놨는데 무슨 일로 화가 났는지 그 엿기름을 마당에 다 쏟아 버리며 욕지거리를 했다. 영문을 모르는 나는 남편의 거친 행동보다 쏟아진 엿기름에 더 신경이 쓰였다. 엿기름은 식혜 할 때도 쓰고, 고추장도 담고, 엿 할 때도 쓰는 요긴한 것이었다. 시어머니가 아신다면 무슨 경을 칠지 모르는 일이었다.

남편과 같이 밭일을 하면 남편의 급한 성격 때문에 남편은 느린 나를 타박하는 일로 시작해서 밭일이 끝나 집으로 돌아올 때까지 그 타박을 그치지 않았다. 나는 꼼꼼한 편이라 느린 면도 있었지만 반면에 남편은 동작은 빨랐지만 일을 대충대충 마무리 지었다. 남편과 내가 밭에서 김을 매면 나는 잡초를 뿌리까지 다 뽑아 뒤집느라 한 곳에 오래 머물렀고 남편은 벌써 저 앞까지 가서 김매기를 끝내기 직전이었다.

"저 여편네는 앉아서 졸고 있나, 너무 굼떠! 빨랑빨랑 하지 못혀!"

남편이 소리치면 나도 질세라 냅다 소리부터 질렀다.

"이보소, 당신은 그저 땅을 밀고 뛰어가서 잡초들을 잘라놨구만? 그럼 뿌리가 살아 있는 잡초들이 금방 자랄 것 아니여. 빨리 했다고 자랑 마소. 말짱 헛일혔네."

남편은 자신이 해 놓은 밭길을 둘러보며 내 말에 인정을 하는 것인지 무시를 하는 것인지 대꾸도 안한 채 논두렁에 드러누웠다.

남편이 나를 답답하게 여기는 것은 내가 꼼꼼하기는 했어도 일을 잘 하는 편은 아니었다. 친정에서도 일을 하기는 했지만, 시집에서 하는 만큼은 아니어서 남편처럼 손에 일이 쉽게 붙지를 않았다.

농사철의 그 많은 일은 해도 해도 끝이 없었다. 부엌에서 밥

짓는 일만으로도 힘이 부치고 정신이 없었다. 그때는 일꾼들 식사까지 만드느라 양이 꽤 많았다. 모 심는 날이나 논 매는 날은 일꾼 30명을 얻어 일을 했다.

나는 새벽에 일어나서 일꾼들 새벽부터 밥 해 주고 날 밝기 전에 다시 밥해서 먹였다. 아침 식사를 하고 쉴 참에 국수 삶아 나가고, 또 점심해서 나가고, 저녁 참 해서 나가고……, 그렇게 대여섯 번 밥을 해야 했다.

"밥 준비 다 되었남?"

"좀만 기다리슈."

남편이 논밭에서 일하다가 밥을 가지러 들어왔다. 준비한 참을 남편이 지게에 지고 가서 일꾼들에게 먹이기 위함이었다. 나는 부엌에서 발을 동동 구르며 일하면서도 그때까지 준비를 못하고 있었다. 밥해서 퍼 놨다가 남편이 오면 지게에 지고 갈 수 있도록 미리 차려 놔야 하는데 동작이 재빠르지 못해 미처 준비를 하지 못했다. 불 때면서 밥을 짓고 있는 나를 향해 남편의 욕지거리가 시작되었다.

"그걸 언제 다 하냐? 이 씨발년! 이때까지 뭐 했냐? 남들은 벌써 밥 다 먹고 치웠는디."

허둥거리며 밥을 짓고 있는 나에게 차마 듣기 민망한 욕설을 퍼부은 남편은 마루에 벌떡 드러누워 버렸다. 그 모습을 본 시어머니는 배 고픈 아들이 안됐는지 아들 역성을 들었다.

"지금 밥 퍼 놨다. 저 아래 보니까 박 서방도 지금 지게 지고 가네. 얼른 지고 따라 가라."

"나 안 가유."

남편은 마루에 드러누운 채 계속 죽일 년, 살릴 년 하며 욕을 해댔다. 시어머니에게 받는 설움은 그래도 참을만했다. 하지만 남편만을 믿고 시집온 나에게 남편의 학대는 참을 수 없었다. 무엇이 잘못된 것이 아닌가, 내가 왜 이런 삶을 살아야 하는 것인가 하는 회의도 들었지만 나는 그때 빠져나갈 출구를 찾지 못했고 방법도 알지 못했다. 그저 시집오면 다 그러려니 하시던 친정어머니의 말씀을 떠올리곤 했다. 배움에 대한 욕심도 기대도 많았던 내가 넓은 세상에 눈이 뜨였었더라면 그때처럼 그렇게 살지는 않았을 것이었다.

나의 친정에서는 아버지도 오빠도 농부였지만 밖에서 일하고 들어와 안 식구가 부엌에서 불 때고 있으면, 불 때는 것도 도와주고 가마솥의 국도 같이 푸며 상 차리는 것을 도와주었다. 그런데 남편은 마루에 드러누워 욕만 하고 있으니 그렇다고 더 빨라지는 것도 아닌데, 나는 놀다가 늦은 것이 아닌데, 해도 해도 안 되니까 그렇지. 내가 밥하는 기계인가? 기계도 배고프면 서는데. 늦으면 자기도 밥 퍼서 지게에 얹고 보자기 좀 덮으면 안 되나. 나는 차마 내뱉지 못하는 말들을 안으로 집어삼키며 군불에 시린 눈물을 닦아냈다.

늦은 밤 고단한 일을 끝내고 자리에 누우면 잠이 오지 않는 날이 많았다. 달빛이 밝을 때도 비가 올 때도 그 매일 밤 남편의 다정함은 나에게 없었고 남편의 등을 보며 불을 꺼야 했다. 그럴 때면 책이라도 있었으면 좋겠다고 남편에게 말을 하자, 무엇인가를 보고 알아 가는 재미가 무엇인지 모르는 남편은 농촌에 책이 있겠느냐, 팔자 좋은 소리하고 있다며 언문은 아느냐고 내게 물었다. 남편은 그때까지 나는 글조차 모르는 사람으로 알고 있었던 모양이었다.

나는 하루 종일 한 달 내내, 일 년을 넘기고도 그렇게 몇 년을 죽어라 일을 하면서도 죽일 년 살릴 년 이라는 욕을 들어야 했다.

며느리도 사람인데, 아내도 사람인데 나의 시댁은 성(性)이 다른 나를 여물 먹여 부려먹는 소보다도 일꾼보다도 더 막대했다. 그때 까지 자식이 없던 나는 자식을 낳으면 이렇게 살지는 않으리라 결심했다.

사람은 단순히 일을 하기 위해 태어난 것이 아니라 지식을 습득하고 그 지식으로 자신의 삶을 영위하며 사회에 나아가 그 사회가 원하고 필요로 하는 무엇인가를 자신이 배운 지식으로 보답해야 한다. 그리고 그것이 함께 살아가는 길이고 우리의 후손과 그 후손에게 마땅히 돌려주어야 할 우리의 의무이다.

그런데 나는 자식을 낳을 수 없다는 진단을 받고, 하늘이 주신 귀한 내 자식이 장애아가 되고 그 아이로 인해 사회의 어두운 아이들을 비로소 접하게 되었을 때, 그리고 나의 머리에 새하얀 서리가 내리기 시작할 때 그게 바로 사람이 살아가는 행복이란 것을 알게 되었다.

나는 합덕의 시댁에서 4년을 살았다. 시집에서 산 지 한 3년 되던 해였을 것이다. 그해 겨울은 눈도 많이 오고 유난히 추웠다. 옛날은 지금보다 눈도 훨씬 많이 오고 매섭게 추웠다. 나는 눈 쌓인 하얀 마당에 서서 방아 찧어 놓은 쌀을 키에 까불고 있었다. 감기가 들었는지 목이 간질간질했고 자꾸 기침이 나왔다. 나의 기침이 오래가자 시어머니는 못마땅하다는 듯 마당에 있는 나에게로 다가왔다.

"젊은것이 감기가 왜 그리 안 떨어지냐? 먹을 거 다 먹고 일하는 것도 별로 없으면서 웬 기침이 그리 오래가누. 꾀병이여 아니면 죽을병이라도 걸린 거여."

시어머니의 채근에 기침은 점점 더 심해졌고 참을 수 없이 격하게 나오자 갑자기 목에서 핏덩어리가 튀어나와 쌀 까부는 키에 피가 쏟아졌다. 그때 다행히 어머니는 안채로 들어서기 위해 돌아섰고 나는 피 묻은 쌀을 급하게 쌀 안으로 섞으려고 하는데 나의 행동을 이상하게 느낀 어머니가 돌아서 다시 내게 걸어오고 계셨다. 피는 멈추어지지 않았고 땅에도 떨어져 하얀 눈 위를 점점이 붉게 물들었다. 나는 쉼 없이 나오는 피에 그만 악! 하고 비명을 질렀다.

"뭐여! 이거 피 아니여!"

"아! 어머니……."

내 모습을 본 시어머니는 마구 비명을 질렀다.

"야야! 너……. 너……, 폐병 걸렸냐? 어이구! 이게 무슨 변고여! 야단치면 집안에서 눈물 빼고 몇 년이 지나도록 애도 없더니만 무슨 변이 있을라고 그러나, 이것이 왜 피를 쏟고 지랄이여 지랄이."

나는 더욱 겁에 질렸고 시어머니는 나를 걱정하기보다는 집 안에 변고가 났다며 난리를 치기 시작했다.

"집에 어린것들도 많은데 폐병 옮으면 워쩐댜!"

시어머니는 그 일 이후 나를 격리시켜 가두었다.

"이제부터 이 방에서 꼼짝도 말거라!"

시어머니는 내 옷들과 물건들을 모두 격리시킨 방으로 밀어 넣었다. 대야와 요강까지 방에 들여놓았다. 그리고 밥상도 따로 차려 줬다. 나는 전염병 환자처럼 격리되었다. 그때부터 시어머니는 폐병쟁이라며 나를 더 미워했고 수없이 구박하여 나의 몸은 점점 쇠약해지기 시작했다.

다행히 시동생이 합덕 시내 유명한 병원으로 나를 데려가 주었다. 진찰을 받으니 기관지가 약해서 그렇다고 했다. 예산 에 있는 병원에서 엑스레이를 찍고 약을 지어 주었다.

두 달 동안 약 먹고 치료하는 동안 나는 시댁 골방에 틀어 박혀 생활해야 했다. 시어머니와 남편은 식구들에게 병 옮는 다고 나오지도 못하게 해서 아무말도 못하고 죽은 듯 있어야 했다. 시어머니는 내가 있는 방으로는 걸음도 안 하셨고 남편도 마찬가지였다.

위로해 주는 이 아무도 없이, 간호해 주는 이 아무도 없이 닭장에 갇힌 닭처럼 날아보지도 못하고 뛰어보지도 못하고 나는 좁은 방에서 인간 이하의 대접을 받으며 생 감옥살이를 해야 했다.

처음에는 마른기침이 자꾸 나왔다. 기침을 하다 보면 가슴이 같이 저려왔다. 그럴 때면 정말 큰 병에 걸린 게 아닌가 겁이 났다. 약 기운 때문에 몸이 늘 나른하고 무거웠다. 두 달 후 약을 얼마쯤 복용하자 곧 기침도 나지 않았고 몸이 원래대로 돌아오는 것 같았다.

"귀한 내 새끼 털에 다 옮아서 죽이기 전에 나가거라! 크지도 않은 애들 전염되면 워쪄!"

나는 약을 먹고 다 나았다며 시어머니에게 몇 번을 말했지만 시어머니는 믿을 수 없다며 폐병쟁이를 집안에 둘 수 없다고 일도 못하는 년 병이나 옮기면 큰일이라고 감옥살이도 부족해서 나를 내쫓으려 했다. 시어머니는 남편을 불러 고래고래 소리쳤다.

"왜, 저 폐병쟁이 친정으로 안 보내냐? 넌 새 장가 가야 할 거 아니냐? 새끼도 못 낳는 년 폐병까지 걸렸으니 이제 우리 집안은 망했다. 손을 이어야 하는디 이제 우리 집안은 망한 것이여."

"지가 또 무슨 장가를 가유?"

남편은 나를 내쫓아야 한다는 어머니 말에는 관심도 없이 새 장가를 간다는 말만을 늘어놓았다.

"어머님, 저 폐병 아니에유. 병원에서 기관지가 약하다고 했구만유. 이제 다 나았슈."

"난 니 꼴 보는 것도 지겹다! 얼른 너희 집으로 가거라!"

"어머님, 용서해 주셔유……."

용서 받을 일이 있었던가! 나는 용서받을 일이 뭔지도 모르는 채 잘못을 빌었다. 하지만 하루도 아니고 시간이 가도 시어머니의 등쌀을 견딜 수 없었고 나는 모진 결심을 하고 마침내 옷 보따리를 하나 들고 시댁을 나올 수밖에 없었다.

겨우겨우 걸어 친정 문 밖까지 왔지만 차마 집 안으로 들어가지도 못하고 서성거리는데 그때 어머니가 나오셨다.

"양선아? 니가 어쩐 일이여! 문서방도 같이 온거여?"

나는 어머니를 보자 쏟아지는 눈물을 참지 못했다.

"어머니, 인자 나 그 집에는 가기 싫구먼유. 지보고 폐병쟁이라구 나가랬유. 기침만 했을 뿐인디. 나 시집에 가기 싫어유. 여기서 살게 해 줘유."

그제야 거칠어진 나의 얼굴을 확인 한 어머니는 아버지 몰래 나를 집 안으로 데리고 들어가셨다. 그리고 시댁식구에게 받은 학대에 대해 내가 말하자 내 마른 어깨를 만져보시며 눈물을 참지 못하셨다.

"그리 고생이 많았냐? 워쩐다냐, 이 노릇을 워쩐다냐! 딱한 것. 친정에서도 고생만 하고 가더니만 시집가서도 그 고생이니 이 노릇을 워쩐다냐!"

꼴을 베고 돌아오시던 아버지는 나와 어머니의 대화를 들으시고 문을 벌컥 여셨다.

"죽어도 시집에서 죽고 살아도 시집에서 살아야지 여기가 어디라고 들어온거여! 못난 년, 그래 시댁 어른 비위 하나 못 맞춰서 보따리 하나 들고 온거여. 니가 제대로 못했으니께 그런 거이지. 귀여움 받는 것은 너 허기 달린 것이여. 그거 하나 못하는 것이 어디 가서 살까! 당장 가거라! 죽든 살든 그 집 가서 귀신 노릇 혀!!"

나는 아버지의 완고함에 몸을 떨어야 했다. 정말 갈 곳이 없다는 막막함이 일었고 저녁밥조차 먹지 못하고 집을 나와야 했다. 외롭고 서럽기가 그지없었다. 내게는 아버지도, 어머니도 형제자매도 다 있었다. 하지만 실제로 내 처지가 힘들어지고 보니 나를 염려에 주고 살펴 주려는 사람은 아무도 없는 것 같았다. 친부모조차 나를 쫓고 밀어내는 것이 무엇보다 더 나는 괴로웠다. 내 입에서 나온 말 한 마디, 눈물 한 방울조차 마음 써주는 사람이 아무도 없었다. 여자이기 때문에 더구나 잘나지도 못하고 별다른 재주도 없다고 해서 이렇게 멸시만 받고 살아야 하는가.

어머니는 마을 어귀까지 나와 동행해 주셨다.

114

"양선아? 아버지 마음 서운하다 하지 마라! 니가 여기 주저 앉아 버리면 영원히 그럴께비 그러시는거여. 지금이라도 가야 지. 그래야지 덜 미움 받지 않겠냐! 엄마는 너를 보내기 싫다 마는 그레도 어쩌냐. 거가 니가 살 집인걸. 여자란 다 그런 것 이여. 잘나건 못나건 여자라는 게 시집가면 그 집 귀신이 되 어야 되는 법이니께. 가서 잘 하면 되겠지.

그 집도 사람 사는 집인데 그렇게 계속 구박만 하겠냐. 살다 보면 좋은 날 있것지. 엄마가 그때 너를 중학교에라도 진학시 켰더라면 좋았을걸! 미안허다. 니 팔자라고 생각혀. 부모 잘 못 만난 니 팔자라고 생각혀라. 사람이 아래를 보고 살아야지 위만 보고는 못 산다. 없다가는 살아도 있다가는 못 사는 법 이여. 살다보면 살아지겠지."

어머니는 나의 손을 꼭 잡고 눈물을 참으시려 애쓰셨다. 어 머니의 손을 놓고 보이지도 않는 길을 걸으면서 이대로 걸어 가 죽을 수만 있다면 그대로 걷고 싶었다. 얼마쯤 걸었을까 달빛은 어스름하고 별빛은 밝았다. 뒤를 돌아다보니 어머니의 모습은 어둠 속에 묻혀 보이질 않았다.

"어머니? 나는 어쩐데유."

눈물이 어찌나 흐르는지 앞길이 보이지 않았다. 어딘가에서 물 흐르는 소리가 들려왔다. 달빛에 비치어 물빛이 보이는 곳 은 저수지였다.

'빠져 죽을까! 빠져 죽으면 다 잊어버릴 수 있을 텐데.'

나는 저수지 앞에서 목 놓아 울었다. 차마 시댁으로는 발걸음이 향하지 않았다. 숲길 묘지와 철길을 하염없이 걸으며 내 몸 하나 기댈 곳을 찾아 헤맸다. 눈물은 마르지도 않았다. 발이 붓고 물집이 잡혀 아스라이 아파왔다.

새벽이 밝아오고 있었다. 어디로 가야 하나, 나는 작은 무덤가 앞에 앉았다. 그리고 울어도 끝이 나지 않는 통곡을 하였다. 누가 본다 한들 죽은 이를 생각하며 운다고 알 것이니 마음껏 대성통곡이라도 하고 싶었다.

철로 위에 누워 죽을까, 소나무에 목메어 죽을까 그런 생각을 하며 정처 없이 걷다가 강에 도착했다. 제법 물살이 세어 보였다. 나는 그 흘러가는 물살에 이끌려, 이 강을 그냥 지나치지 못할 것 같았다. 강은 그 깊은 곳에서 나를 빨아들이고 있었다. 더 이상 이리저리 헤매지 말고 나를 버리고, 어디로 가는 지도 모르는 이 물에 그대로 이끌려간다면 얼마나 좋을까.

나는 그 강의 깊은 곳을 들여다보며 넋을 잃고 있었다 .나는 물에 손을 넣어 보았다. 목덜미까지 서늘한 기운이 뻗칠 정도로 물은 차가웠다. 어머니가 떠올랐다. 내가 이렇게 죽고 없어진다면 어머니에게 남을 슬픔이 나를 다시 시댁으로 이끌었다. 하루가 지나 저녁 무렵 시댁 문 앞까지 왔지만 들어가지 못하고 서성거리고 있을 때 외출 길에서 돌아오시던 시어머니가 나를 보며 경악하기 시작했다.

"이것이 또 돌아 왔냐? 허이구, 질긴년. 그래 너희 집에서도 폐병쟁이는 못 받아들이겠다고 하더냐? 삼 년이 넘도록 애도 못 낳는 자식을 남의 집에 보내놓고 미안허지도 않은 모양이지. 징그럽다 이년! 나는 도저히 니랑은 못 실것다! 저년이, 내 자식을 잡아먹을 년이지! 고얀년!!"

시어머니는 내 멱살을 쥘 듯이 크게 호통을 쳤다. 나는 고개를 떨구고 시어머니의 얼굴을 바로 보지 못했다. 내가 시댁으로 돌아온 뒤 얼마 있지 않아 시어머니는 시내 사는 동서를 집으로 불러들이고 나를 동서가 살던 집으로 내쫓았다.

동서 집으로 쫓겨 들어온 나는 먹을 게 없어서 사흘을 꼬박 굶어야 했다. 야속하게도 시어머니는 동서 집에 있는 찬이며 쌀이며 먹을 수 있는 모든 것들을 거두어 갔고 나는 빈 집에 남편도 없이 혼자 버려져 살아야 했다.

사흘을 꼬박 굶고 밤인지 낮인지도 모르는 채 방안에서만 지낸 나는 급기야 약을 먹기로 결심했다. 이 세상은 혼자 사는 세상이 아닌데 부모도 형제도 인연을 맺은 남편도 그의 가족도 모두 나를 외면하고 있었다.

나는 너무도 허기져 눈물 흘릴 기운조차 남아 있지 않았다. 눈물에 젖은 베개를 끌어안고 방 한 구석에 앉아 잠에 들었다 깨어나면 밤이 되어 있고, 잠에 들었다 깨어나면 아침이 되어 있었다. 살 수가 없을 것 같았다. 관심을 받고 사랑만을 받자는 것도 아닌데, 그저 옆에서 가족이라는 신분으로 남편과 같이 있고 싶다는 것 뿐인데 아무도 나에게 갈 길을 일러주지 않았다.

그 무렵이 내게 가장 어렵던 시절중의 하나였다. 지금 같으면 어디로라도 가 공장에라도 취직할 텐데 세상을 제대로 몰랐던 나는 집 대문 밖만 나서면 죽는 줄 알고 오로지 집에만 들어 앉아 있었다.

그렇게 사흘을 굶으면서 자살을 결심했다. 나는 이 약방, 저 약방을 다니며 수면제를 모았다. 그리고 새 이불과 요를 깔고 시집 올 때 해 온 하얀 옥양목 옷을 입었다. 그렇게 옷을 입고 남편과 정도 나누지 못해 본 새하얀 요 위에 누웠다. 친정어머니가 손수 이불을 손질해 주시며 시집보내는 막내딸을 안쓰러이 바라보시던 눈빛이 떠올랐다. 언제나 어머니를 떠올리면 왜 이리도 가슴이 미어 지고 아픈지, 나는 죽음이라는 것을 생각하며 새삼 그리워지는 어머니의 정에 통곡했다.

'꼭 이렇게 죽어야만 하는가. 목숨을 버릴 만큼 그렇게 나쁜 일을 한 적도 없는데……'

아직도 풀기가 느껴지는 이불을 가슴 안으로 자꾸만 끌어안으며 쏟아지는 눈물을 억눌렀다. 그러면서 살아야 하는 이유들을 생각했다. 나를 보아주는 이 하나 없는 이 곳에서 죽음을 맞이한다면 살아서도 받지 못한 환대를 받을 리 없었다. 어쩌면 누구 하나 울어주는 이 없을지도 모른다는 생각이 들었다.

 그렇지만, 어머니! 나의 어머니는 자식을 먼저 보낸 한을
어찌 안고 산단 말인가! 살아야 했다. 이 세상 누구 하나 나를
알아주는 이가 없다 해도 살아야 했다. 나의 어머니, 자식만
을 위해 사신 나의 어머니를 두고 갈 수는 없었다. 내 인생이
지금처럼 아득하지만은 않겠지, 살아서 보아야 한다. 아직도
남아 있는 인생이 많이 있는데……. 살아서 보리라 내 인생이
어디까지 가는지…….'

 죽을 결심을 하고 나니 삶에 대한 집착이 커졌다.
 시댁에서 쫓겨나 내가 살았던 집에는 여러 집이 함께 살았
다. 내 옆방에는 목수가 살았는데 그 목수 집에서 밥을 한 끼
얻어먹고 또 아침은 굶고 점심은 문씨네 집으로 얻어먹으러
다녔다. 모자란 살림이었지만 그들 모두 야박하지 않게 음식
을 내어 주었고 나는 주변의 도움으로 사흘 동안 비워 있던
속을 채울 수 있었다.
 문씨네 집은 아들 하나 데리고 이북서 내려와 세 식구가 살
았는데 논농사를 많이 지었다. 문씨 부인은 남편이 논에 나가
면 남편의 밥을 주발에 퍼서 아랫목에 넣어 두었었다. 문씨
부인은 나의 사정을 아는지 모르는지 어쩌다 한번 들여다보아
주었고 나는 그녀에게 사정 이야기를 했다.
 '불쌍도 허지! 어찌 그런 사람들이 있누!'

문씨 부인은 그날 남편의 밥으로 아랫목에 묻어 두었던 밥을 내게 내어 주었다. 하얀 쌀밥에 깨가 얹어져 있었는데 그때 먹어보았던 밥을 지금까지 잊을 수가 없다. 찬물에 김이 올라오는 하얀 쌀밥을 넘기는데 목이 어찌나 메여 오던지, 친정어머니가 배고픈 설움이 제일이라던 말씀이 새삼 뜻 깊게 와 닿는 순간이었다.

그 밥을 다 먹고 나니 그 누구도 부러운 사람이 없었다. 시어머니의 학대도, 남편의 학대도, 친정 집에서 받은 설움도 배고픈 설움에 비할까! 나는 그 뒤에 살아갈 용기를 얻었고 세상이 박하다 한들 어찌 살 방법이 없겠는가 싶어졌다.

며칠 뒤 친정집에 들렀고 나를 본 어머니는 야윈 나의 얼굴을 쓸어내리며 폭포 같은 눈물을 흘리셨다. 나는 그때 어머니의 눈에 눈물을 짓게 만드는 것이 이 세상에서 가장 큰 불효라는 것을 알았고 죽을 결심을 했던 나의 생각이 얼마나 모자라고 헛된 짓이었는가를 깨달았다.

"이것아, 얼굴이 반쪽이 되었구나. 굶지는 않았냐?"

나는 어머니의 물음에 그저 고개만을 저었다. 말로 표현한들 돌이킬 수 없는 것이고 그 아픔까지 어머니에게 안겨드리고 싶지 않았다.

"굶지 않고서는 이렇게 마를 수가 없어. 기름끼 하나 없이 꺼칠하구먼."

나는 아니라고 고개를 저었지만 어머니는 연신 눈물을 흘리셨다.

"이것아? 배고프면 굶지 말고 몰래 밥이라도 얻어먹으러 오지. 이 둔한 것아. 너는 이렇게 굶고 있었는디 나는 그것도 모르고 밥을 먹고 있었구나. 딱한 것!"

"어머니, 이제 지도 살 방도를 마련해야 겠어유. 옷을 만들어서 팔아 볼 테니, 옷감 끊을 돈 좀 빌려 주세유."

어머니는 두말 않고 돈을 내어 주셨다. 그 돈으로 나는 '융'이라는 피륙을 끊었다. 그날로 천을 끊어온 나는 밤을 새워 융 바지를 만들었다. 그렇게 만든 바지를 도부꾼(보따리 장사)에게 줬더니, 바느질이 꼼꼼하다며 가져갔고 그 후로도 여러 차례 들려 내가 지은 옷을 팔아 주었다.

며칠이 지나자 점점 돈이 불어나기 시작했다. 피륙은 크게 돈이 되지 않는 것이라 나는 옥양목을 끊어 옥양목 바지와 저고리 적삼을 만들어 도부꾼에게 주었다. 그때부터 삯바느질을 하게 되었고 그때 모은 돈으로 쌀 장리를 놓았다.

쌀 장리란, 쌀 한 가마니를 사서 빌려주면 가을에 반 가마를 더 얹어 돌려받는 것으로 돈 대신 쌀로 이문을 챙기는 지금의 일수와 비슷한 장사법이었다. 모직 두루마기 하나를 만들면 쌀 두 가마니를 살 수 있었다. 나는 그런 식으로 돈을 벌기 시작했고 그때부터 돈을 벌고 돈을 모으는 법을 알아가기 시작했다.

나는 그때도 무엇이든 아꼈다. 하나를 아끼면 둘이 생겼고

둘을 아끼면 넷이 생기는 즐거움, 그리고 주머니에 쌓여 가는 돈을 보고 있으니 아끼는 것이 즐거워졌고 추위도 모른 채 겨울을 살았다.

남편은 내가 아이를 낳지 못하자 이 여자 저 여자 손을 보아 줄 여자를 찾아 헤매고 다녔다. 그 중 한 여자가 내가 바느질하며 살던 집에 같이 살고 있었다.

그 시대는 물을 지게에 져다 주고 돈을 벌어 사는 물장수들이 흔했다. 남편의 첩은 물 긷는 것조차 싫어해서 물을 사 먹었는데 나는 물장수 대신 물을 져다 주고 물 한 지게에 1원씩을 받았다. 자존심이니 할 것 없이 그저 돈만 벌면 되지 않느냐는 생각을 하고 나니 첩에게 물 길어다 주는 일을 마다할 필요가 없었다. 방에 앉아 내가 바느질을 하고 있으면 그 여자는 방문을 두들겼다.

"물 좀 져다 줘유."

나는 바느질하던 손을 놓고 물을 져다 줬다. 그 외의 시간은 오로지 바느질만 했다. 손가락 마디마디에 가위 못이 크게 배겼다. 또 바늘에 손가락이 찔리기도 했지만 이를 악물었다. 살 수 있는 방법은 이것 하나였고 할 수 있는 일이 있다는 것이 그렇게 좋을 수가 없었다.

시댁 눈치를 보며 쌀이 없어 굶지 않아도 되고, 갈 곳이 없어 방황하지 않아도 되니 그저 열심히 일해서 돈이라도 벌어

놓으면 무엇이든 못할까 싶어져서 열심히 옷을 지었다. 친정집에서 배운 바느질이 이렇듯 유용하게 쓰여질 줄은 몰랐다. 무엇이든 배워두면 언젠가 내게 도움을 준다는 생각을 하게 되었다. 바늘에 찔리고 가위 못에 크게 배이면 손가락을 입으로 빨고 콧김을 쐬면 아픔이 가셨다.

어느 날은 시집가는 색시가 일감을 한 무더기 가져 와서 언제까지 해 주려느냐고 묻길래 급하다 하여 사흘 밤을 꼬박 새워 옷을 지어준 일도 있었다. 일감은 조금씩 조금씩 밀려들었고 나는 차츰 장사하는 법을 알아갔다. 그리고 지금으로 말하면 손익 계산하는 법을 터득하게 되었으니 후에 내가 젓갈 장사를 할 때 많은 도움을 주었다.

어려서 수학 공부를 할때 답이 정확히 떨어지는 것이 신기하고도 재미있었는데 나에게 있어서 돈버는 일은 수학공식을 풀었을 때 제대로 나오는 답처럼 흥미롭고 때때로 큰 흥분으로 다가왔다. 후에 그것은 어려운 사람을 돕고 남에게 베풀고 난 후에 느끼는 내 생활의 변화에서부터 나를 행복하게 만들었다.

남편은 시부모와 농사짓고 살았고 내게는 찾아오지 않았다. 가끔 첩에게 들르기는 했지만 나를 찾지는 않았다. 나는 친정으로 가지만 않았지 소박맞은 것과 다름없었다.

결혼을 한지 3년이 넘어도 아이가 들어서지 않으니 병이 낫고 일을 해서 먹고 살 수는 있었지만 그보다 더한 것은 남의 집에 와 손을 이어주지 못하는 부담감이었다. 시어머니의 등쌀과 주변의 추궁과 수군거리다 못해 대놓고 말을 하는 주변 사람들의 시선은 더욱더 나를 힘겹게 했다.

주변에서는 아이를 못 낳는 것이 아닌가 하기도 하고 또 늦는 사람도 있으니 끈질기게 기다려보라며 격려해 주는 사람도 있었다. 그런 말을 들으며 스스로 위로해 보기도 했지만 날이 갈수록 불안과 초조가 엄습했다. 아기를 꼭 가져야만 하는데 갖지 못하는 여자에게 엄습하는 불안은 잔인한 형벌과도 같았다. 한달이 지나고 달거리를 할 무렵이 되면 초조해지기 시작했다. 당사자가 아니고서는 도저히 상상할 수 없는 불안이었다.

'남편과 만날 수도 없으니 애를 못 가진 건 당연하다. 딴 데 시집갔으면 애 낳았을지도 모르는데.'

사람들은 그렇게 말하기도 했다.

남편은 나를 찾아오지도 않고 선을 보러 다녔다. 가끔 찾아와 주는 형님들이 시댁 일을 이야기해 주었다. 속상해도 내가 할 일을 못했으니까 할 수 없지, 나는 그렇게 내 자신을 위로하고 다스렸다. 하지만 젊은 나이에 혼자 사는 외로움과 아이를 낳지 못하는 보이지 않는 죄로 묶여진 쇠사슬은 언제나 나와 같이 붙어 있었고 나는 그럴수록 악착같이 버티고 살아야 한다는 생각을 했다.

나와 같은 시대를 살았던 사람들은 늘 그랬듯이 어디 남편을 사랑으로만 알고 살았겠는가. 정이 붙어 사는 것이고, 자식이 있어 사는 것이지. 나는 이도 저도 아닌 상태에서 남편에게 소박맞은 채 아이 낳지 못하는 죄가 커 그러려니 하며 나를 달래며 살 수 밖에 없었다. 그저 부모님이 지어주신 인연이니까 살았고 법이니까 살았다.

　내가 변해 가는 세상을 알고 그 안에 적응하며 살아 갈 수 있는 능력이 있는 여성이었다면 시댁과 남편에게서 벗어나 살 수 있는 방법을 찾았을지도 모른다. 늘 배움이라는 것이 내 인생길 앞에 장애처럼 놓여져 있었고 나는 잡히지도 않는 그것을 갈망하며 살았다.

　하지만 꼭 배움이 있어야 잘 살 수 있다는 생각은 하지 않는다. 근면하고 성실하고 작은 것이지만 배운 대로만 실천하고 아끼고 산다면 노력과 정직이라는 단어는 인간의 삶에 언젠가 풍요로움을 안겨줄 것이다.

　어쨌든 우리 시대 여자들은 평생 남편만을 따르도록 배워 왔다. 그리고 그 남편의 아이를 낳아 시댁의 대를 이어 주는 것이 가장 중요한 일이었다. 그것이 여자의 본분이라고만 믿고 살아왔던 것이다.

남편과 여자의 아이

서울로 올라가 나는 '서울대학병원'으로 가서 진찰을 받았다. 이대로 기다리고만 있을 수는 없었다. 난생 처음 큰 병원을 찾아가 정밀진단을 받았다. 알 수 없는 검사들을 여러 번 했다. 채혈을 하고, 자궁 안을 의사가 직접 들여다보기도 했다. 엑스선 사진도 찍었다. 검사를 마치고 결과를 기다리는 시간은 흡사 사형집행을 기다리는 사형수의 기분과 같았다. 그만큼 초조했고 어떤 결과가 나올지 혹여 잘못된 검사가 나오면 어쩌나 하는 불안함으로 떨어야만 했다. 다시 철저히 혼자가 된 기분이었다. 사람이 힘들고 외로워질 때, 그냥 누구든 가까이 있어만 줘도 힘이 될 것 같은데 막상 둘러보면 나에게는 아무도 없었다.

임신을 한 젊은 여성들이 병동 복도를 오갈 때 불룩 부풀어 오른 배를 세상 밖으로 가득 내밀며 당당히 걸어가는 모습이 나는 한없이 부러웠다. 남편과의 애정이 돈독하지는 않았지만 아이가 생긴다면 그 모든 나쁜 것들은 아이로 인해 다 소멸될지 모른다는 생각을 했다.

만일 내가 아들을 낳아 시어머니 품에 안겨드린다면 어머니는 전 같이 나를 대하지는 않을 것이고 나를 맏며느리로 인정하실 것이고 나는 지금처럼 소박맞은 채로 시댁에서 따로 나와 살지 않아도 될 것이었다. 당당하게 아이를 안고 시댁으로 들어갈수 있다는 생각이 들었다. 남편의 사랑은 어쩔지 몰라도 적어도 아이 못 낳는다는 구박을 받지 않을 것이었다.

불안한 마음과 기대를 안고 병원을 찾았지만 나는 두려웠다. 그 결과를 기다리는 동안 여러 감정이 나의 온 몸을 조여왔다. 남편의 눈빛도 시어머니의 눈빛도 자꾸만 떠올려졌다.

'아이도 못 낳는 년이 사람이냐'

남편의 이 말이 또다시 나의 귀에 들려온다면 나는 더 이상한 남자의 아내로 살 수는 없을 것 같았다. 그 치욕과 모욕을 견디며 살 수는 없을 것이었다.

나는 포기와 희망, 기대가 엇갈리는 그 긴 시간 동안 질식할 것만 같았다. 결혼이라는 것을 한 순간부터 내게는 별다른 삶의 기쁨 같은 것이 없었다. 그런데 아이가 생긴다면 세상이 얼마나 달라 보일 것인가. 나는 그 아이를 사랑하고 희망에 부풀고, 그 아이 때문에 고된 일도 즐겁고 그 아이 때문에 살 수도 있고 죽을 수도 있을 것이다. 그리고 그 아이에게 내가 못 다한 공부를 시켜 이 나라에서 가장 훌륭한 사람을 만들고 싶었다. 훌륭한 아이 하나 키워내는 것이 내 삶의 소원이었다.

"자궁이 애기 자궁이라 임신이 불가능할 것 같습니다."

의사는 결혼한 햇수에 대해 묻고 월경의 여부를 묻고는 나에게 임신을 할 수 없다고 말했다.

"선생님? 애기 자궁이라니요!! 임신을 할 수 없다니요?"

"아주머니의 자궁이 갓 열 살 넘은 여자 아이의 자궁 크기와 같습니다. 자궁발육부진이라고 하는데 이 상태로는 임신이 불가능합니다."

'나의 자궁이 열 서너 살 먹은 애 자궁만 하다니! 발육부진이라니!'

나는 의사의 그 소리를 듣는 순간 이해할 수 없는 말에 정신이 아득해졌다. 눈앞은 점점 흐려져 앞도 채 분간 할 수 없었다. 귀에서는 윙윙거리는 이상한 소리만이 울려댔다.

'그래도 설마 설마 했는데……, 내가 석녀(石女)라니…'

모든 꿈이 무너지고 있었다. 아이를 낳는 것도 시댁으로 당당히 들어가는 것도 나의 꿈을 아기에게 주고 싶었던 희망도 기대도 모두 무너지고 말았다. 지푸라기라도 잡는 심정으로 병원을 찾아왔는데 내가 석녀라니!

'조금 늦어지는 것 같습니다. 더 노력해 보시면 아기를 낳으실 수 있습니다. 늦어지는 사람도 있으니 생각을 편하게 하시면 됩니다. 아주머니의 몸은 정상입니다.'

이 말을 듣고 싶었는데 이미 내 머리 속에서는 사랑스런 아이가 자라고 있는데 그 아이를 어쩌란 말인가! 나는 그런 아이를 밤마다 꿈꾸며 소원했는데……, 그런데 그 아이는 태어날 수 없단 말인가, 영원히…….

남편과 시댁식구들의 모습이 순식간에 떠올랐다. 두려웠다. 그들을 어떻게 대면해야 하는지 여자로서, 한 집안의 맏며느리로서의 인생은 끝났다는 생각이 들었다.

의사에게 더는 말을 묻지 못하고 돌아서 나왔다. 햇살이 따뜻했다. 하늘을 올려다보니 하늘은 미치도록 아름답게 푸르렀다. 그 순간 나의 입에서 나오는 말은 '어머니'였다. 보고 싶었다. 나를 낳아준 나의 어머니가 그 순간 미치도록 보고 싶었다.

병원에서 돌아온 나는 며칠 동안 일을 하지 못했다. 밥도 먹지 못하고 일도 하지 못하는 나를 본 남편의 첩이 남편에게 나에 대해 이야기를 했는지 남편이 어쩐 일로 나를 찾아왔다. 보고 싶지 않은 얼굴이었지만 그래도 남편이라고 미안하고 죄스러운 마음에 눈물이 글썽거려졌다.

"그래도 서방이라고 보고 싶었던 모양이네. 자네가 우는 걸

보니."

남편은 옷감이 쌓여 있는 것을 훑어 보고는 자리에 앉았다.

"나가 할말이 있어유."

"뭔디? 헐 말 있으면 혀봐."

말문이 떨어지지 않았다. 남편에게 말을 하지 않고 이대로 평생을 산다 한들 무슨 미련이 남겠는가마는 거짓말을 할 수는 없었다.

"병원에 갔다 왔시유."

"자네 워디 아픈가?"

병원이라는 말에 남편은 대뜸 아프냐고 물었다. 나는 남편의 얼굴은 쳐다보지도 못하고 다음 말을 이었다.

"검사를 받아 봤는디⋯⋯."

"바쁜 사람 앉혀 놓고, 거적을 짜냐, 베를 짜냐, 얼릉 말 혀. 집에 가면 할 일이 천지여. 긁고 있다고 해서 그냥 한번 와 본 거여. 볼일 없으면 그만 가야겄네."

"자궁 발육부진이래유. 애기자궁이래유 내가."

남편의 눈이 무섭게 치켜 올려졌다.

"지금 그게 무슨 말이여? 애기자궁?"

"내가 아기를 못⋯⋯, 낳는⋯ 구먼유! 미안해⋯⋯."

"내 그럴 줄 알았다. 이 웬수가 우리 집 씨를 말리는구나 말려. 아도 못 낳는 병신이 병신 짓 하느라고 남의 집에 시집와서 우리 집 씨를 다 말리네 말려!!"

남편의 목청은 높아졌고 나는 잔뜩 웅크린 채 모욕적인 말들을 듣고만 있어야 했다.

"……."

"새끼도 못 낳는 병신아. 니가 사람이여. 세상에 아 못 낳는 여자도 있냐? 내가 병신이여, 니가 병신이여? 차라리 죽어라. 뒈져라 이년아, 뒈져!!"

　나는 그래도 죽은 듯이 가만히 있었다. 남편의 욕은 차마 말로 표현할 수 없을 만큼 점점 더 심해졌고 더는 참고 들을 수가 없었다.

"아는 안 낳았어도 조강지처인디 어찌 그리 쌍말을 한데유. 내 마음도 찢어져유. 어떻게 당신은 남도 아닌 처한테 그리 막말을 한데유."

"이년이 발악을 하네! 그래 오냐 이년 너 오늘 죽어봐라. 세상에 아 못 낳는 년은 내 보지를 못했어 이년아. 엄마도 누이도 아를 못 낳디? 지가 한 짓은 생각도 안허고 하늘같은 서방한테 대들어!!"

　남편은 내 머리채를 휘어감아 벽에 내리 찧었다. 남편의 거친 손이 나의 머리채를 잡고 흔들어댔다. 눈물은 주체할 수 없을 정도로 흘러내리고 다 쏟아낼 수 없는 서러움이 가슴에서 응어리지고 있었다.

　그후 남편의 구박과 천대는 거침없이 더 노골적으로 되어갔고 나는 더 이상 참고 이대로 살 수 없다는 생각에 친정어머니를 찾았다.

남편과 시댁으로부터 벗어나기 위해 친정 어머니를 찾았지만 어머니는 자식을 낳지 못하는 딸이 달리 다른 삶을 살 수 있을 거란 기대를 안 하시는 것인지 나를 달래기만 하셨다.

"어머니, 이래도 내가 그 집에서 살아야 하는겨? 나 시집에서 좀 나오면 안될까유?"

"이것아, 니가 나오면 어디서 살 거여?"

"그럼 어떡해유? 이대로 못 살 것 같은디. 그 구박과 멸시를 더는 참을 수가 없어유. 그 집 식구들은 나를 사람 취급도 안 하는구먼유."

어머니는 눈물을 흘리면서 나를 타일렀다.

"여자는 남의 가문에 가서 자손을 낳아 줘야 헌다. 니가 할 일을 못 했으니께 밥 주고 옷 주면 그냥 살어라. 니 사주팔자 한탄이나 하며 살어라! 내가 너 낳을 적에 시를 잘못 잡아서 이렇게 됐다 생각하고 나를 원망하며 살어, 이 불쌍한 것아. 시댁에서 나와 어디로 갈거여. 참고 살어."

나는 폐병이 걸렸을 때 시댁에서 쫓겨나 친정으로 갔었던 일을 떠올렸다. 그때도 갈 곳이 없었다. 시댁은 시댁대로 나를 내몰았고 친정 아버지는 친정 아버지대로 나를 내쳤다. 그때 내가 갈 곳은 강물 속도 저수지 물 속도 아닌 시댁이었다. 어쩔 수 없이 발길을 돌렸지만 그래도 내가 살 곳이 그 곳이라는 생각밖에는 아무런 생각도 할 수 없었다. 비록 시댁에서

울타리를 치고 살 수는 없었지만 결혼을 한 이상 친정 아버지의 말대로 나는 그 집의 귀신이 되어야 하는 팔자로 태어난 여자인가 보았다.

시댁의 멸시와 남편의 구박, 그 가슴앓이로 친정 어머니와 내가 흘린 눈물을 어느 강물과 비교할까! 나의 하소연도 어머니의 눈물도 상황을 바꿔놓지는 못했고 어머니의 그 말씀이 옳은 줄만 알고 나는 또 그렇게 살아야만 했다.

만 2년을 시댁에서 쫓겨나와 살다가 시댁으로 다시 들어오라는 시어머니의 부름이 있었다. 시동생이 장사를 한다며 동서를 서울로 데려갔기 때문에 일손이 부족했으므로 시어머니는 농사지으라며 나를 시댁으로 불러들였다.

나는 남편이 있건 없건 여름이나 겨울이나 낫과 곡괭이를 손에서 놓지 않고 일했다. 여름에 밭에서 일을 하려면 하루 종일 땀을 비 오듯 흘렸고 집안일까지 해야 했으므로 몸은 고단함으로 지쳐갔다. 시동생이 서울에서 장사로 자리를 잡았는지 남편에게 장사를 하면 돈 벌기가 수월하다며 남편을 서울로 불러 들였다.

"형, 수협에서 돈 빌려 장사하면 영 낫다. 시골에서 농사 지어 봤자 된장 값도 안 나온다. 서울로 오면 나으니까 와라."

그때나 지금이나 농사를 지어서는 별 소득이 없었다. 동생이 이렇게 저렇게 설득하며 전보를 치면 남편은 농사를 짓다가도 하던 일을 내팽개치고 올라가 버렸다. 남편이 하다 만

일은 모두 내 몫이었다. 그래도 남편은 농촌 사람인지라 서울로 가도 농사를 짓다 만 일이 걱정이 되었는지 다시 내려와 비료도 뿌리고 논도 매었다.

시댁의 가세가 기울기 시작하면서 일꾼도 쓰지 않았고 옆에서 도와주는 남편도 가족도 없이 나는 노예처럼 일만 했다. 과로로 체력이 탈진된 나는 어느 날 갑자기 배에 통증이 왔다. 통증은 몸을 가눌 수 없을 정도로 아파왔고 금방 죽을 것처럼 배를 감싸고 방에서 뒹굴었다. 이제 죽는구나, 싶을 정도로 너무 아파 비명이 절로 질러졌다. 그렇게 아프고 보니 불러지는 이름이라고는 남편뿐이었다.

나의 비명 소리를 들은 시어머니가 내방으로 건너왔고 몸부림치는 나의 모습을 본 시어머니도 겁이 났는지 어찌할 바를 모르고 방안에서 바삐 서성거리기만 했다. 그때 남편이 들어왔고 배를 움켜쥐며 아파하는 나의 모습을 보고도 남편은 대수롭지 않게 생각하며 웃옷을 챙겨 입었다.

"배탈이 난 모양이네. 까스명수 하나 먹으면 괜찮아질 것이구먼. 내가 사 올테니께 잠깐만 기다리고 있어."

남편이 웃옷을 챙겨 입고 방을 나서는데 시어머니의 목소리가 들려왔다.

"니 마누라 죽어도 나는 모른다. 고쳐 놓고 가거라."

"엄니는 배탈에 죽는 사람 봤소? 약 금방 사올테니께 기다리고 계세유."

남편은 약을 사러 간다면서 외출복을 챙겨 입었다. 약을 사 오겠다는 남편은 몇 시간이 지나도 오지 않았고 나는 식은땀 을 흘리며 복통을 참아야 했다.

약을 사오겠다던 남편은 그날 돌아오지 않았다. 남편은 내 가 아이를 낳을 수 없다는 사실을 안 후 나를 대하는 태도가 더욱더 서늘해졌고 복통으로 아파하는 나를 보고도 외면해 버 릴 만큼 나에게 남아 있는 정이 없었다. 그와 나는 법에 묶인 인연 대로 살 수밖에 없었다.

서울로 올라간 시동생은 장사가 잘 되면 갚겠다는 말을 하 고 친정 오빠 집을 담보로 잡혀 수협에서 돈을 빌렸다. 장사 를 더 넓히고 목돈이 필요하다는 이유였다.

큰오빠는 아이를 못 낳는 나를 생각해서인지 집을 선뜻 내 주었다. 오빠는 순진할 정도로 호인이어서 내가 주지 말라고 사정하며 매달렸는데도 나를 생각한 마음이 컸었는지 시댁에 미안한 마음에 집문서를 내주었다.

시동생은 그 돈으로 생선 장사를 하고 돈이 잘 벌리자 다른 곳에 눈길을 주어 첩 살림을 시작했다. 첩 살림에 장사까지 해야 했으니 돈이 모아질 리가 없었다. 더욱더 이해되지 않는 것은 형제가 나란히 첩 살림을 했다는 사실이었다.

형제간에 그렇듯 첩을 들여놓고 살았으니 필요한 돈도 많았 을 것이고 불필요하게 들어가는 돈 때문에 결국 큰오빠의 집은 수협에 의해 경매로 처분되었다.

친정 오빠는 집이 경매로 잡히게 되자 남아 있는 돈을 다시 시동생에게 내어주며 수협에서 빌린 돈을 갚으라고 했다. 큰 오빠의 집이 그대로 은행에 넘어가는 것을 보지 못한 나는 삯 바느질 한 돈을 내어 주었고 힘들게 모은 돈을 그때 잃게 되었다.

빚은 점점 불어났고 오빠에게 남은 재산은 그렇게 모두 탕진되었다. 서대문 이대 입구에 있는 기와로 지은 한옥이었는데 지금도 그 생각을 하면 오빠에게 드는 미안함을 이루다 설명할 수가 없다.

못난 동생 두어 어렵게 모은 재산을 잃고 말았으니 그도 오빠와 내가 형제의 인연으로 태어난 탓일 것이다. 지난 일이기에 이렇듯 말하고 있지만 그때 아무것도 할 수 없이 그대로 집이 날아가는 것을 지켜보아야 했던 나의 마음은 가뭄에 갈라진 논을 보는 심정보다도 더 아팠다. 그때마다 떠오르는 어머니의 말씀이 떠올랐다.

'니 팔자가 그런걸 어떡하것냐!'

세상에 태어난 인생인데 이렇게 모질 수 있나, 나 혼자만이 슬픔을 감당하고 살면 되는데 나의 형제들에게 까지 아픔을 주다니……, 그래도 살아야 했기에 나는 남편도 없는 시댁에 남아 시어머니와 함께 농사일에 매달려야 했다.

서울에 올라간 남편은 서울에 첩을 두고 살면서 농사에 관심을 두지 않았다. 시어머니와 나는 스물 다섯 마지기나 되는 땅을 함께 농사지었다. 일꾼도 없고 남편도 없으니 일은 점점 더 고되었다.

7월에 농사를 다 지어 놓고 참깨를 베어서 지게에 져다가 마당에 널어 말려서 볶았다. 그 참깨와 콩, 감자를 한 보따리 싸서 머리에 이고 그래도 남편이라고 나는 남편을 만나러 서울로 올라갔다. 시어머니는 시골 음식이 서울 음식보다 낫다며 바리바리 챙겨주셨다.

서울로 올라간 나는 시동생 집을 찾았다. 시동생은 그때 방 하나 얻어 동서와 아이들과 함께 살고 있었고, 남편은 저녁에는 여인숙에 가서 잠을 잔다고 했다. 그래도 서울까지 왔으니 남편의 얼굴은 보고 가야 했다. 남편은 저녁이 되어도 돌아오지 않았다. 나는 시동생이 있는 비좁은 방에서 같이 잠을 잘 수가 없다는 생각에 남편 있는 여관으로 자러 가겠다고 하자 동서가 나를 말렸다.

"큰아버지 바람 났어유. 형님 가지 마세유."

"동서가 바람 난 걸 어떻게 아나?"

"그걸 왜 몰라유. 내가 늘 빨래를 해 줬잖아유, 옷도 빨아 주고 양말도 빨아 주고. 바람 안 났을 때는 옷이 더러워도 안 벗었어유, 제수가 어려우니께. 그런데 요즘은 옷을 하루에 한 번씩 갈아입고 구두는 날마다 닦고 이발도 하루에 한 번을 하더라구유."

"그럼 바람 난 게 맞것네."

나는 그렇게 말하면서도 서울까지 올라와 첩을 들였다는 사실에 기가 막혔다.

"형님, 이 일을 어쩌지유?"

"어쩌긴, 다 새끼 못 낳는 내가 죄인이지."

"형님, 그래도 남편 얼굴은 한번 봐야 되겠지유. 진아? 큰어머니 큰아버지 계신데 모셔다 드려라."

나는 정말로 남편이 첩을 얻어 사는지 확인하고 싶은 마음이 들었다. 동서의 말이 맞는지 확인해야 했다. 나는 조카의 뒤를 따라 남편이 지내고 있다는 여인숙으로 갔다.

여인숙은 간판에 불도 들어와 있지 않은 작은 한옥 집이었다. 집 안으로 들어서자 어느 방문 앞에 조카가 발을 멈추었다. 아래에는 남자의 신발이 놓여져 있었다. 방문을 열고 들어가자 남편은 벽 쪽으로 얼굴을 돌리고 잠을 자고 있었다.

"큰아버지, 큰어머니 오셨어요."

그래도 남편은 들은 척도 하지 않았다. 듣고도 외면하는 것인지 아니면 모르고 있는 것인지 남편은 벽을 바라본 채 누워 있었다.

"이보우, 주무시우?"

내가 남편의 옆구리를 쿡 찔렀다.

"야, 이 씨발년아!!"

욕을 하며 고개를 휙 돌린 남편이 갑자기 내 엄지손가락을 비틀었다. 우두둑 뼈 부러지는 소리가 났다. 너무도 순식간이었다. 남편은 내가 자기를 찾은 것도 못마땅한데다가 방은 하나인데 남편 하나에 여자 둘이 한 방에서 잘 수 없다는 생각을 하니 그 불같은 성미에 그 순간 내가 죽도록 미웠을 것이었다. 나는 더 이상 화를 참을 수 없었다. 이 순간을 참아버린다면, 그것도 첩이 있는 방에서 조강지처가 남편에게 처참하게 무시당하는 것만은 그대로 보아줄 수가 없었다.

"야!! 이 놈아!!"

나는 있는 힘껏 남편을 주먹으로 쳤다. 이젠 눈물조차 나지 않았다.

"이 년이 죽으려고 기를 쓰나? 니가 어디 곱게 돼질 것 같냐?"

그때 남편의 구타로 엄지손가락이 부러졌고 지금은 아예 그 손가락을 쓸 수가 없다. 안으로 구부러진 손가락은 밖으로 펴지지도 않고 젓가락질을 할 때는 더욱 불편하다.

친정 어머니와 함께 서울로 올라와 삯바느질 하며 살려고 했는데 손가락이 부실하니 그도 할 수 없었다. 손가락은 내가 가지고 있는 유일한 생계수단이었는데 남편은 그것마저 내게서 빼앗은 것이었다.

젓갈 장사를 하지 않고 제대로 된 양장 기술을 배웠더라면 생활이 지금보다는 좀 더 나았을 지도 모를 일이다. 그랬다면 지금보다 돈도 많이 벌고 더 많은 아이들에게 책과 장학금을 나누어 줄 수도 있었을텐데.

지금은 예전 같지 않게 김치를 많이 먹지 않아 김장철에도 젓갈류가 많이 나가지 않는다. 그래도 젓갈 덕분에 살 수 있었는데 가끔은 이 장사 말고 그때그때 팔고 다른 손님이 또 찾는 다른 음식장사를 했다면 더 좋지 않았을까 생각한다. 우스갯 소리로 과를 잘못 선택해서 그런가보다 하고 남들에게 말하기도 한다.

그저 2년이건 3년이건 묵혀 놓아도 그대로인 젓갈류가 좋아서 선택한 장사인데 30평생 하고 나니 장사에 단점을 생각하게 된다. 젓갈로 인해 얻은 것이 있음에도 불구하고 이제 와서 불평을 하는 걸 보니 나도 사람은 사람인가 보다. 하지만 나는 젓갈 냄새가 좋고 지금까지 나를 찾는 사람들이 있어 행복하다.

집으로 돌아와 소복하게 부은 손에 침을 맞아서 열흘 만에 붓기가 빠졌다. 나는 통통 부은 손을 바라보면서도 누구에게 한마디 하소연을 할 사람이 없었다. 남편이 첩을 얻었다는 말에 주변 사람들은 '여자 하나 들여 자식 얻으면 되지. 어차피 그렇게 밖에는 할 도리가 없으니 서운하다 생각하지 말고 그냥 눈 딱 감아버려' 라고 말했다.

그도 그럴 것이 남편의 잘못만이라고 말할 수도 없었다. 내 주변에도 그렇게 말하는 사람이 있는데 남편 주변에서야 말해서 뭐할까, 옆에서 부추기는 사람들이 있었고 그러니 좋은 여자 눈에 들어오면 첩으로 들이고 싶었을 것이다.

내가 남편과 결혼해서 부부생활을 한 건 다 보태도 5년이 안 된다. 그는 그림자마냥 왔다가 그림자마냥 갔다. 같이 있어봐야 서로 좋은 소리는 못하고 급기야는 싸움을 하거나 일방적으로 매를 맞거나 욕만 들어야 했다.

내 이마에는 '아이 못 낳는 여자' 라는 붉은 글씨가 늘 붙어 있는 것만 같았고 나이 60이 넘어 남편과 이혼을 하고 나서야 그 불명예를 떼어낼 수 있었다. 하지만 나는 그것을 불명예라 생각하지 않는다.

하늘이 내게 아이를 주지 않은 것은 하늘의 뜻이 있었기에 그랬던 것이고 나는 그로 인해 세상의 많은 아이들을 나의 품에 안을 수 있었다. 그것을 어찌 불명예라는 말로 표현하여 이름 지어줄 수 있겠는가! 비록 내가 일일이 보고 머리 쓰다듬어 주고 사랑한다 말해주지 못했지만 나는 그 아이들을 사랑하고 나의 품에는 소외된 불쌍한 많은 아이들이 나의 자식으로 남아 있다.

남편은 시동생과 같이 생선 장사를 하기는 했지만 돈을 제대로 모으지 못했다. 여자들 만나러 다니느라 장사는 뒷전이었고 종업원을 두고 일하니 장사가 잘 될 리가 없었다. 종업원에게만 맡겨두지 말고 자리 지키며 하라고 누차 얘기를 했는데도 남편은 나의 말을 귀담아 듣지 않았다.

남편은 아이를 그렇게도 갖고 싶었는지 서울로 올라간 뒤로는 그 구실을 삼아 여러 명의 여자를 만나고 다녔다. 여자 하나 얻어 잠시 살다가 애를 못 낳으면 다른 여자 얻어 살고 또 얻고 정리하며 보낸 세월이 10년이었다. 남편은 12년 동안 그 숱한 여자를 거치면서 방탕한 삶을 살았고 돈에 대한 개념도 없이 그저 잡혀지는 대로 물 쓰듯 돈을 썼다.

남편은 그렇게 많은 여자를 만나고 살아도 애를 못 낳자 자신에게 문제가 있다는 생각을 하게 되었는지 나를 동반해서 병원 검사 받기를 원했다.

의사는 남편의 정충이 죽어 나온다고 말했고 남편은 검사결과를 믿을 수 없었는지 아니면 남자로서의 구실을 하지 못했던 것이 내게 미안했던 것인지 그토록 크게 나무라던 목소리를 낮추었다.

그러던 어느 날 남편은 집에 들어서면서 들뜬 목소리로 뜬금없는 말을 나에게 했다.

"여자를 봤는데 임신을 했어."

나는 남편의 애를 가진 여자가 있다는 말이 믿어지지 않았다.

"정말이에유?"

"그렇다니까. 당신이 한번 만나볼래? 그냥 한번 만나만 보라구."

남편은 나에게 자신의 아이를 임신한 여자를 보여주고 싶어

했다. 나는 그 여자를 볼 이유도 없었고 여자를 본다 한들 이미 남편의 마음은 그 여자를 후실로 들이기로 결심한 눈치였다.

"내가 볼 필요는 없어유. 당신의 아기를 가졌다는데 봐서 뭐하겠슈."

"그 여자 얻어도 되지?"

나는 잠시 망설여졌다. 과연 이 남자가 자신의 아이를 본다면 나를 조강지처로 인정할까 싶어졌다. 전에도 그러지를 못했는데 자신의 아이를 낳아준 여자가 생긴다면 전보다 못할 거란 생각을 안 할 수가 없었다. 아이가 없을 때도 그 수모를 겪었는데 만일 다른 여자의 배를 빌어 아이를 낳는다면 남편은 어쩌면 나를 그의 말대로 인간대접 조차 하지 않을지도 모를 일이었다. 그리고 남편이 나를 버릴지도 모른다는 생각이 빠르게 스쳤다.

"그 여자를 얻기 전에 당신에게 다짐을 받아 둬야겠어유. 나를 버리지 말고 그 여자와 나를 똑같이만 섬겨줘유."

"당연하지, 당신은 조강지처 아닌가? 내 조강지처 대접은 해주마."

남편은 몹시 들떠 있었고 내가 하는 말을 귀담아 들은 것인지 아닌지도 모르게 나의 요구대로 답을 해 주었다. 나는 다시 다짐을 받아야 했다.

"새끼 난 여자만 섬기지 말고 똑같이 섬겨야 해유?"

나는 남편에게 자신의 아이를 가진 여자를 얻지 말라고 말할 권리가 없었다. 집안의 손을 이어주지 못한 죄가 나에게 있고 내가 원해서 이루어진 것은 아니었지만 그 점이 시댁식구에게 내가 지은 가장 큰 죄였다. 오히려 남편의 아이가 생겼다는 말에 같이 기뻐해 주어야 할 일이었는지도 모른다. 그만큼 아이를 못 낳는다는 사실은 나에게 보이지 않는 쇠사슬처럼 내 몸을 조이고 있었다. 그리고 정충이 나온다는 말에 남편이 자식을 보지 못하면 어쩌나 걱정을 했었는데 다행스러운 일이라 생각되기도 했다.

남편이 여자를 봐서 아이를 가졌을 당시 나는 시어머니와 함께 서울에 올라와 있었다. 아들이 모두 서울에 있었고 농사일을 거들어줄 수 있는 인부를 구할 형편도 되지 않아 시골집을 정리하고 남편의 부름에 어머니와 나는 서울로 올라왔다.

남편은 서울에 기와집을 얻어 놓았는데 그 돈은 나의 큰오빠 집을 담보로 빼낸 돈으로 구입한 것이었다. 그 당시 시어머니는 돈도 없었고 남편 또한 생선장사로 집을 얻을 만큼의 돈을 벌지 못했다. 그래서 인지 집을 구했다는 소식을 들은 큰오빠는 집 명의를 내 앞으로 하길 원해고 웬일인지 남편도 오빠의 뜻대로 해 주었다.

방 하나는 세를 주고 하나는 시어머니가 쓰고 하나는 남편과 내가 썼는데, 남편은 나와 살면서도 아이를 가진 여자를 만나러 다녔다.

남편의 첩은 남편이 장사를 하다가 남편 가게에 온 손님으로 눈이 맞은 모양이었다. 나이는 나보다 11세 연하로 훨씬 젊었고 심성은 나쁜 편은 아니었지만 성격이 무뚝뚝한 편이라 그런지 아이를 낳고 한 집에서 백일이나 사는 동안 나에게 형님이라는 말을 한마디 한 적이 없었다. 그 후로도 나는 형님이라는 소리를 듣지 못했다.

여자가 병원에서 아들을 낳고 우리 집으로 들어왔다. 산간을 해줄 사람도 없고 마땅히 지낼 곳이 없다는 것이 여자를 데리고 들어온 남편의 말이었다. 예상했던 일이었지만 여자가 아들을 낳자 남편의 태도는 돌연 달라졌다.

한 집에 두 여자를 거느리면서 누구를 더 위하고 위하지 않고의 차이를 두어서는 안 되지만 남편은 자신의 아이를 낳은 여자에게 후대했으며 그 여자와 그 여자가 낳은 아들 건사하는 일을 모두 나에게 미루었다. 뿐만 아니라 상에 놓는 찬까지 일일이 간섭할 정도였다.

"잘 해줘. 계란도 쪄 주고 고기도 좀 볶아 주고 그려."

나는 여자의 산후조리를 하고 밥상을 매일 차리며 그 여자의 몸종 노릇을 해야 했다. 그럴 때마다 김이 올라오는 쌀밥과 미역국을 바라보며 상을 뒤집고 싶은 마음이 하루에도 수십 차례씩 마음에서 갈피를 잡지 못했다.

나는 왜 자식을 낳지 못할까 하는 마음으로 하루를 보내는 일이 지옥과 같았는데 남편은 여자에게 줄 밥상을 부엌에까지 들어와 손수 내갔다. 남편이 내게 무엇인가를 먹으라며 상을 들어 놓아준 적이 있었던가. 나는 생전 받아보지 못한 사랑을 남편의 아들을 낳아준 여자는 본처가 차려준 밥상을 남편의 손에 의해 받고 있었다. 서럽다, 서럽다 눈물을 흘린들 아이 못 낳는 죄 때문인걸! 나는 그러면서 갓난아이의 기저귀와 속옷을 빨았다. 그러면서도 아이의 변이 묽거나 하면 탈이 난 것이 아닌가 걱정이 되었다.

나는 그저 참고 살면서 내가 못한 일을 다른 사람이 했으니 고맙다고까지 생각했다. 남편이 수선떠는 것을 보며 갓난아이에게 눈을 맞추고 방문에서 새어나오는 남편의 웃음소리를 들으면서 아이를 낳지 못할 거라 좌절했던 남편이 자식을 보았으니 얼마나 좋을까, 그런 심정으로 견디며 살았다. 하지만 서운하고 서러운 마음이야 가셔지겠는가.

아이의 울음소리가 내 가슴에 담겨질 때마다 나는 부엌 한 귀퉁이에 앉아 눈물을 흘려야만 했다. 이 정도로 끝내주었으면 좋았는데 작은 마누라를 역성드는 남편은 나에게 그 순간 한을 심어 놓았다. 어느 날 남편이 아침에 장사 나가면서 여자에게 말했다.

"저것이 나 없을 때라도 지랄하거든 가만 두지 말어. 그렇게 해도 대통령이 잘 했다 혀! 자식을 낳아야 나라가 안 망하지, 자식 없으면 나라가 망하니께. 그렇게 해도 된다."

146

기도 안 막히는 그 말에 나는 할 말을 잃었다. 아이를 못 낳으면 나라가 망한다. 설득력이 있는 말이지만 나라가 망하는 것이 어디 내 탓이란 말인가! 여자의 속옷에 비누 거품질을 하던 나는 손을 멈추었다. 나는 자리에 털썩 주저앉아 하늘을 올려다보았다. 그날도 하늘은 미치도록 푸르게 아름다웠다.

남편이 나에게 모질게 굴고 남편의 여자가 밉기도 했지만 여자가 낳은 아기가 사람을 알아보고 웃기 시작하고 나를 보며 웃을 때 마다 나는 마치 그 아이가 내 아이인양 울면 업고 얼래며 아이를 이뻐했다.

'우리 애기 쉬하자.' 하며 내가 걸레를 대놓으면 엉덩이를 내놓은 아이의 작은 고추에서 쪼르르 오줌이 떨어졌다. 그 작은 고추에서 또르르 오줌이 떨어지는 모습이 그렇게 귀엽고 이쁠 수가 없었다. 첩이 낳은 아들도 그렇게 이쁜데 내 뱃속에서 나온 아들이면 어떨까. 부질 없는 생각을 하며 살 오른 아이의 엉덩이를 두드리면 아이는 나를 보고 웃었다. 그렇게 아이는 자랐고 백일이 되었을 때 나는 아이를 안고 사진을 찍었다. 여자와 남편은 아이의 백일을 치른 후에야 방을 따로 얻어 나가 살았다.

아이가 여섯 살 때인가 여의도에서 열리는 웅변대회에 나가 1등을 해서 트로피를 탔다고 했다. 아이가 트로피를 탔다며 집에 찾아온 여자는 연신 자랑을 하느라 정신이 없어 보였다.

나는 그 아이를 내 자식처럼 여기려고 했고 무엇이든 해주고 싶었다. 그 아이 생일이 돌아오면 큰엄마 노릇 하고 싶은 마음에 책을 사서 보냈고 또 친정 오빠가 한의원을 해서 아이들에게 먹이면 좋을 녹용도 나중에 업둥이로 들어온 순애와 같이 일 년에 일곱 첩을 해서 먹였다. 무엇이든 주고 싶었고 잘 자라나는 아이가 고마웠다.

나중에 안 일이지만 남편 가게의 종업원에게 들은 이야기로는 남편의 여자는 내가 지어준 녹용에 독이 들었을지도 모른다며 일 년을 묵혀 놓았다가 약방에 가서 감정을 해 보고 이상이 없다는 이야기를 들은 그때야 약을 달여 먹였다는 것이었다.

나는 아이가 우리 집안의 대를 이어줄 사람이고 내가 죽으면 혹시 제사라도 지내줄 아들이라고 생각해서 내 자식인 듯 잘해줬다. 세상에 없는 아들이라고 생각하며 늘 책 선물을 해주었다.

출판사에 전화해 거기서 배달을 해 주기도 하고, 그 여자가 우리 가게로 와서 책 박스를 가져가기도 했다. 책을 받을 때는 고마운 마음이 있었는지 김치 담은 것을 가져오기도 했지만 나와 여자와 남편과의 인연은 끝까지 좋지 않았고 그렇게 귀히 여겼던 아이의 결혼식이 있던 날 나는 아이의 결혼식에 갈 수 없었다.

하늘이 주신 내 소중한 아이가 생겼다.

　1975년 어느 날 아침, 갓난아기의 울음소리가 대문 밖에서 들려왔다. 여자의 아기가 백일 잔치를 하고 나간 지 얼마 되지 않아서였다. 처음에는 이웃집 아기가 우는 소리인가 싶어 무심코 흘려버렸는데 울음소리는 그치지 않고 더욱 높아만 갔다.

　나는 그치지 않는 아기의 울음소리에 이끌려 대문 밖을 나가보았더니 강보에 싸인 어린 아기가 대문 앞에 버려진 채 울고 있었다. 태어난 지 얼마 되지 않아 보이는 아기였다. 아이 못 낳는 여자가 사는 집이라는 걸 알고 나의 집 앞에 아이를 두고 간 것인가 싶어 나는 아이를 안고 아이를 버리고 간 사람이 지켜볼 것이라 생각하여 집 주변을 두리번거렸지만 집 주변에는 사람의 모습이 보이지 않았다.

아이를 집으로 데리고 들어와 우선 물을 데워 아이에게 먹였다. 아이는 얼마동안 배를 곯고 있었는지 조그만 입을 하나 가득 벌리며 물을 먹기 시작했다. 오래도록 울고 있었는지 배가 고프기도 할 것이었다. 흰죽을 쑤워 먹였더니 아기는 얼마 있어 잠이 들었다.

나는 새근거리며 곤히 잠든 아이의 얼굴을 내려다보았다. 하얀 볼살을 손가락으로 어루만져 보았다. 잠에서 깨면 어쩌나 싶어 너무도 조심스러웠다. 아이의 볼살은 비단보다 고왔고 솜털보다 포근했다. 자고 있는 아이를 품에 안고 아이의 얼굴에 내 얼굴을 맞대어 보았다. 아이의 숨소리가 들렸다. 작은 콧바람이 내 볼살에 따듯하게 번져왔다.

'이 아이가 내가 낳은 아이였다면! 어떻게 이렇게 작고 이쁠 수가 있을까!'

나는 자고 있는 아이의 얼굴을 보고 또 보고 여러 번 바라보면서 어쩌면 하늘이 아이를 낳지 못하는 내게 보내준 아이라는 믿음이 생겼다. 아이의 엄마는 누굴까? 왜 아이를 버린 것일까? 아이를 버릴 수밖에 없었던 아기 엄마의 마음을 생각하자 아이에게 느껴지는 한없는 연민에 순간 가슴이 메여왔다. 아이 엄마의 운명은 슬펐겠지만 나는 하늘이 내게 베풀어 주신 은혜라 생각하고 이 아이를 내 아이로 키우고 싶은 욕심이 들었다. 그런 마음이 들자 떨 듯이 기뻤다.

대문 열리는 소리가 들려왔다. 나는 외출에서 돌아오신 시어머니께 업둥이가 들어왔으니 키우고 싶다고 말씀드렸다. 아이를 본 어머니는 '애 없는 집에 키우라고 누가 갖다 놓았구나. 튼실하게 생겼다. 계집아이로구나. 기왕 갖다 놓을 거면 사내아이를 가져다 놓지' 하며 아이를 안아 보시더니 나에게 아기를 안겨 주었다. 시어머니는 남편이 첩을 얻어 다른 살림을 차린 후 나를 대하는 태도가 예전과 달라졌다. 아들에 대한 서운한 마음이라기보다는 나이가 들어 의지하고 살 누군가가 나라는 것을 알아가고 계시는 듯 보였다.

시어머니는 업둥이로 들어온 아이를 이뻐해 주셨다. 업둥이로 들어온 아이는 내치는게 아니라면서 아이에게 정을 붙이려는 것 같았다. 나는 하늘이 주신 내 아이를, 비록 산통 없이 내 자식으로 만들었지만 훌륭히 키워 공부 못한 나의 한을 풀어보리라 생각했다. 힘이 닿는 한 아이의 공부는 원 없이 가르치고 싶었다.

자식이 생기자 나는 삶에 대한 용기와 희망이 생겼다. 말도 채 하지 못하는 어린것이 라디오에서 흘러나오는 음악소리에 맞춰 서지도 못하면서 엉덩이를 들썩거리는 모습을 보고 있으면 그렇게 행복할 수가 없었다. 나는 강해져야 했다.

다행히 남편은 첩이 낳은 아이와 함께 내 아이를 호적에 올려 주었다. 남편은 딴 살림을 차리고 있으면서도 집에는 가끔 들렀고 순애를 친딸 마냥 귀여워했다. 아이가 뽀얗고 이쁜 데다 아빠, 아빠, 하며 잘 따르니 아들을 키워본 재미하고는 다른 재미가 있었던 모양이었다. 아이의 건강상태가 걱정이 되어 의사에게 보이니 태어날 때 4킬로쯤은 되었을 거라며 튼튼한 체질이라고 했다. 순애는 먹성이 좋아서 밥을 주면 까탈부리지 않고 잘 먹었다. 타고난 체질이 건강한지 아픈 적도 없었고 변도 잘 보는 편이었다.

순애가 복덩이인지, 자식이 둘이 생겨서인지 남편은 그동안의 방황을 멈추고 장사에 매진하고 있었다. 돈을 모으는 재미를 알아가고 있는 듯 보였다. 남편은 생선 가게를 그만두고 젓갈 장사를 하기 시작했다. 남편이 미덥지 못했는지 작은마누라도 가게에 나와 남편의 일을 돕고 있었다. 가게의 목도 좋고 운이 있었는지 남편은 젓갈 장사로 꽤 많은 돈을 벌어들였다.

시어머니와 내가 서울로 올라오고 시아버지는 홀로 시골에 남아 사셨다. 시어머니와 시아버지는 나이가 들어서도 그토록 마음이 맞지 않으셨는지 늙은 연세에도 따로 살기를 원하셨다. 시골에 함께 사실 때도 각방을 쓰셨으니 그리 이상한 일도 아니지만 나는 시골에 혼자 계신 아버님이 늘 걱정이 되었다. 그러던 어느 날 아버님이 돌아가시게 되었고 나는 맏며느리로서 정성스레 모시지 못한 죄스런 마음에 아버님의 고연을 3년 동안 모셨다.

어른이 돌아가시면 초하루 날과 보름 날, 부침개 등으로 제사하는 것처럼 상을 잘 차려 놓고 삼베 옷 입고 곡을 하는데 그것을 고연이라고 한다. 그 행위를 '상식'이라고 하는데 3년이 되면 지내던 고연을 접고 제사를 모시게 된다. 그리고 '고연' 모시던 곳에 불 놓고 들어내는 것을 '철상'이라고 한다. 그 상을 없앤 후는 1년에 한 번씩 제사를 모시면 된다. 그렇게 3년의 고연을 모시는 동안 남편은 장사가 잘 된다는 핑계로 집에는 아예 들어오지 않았다.

그 3년 상 때 제사를 지내면서 나는 김치를 좀 맛있게 담그고 싶었다. 어머님이 워낙에 입맛을 잃고 계신터라 김치라도 맛있게 상에 놓고 싶은 마음에 남편에게 굴을 한 근 사 달라고 했다. 그러자 남편은 옆 가게에 와서 굴을 외상으로 얻어 가라고 했다. 그 굴 외상값을 남편은 끝내 갚지 않았고 이듬해 내가 젓갈 장사를 시작하면서 굴 값을 갚았다.

남편은 남편 없이 시어머니를 모시고 사는 나에게 그토록 박하게 굴었으며 생활비조차 주지 않았다. 그렇게 사는 삶은 너무도 고통스러웠다. 순애도 있는데 시어머니까지 수발을 드는 일은 아무런 경제력이 없는 상황에서 나에게 너무 힘든 일이었다.

남편이 비틀어 버린 손가락 마저 말을 듣지 않아 바느질 일도 할 수 없었다. 시어머니 또한 힘들어 하셨다. 아들 없이 며느리와 남편 고연 모시면서 사는데 무슨 낙이 있었겠는가. 며느리 볼 면목도 없으니 밥 드시는 것도 나에게 민망하고 힘들어 하시는 듯 싶었다. 나는 젊으니 견딜 수 있다지만 미각이 둔화된 어머니는 입맛이 자꾸만 떨어진다고 말씀하셨다. 혹여 남편이 돈을 쥐어주면 시어머니께 반찬을 해드렸다. 그러던 어느 날 어머니는 밥상을 물리면서 노량진 시장 이야기를 하셨다.

"얘야, 노량진 가서 반찬 좀 얻어다 먹자. 입맛이 소태 씹은 것처럼 쓰구나."

나는 어머니의 그 말에 순애를 업고 노량진 가게로 갔다. 남편을 찾아 시장에 갔을 때가 점심 때였는데 남편은 가게까지 내가 온 것이 심기가 언짢았는지 인사말이라도 점심 먹었냐는 소리 한번 하지 않았다. 기대도 하지 않았지만 순간 나는 오기가 들었다.

가게 맞은편에 '남대문 식당' 이라는 식당이 있었다. 나는 그 식당으로 들어가 제일 비싼 닭곰탕을 시켜 놓고 순애와 함께 모녀가 정신없이 허기를 달랬다. 식당을 나오면서 나는 남편이 있는 가게 쪽을 가리키며 저 사람이 내 남편이니 그곳에 가면 돈을 줄 거라 말했다.

남편이 젓갈장사를 하던 시장에는 내가 본처라는 것을 아는 사람이 많았다. 때문에 남편은 식당에 돈을 안 줄 수가 없었을 것이었다. 그때 우리 집 가는 차비가 100원이었는데 남편은 내게 100원을 쥐어주며 말했다.

"집에 가 있어라. 그럼 내가 반찬 사 갖고 갈께."

"어머님이 밥을 못 드셔. 반찬 가지고 꼭 와야 혀!"

"알았어! 알았다니께!"

남편은 짜증을 내며 소리쳤다. 나는 집으로 돌아왔고 나와 시어머니는 남편이 오기를 기다렸지만 남편은 그날도 오지 않았다. 시어머니는 반찬 없는 밥을 억지로 뜨시며 내게 물었다.

"분명 온다고 했냐? 내일은 가서 반찬 꼭 가져오너라."

나는 다음 날 순애를 업은 채 다시 노량진 시장을 찾았다.

"이 여편네가 왜 또 왔어!"

"어머님이 반찬 가져 오래잖여!"

"알았어, 내가 오늘은 갈 테니까 빨랑 가 있어!"

그가 귀찮은 듯 손을 휘휘 내저었다.

"오늘은 하늘이 두 쪽 나도 반찬 갖고 와야 혀!"

남편에게 연이어 다짐을 받은 나는 그날 저녁 반찬을 들고 온 남편을 집에서 볼 수 있었지만 남편에게 욕을 들어가며 매질을 당해야 했다. 나는 더는 맞고 있을 수만은 없어 남편에게 대들었지만 그럴수록 남편의 매질은 거세어졌다.

"이년이 서방 친다! 이년, 죽일 테다."

"오오냐, 이놈아, 너구 나구 죽자, 죽여 봐라, 죽여."

나와 남편이 온 집안에 난리가 나도록 싸우고 있었지만 시어머니는 그저 구경이나 하듯 뻔히 보고 있을 뿐이었다. 팔이 안으로 굽는다는 말이 있지 않던가. 시어머니는 아들을 나무라지를 않았다. 시어머니에게마저 안 좋은 소리를 듣는다면 다시는 아들이 집에 발걸음을 하지 않을거라 생각하신 모양이 었다.

나는 다시 생활비를 구하기 위해 노량진 시장에 갔다. 마침 남편은 없고 둘째 마누라가 혼자서 장사를 하고 있었다. 그 여자 또한 나에게 눈길조차 주지 않았다. 몇 시간을 기다려도 남편이 오지 않자 답답한 마음에 나는 말도 하기 싫었지만 둘째 마누라에게 말을 걸었다.

"그 양반은 대체 언제 오는거여?"

"모르겠어요."

"언제 올 줄 모르겠다 그 말인가? 시방 나더러 빈손으로 가란 말여?"

그러자 그 여자는 미련하게 뚱한 표정으로 입을 굳게 다물고만 있었다. 나는 마냥 기다릴 수만 없는 노릇이고 빈털털이였으므로 눈에 띄는 대로 새우젓을 펐다.

"뭐하는 거요?"

"보면 모르냐? 돈이 없으니 새우젓이라도 퍼서 팔아야지."

나는 새우젓을 퍼서 머리에 이고 성큼성큼 걸었다. 그러자 그 여자가 따라오며 소리쳤다.

"이봐요. 그렇게 가져가면 도둑 아닌감!"

"이년아, 내가 왜 도둑이냐!"

다짜고짜 그 여자가 내 머리에 인 새우젓을 뺏으려고 달려

156

들었다.

"이 도둑아?"

"뭐여? 시방 너, 나더라 뭐라 혔어?"

"도둑년이라고 했다! 장사할 물건을 왜 니가 가지고 가냐?"

"뭐가 어쩌고 어째? 이년이 하늘 무서운 줄 모르고!"

시장 한복판에서 그렇게 실랑이를 하고 있자 시장 사람들이 모여 들었다. 사람들이 웅성거리는 소리가 들려왔다.

"첩년이 못됐네. 어디 본처한테 대들어."

두 여자가 머리 끄댕이를 잡고 육탄전을 벌이며 싸웠지만 결국 나는 새우젓을 뺏기고 말았다. 아이를 업고 있어서 여자를 당해낼 수가 없었고 순애마저 요란하게 울음을 터뜨렸다.

둘째 마누라가 새우젓통을 들고 사라지자 모여든 사람들도 각기 흩어졌다. 나는 분하고 황당한 마음을 주체하지 못하고 한동안 서 있어야 했다. 순애의 울음소리가 그치지 않았다. 나는 손을 털고 우는 순애의 엉덩이를 토닥거리며 힘없는 발걸음을 돌렸다. 울음을 참을 수 없었던 나는 남편에게 더 이상 의지하며 살 수 없다는 결론을 내렸다. 내 힘으로, 내 노력으로 살아보리라 결심하며 그 먼 길을 걸어 늦은 밤에야 집에 들어갈 수 있었다.

12월, 집집마다 김장을 다 끝내고 더 이상 젓갈이 안 팔릴 무렵 남편은 가게를 정리하려고 했다. 나는 그때 남편의 젓갈 가게를 인수하게 되었다. 그 무렵 가게에는 새우젓 한 드럼과 반 드럼이 남아 있었다. 다 합쳐서 그 때 돈 20만 원을 주고 산 것인데 그 20만 원은 기관지가 안 좋아 쫓겨났을 때 바느질해서 벌었던 돈을 감춰둔 것이었다.

지금도 그 버릇이 남아 있어서 호주머니에 돈을 오래 가지고 다니다가 그 접힌 부분이 잘라져도 안 쓰는 버릇이 들었다. 장사를 시작하면서 배가 고파도 집에 와서 밥을 먹었고 빵 하나, 우유 하나도 사먹지 않았다. 돈이 없으면 괄시 받는다는 것을 뼈저리게 느낀 후였으니 나는 돈을 모으는데만 온 신경을 쏟아 부었다.

남편이 내게 가게를 넘길 때 작은 마누라가 조개젓 반 드럼 남은 걸 하수구에 쏟아 놓고 나갔다. 목 좋은 자리 넘겨주고 나니 남은 젓갈을 주는 것도 아까웠던 모양이었다. 그 가게에서 남편은 돈을 포대로 실어 나를 정도로 돈을 벌었으니 아까울 만도 했을 것이다. 젓갈 가게에서 번 돈으로 집도 마련하고 후에 더 큰집을 샀다.

나는 아까운 젓갈을 하수구에 버리는 작은 마누라에게 화가 나기도 했지만 어떻게 사람이 저렇게 밖에는 생기지 못했을까, 마음 하나 곱게 쓰면 세금 내라고 하지도 않는데 모두 자기 덕으로 남는 것을, 그 인생도 참 딱하다 싶은 측은한 마음이 들었다.

조강지처와 첩으로 만나지 않고, 가게를 찾는 손님과 주인으로 만났더라면 그래도 웃으면서 얼굴을 볼 수 있었을 텐데, 첩으로 살고 있었으니 그 마음이 불편할 만도 하겠지만 그쪽이나 나나 인연이 좋지 않아서 그런 것을 어떡하라고, 나보다 남편 사랑 더 받고, 애도 나왔으니 나보다 훨씬 나으련만…. 한 남자를 서방으로 모시고 사는 팔자니 이제는 얼굴 붉히지 않았으면 하는 마음이 들었다.

가게를 인수한 나는 마음이 들떠 있었다. 가게 목이 좋은데다 그때는 김치 반찬을 주로 먹었기 때문에 젓갈 장사가 아주 잘됐다. 지금은 먹을 것이 많아 아이들도 김치를 잘 먹지 않지만 그때는 김치 반찬이 한 상에 서너 가지가 올라갈 때였다. 그리고 애도 많이 낳고 식구도 많다보니 겨울철, 여름철 할 것 없이 김치만 먹었던 시절이었다. 김장할 때 보통 200포기, 300포기씩을 할 때였다.

남편이 내게 가게를 넘겨준 큰 이유는 주변의 권유 때문이었다. 내가 시어머니를 모시고 시아버지 고연 까지 모셨는데, 생활비도 안 주니 시어머니가 우선 견디기 어려웠다. 시어머니는 먹고 살기 어렵다고 차라리 큰어미가 가게를 하면 우리 사는 것이 나을 것 같다고 작은 아들에게 여러 번 호소했고 시동생이 남편에게 채근을 한 것이었다.

"형? 형은 작은 아주머니가 돈도 많이 벌고 했으니께, 이제 장사는 큰아주머니한테 주도록 혀. 큰아주머니가 어머니 모시고 아버지 고연까지 지내고 했는디 이제 어머니는 형이 모시고 가야지."

시동생의 권유 덕분에 나는 젓갈 장사를 하게 되었고 어머니는 작은댁으로 가게 되었다.

막상 미워만 했던 시어머니가 작은 집으로 가자 못해 드린 것들만 생각이 났다. 그래서 장사를 해서 번 돈으로 생전 처음 전복을 샀다. 전복으로 죽을 쑤어 드렸더니 시어머니는 고맙다는 소리를 몇 번이나 하셨다.

"이렇게 전복죽을 먹으니 기운 나고 입맛이 돋는구먼."

장사가 잘 되면서 시어머니께 용돈도 드리고 작은 동서 편에 찬도 사다 드렸다. 어머니는 나를 불쌍하게 여기셨고 그럴 때마다 동서 편에 고맙다는 말을 전해왔다. 세월이 가고 나니 그토록 무심하게 굴던 어머니도 세월에 마음이 녹아드셨던 모양이었다. 돌아가실 무렵쯤에는 시어머니도 나를 많이 의지하시며 사시다 돌아가셨다.

장사가 잘 되기도 했지만 나는 밤낮을 가리지 않고 열심히 일했다. 몸이 아파도 가게를 찾는 손님들이 생각이 나서 아픈 줄도 모르고 일했다. 결혼 초년에 맞은 시어머니 설움, 서방 설움, 아이 낳지 못하는 설움, 그 모든 것들을 일하는데 온 힘을 쏟아 부었다. 겨울에도 두장 땔 연탄을 한 장만 때고 살았다. 장사를 나가면 순애를 집에 혼자 둘 수 없었기 때문에 나는 순애를 업고 시장에 가야 했다. 장사를 마치고 늦은 밤 집으로 돌아올 때 나는 차비조차 아까워 아이를 업은 채 시장에서 집까지 걸어 다녔다.

사람들이 몰려오기 시작하면 나는 허리를 펼 새도 없이 계속 젓갈을 푸고 또 펐다. 사람들 얼굴을 바라볼 틈도 없었다. 물을 마시면 화장실을 가게 되고, 화장실 간 사이에 손님이 다른 가게로 가 버린다고 생각해 물도 마시지 않았다. 그때는 힘든 줄을 몰랐다. 나에게는 순애가 있었고 돈이 벌리면서 아끼고 절약하니 젓갈 한 통 살돈이 며칠 지나면 두 통, 세 통 살 돈으로 불어나는 것이 마냥 즐거웠다.

순애를 업고 장사하다 좀 무거워지면 앉혀 놓기 위해 옆집에서 얻어온 나무 의자에 순애를 앉혔다.

"순애야, 내려오면 안 돼. 꼼짝 말고 앉아 있어."

그때 순애는 10개월쯤 돼서 말을 잘 알아들었다. 새까만 눈으로 나를 빤히 보며 고개를 끄덕끄덕했다. 그래도 어린아이라 한자리에 가만히 있지 못하고 움직이다 바닥에 떨어지곤 했다. 좋은 부모 만나 살았으면 이 고생 안 해도 되는데, 업둥이로 들어간 집이 엄마 하나밖에 없는 집이라 불결한 시장 바닥에서 어린 것이 고생하는 것이 가여웠다.

그렇게 하루 일과를 마치고 시장에서 순애를 업고 버스로 다섯 정거장이 되는 거리를 걸어 다녔다. 애 기저귀 가방을 들고 쌀 일어서 양은솥에 담은 것, 물 끓여서 유리병에 담은 것, 그런 것들을 양 손에 잔뜩 들고 애를 업고 걸어 다녀도 돈

번다는 욕심이 넘쳐서 힘든 것도 몰랐다.

　가게에서 지푸라기에 꿰어져 있는 연탄 한 장을 사다가 생선 궤짝 같은 것에 연탄을 피워 그 연탄 위에 양은솥을 올려놓고 밥을 해 먹었다. 순애는 매운 김치도 짠 젓갈도 잘 먹는 편이었다. 그런 아이를 보고 있으면 어찌나 신통했는지 내게 그 아이가 살아가는 이유가 되었고 삶의 전부가 되었다. 생전 엄마라는 소리를 들을 수 없을 줄 알았는데 아이가 말문이 트이면서 나를 보며 "엄마"라고 부르자 그렇게 좋을 수가 없었다. '엄마' 그 말을 아이의 입을 통해 처음 들었을 때 나는 그날의 감격을 지금도 잊을 수가 없다.

　나는 장사가 쉬는 날이면 아이에게 햇살을 쪼이게 하고 싶어 밖으로 나갔다. 걸을 나이가 되었지만 순애는 잘 넘어졌다. 여자 아이가 무릎에 흉이 지면 보기 싫을 것이 걱정이 되어 나는 순애가 걷기 시작했을 때도 순애를 업고 다녔다. 등 뒤에 업혀 나의 등에 머리를 대고 엄마라고 부르는 아이가 있다는 것이 이 세상의 가장 큰 행복이었다. 아이의 따뜻한 체온이 혹한의 추위에도 나를 견디게 했다.

　새끼를 업고 있는 그 마음이 얼마나 좋았는지 어느 틈에 다섯 정거장을 걸어 집에 가고, 어느 틈에 시장을 오곤 하였다. 애가 잘 먹고 튼튼해서 키우는데 고생도 없었다. 1년에 한두 번 정도 예방 주사를 맞히러 병원에 가면 의사가 오히려 물었다.

"잘 먹여서 이렇게 건강합니까, 아니면 다른 비법이 있습니까?"

"우리 순애는 계란 하나 안 먹여도 참 건강합니다."

장사하기 전에는 돈이 없어서 순애에게 계란도 못 먹일 때였다. 장사하면서 차츰 우유도 먹이기 시작했다.

순애는 늘 업혀 있어야 했고 장사하고 좁은 가게에서 움직일 수도 없었으니 순애도 고생이 심했다. 그때는 365일 일을 했고 새벽 4시에 나오면 밤 11시에나 집에 들어갔다.

아이는 세월 따라 커 주었고 잠실에 살면서 반포 잠원 초등학교에 입학을 했다. 입학식 날 나는 고운 한복으로 갈아입고 순애에게도 새 옷을 사 주었다. 순애의 손을 꼭 잡고 학교로 가는 그 길에 발걸음이 얼마나 가벼웠는지 모른다. 내 아이가 학교에 들어간다는 사실이 그렇게 좋을 수가 없고 뿌듯할 수 없었다.

"공부 잘 해라, 선생님 말씀 잘 듣고. 엄마한테는 너 뿐이여."

"예, 엄마. 공부 잘 할게요."

나는 운동장 뒤에 서서 입학식을 하는 순애 모습을 지켜보았다. 키가 작아서 앞에 서기는 했지만 내 딸이 똘망 똘망하고 가장 돋보였다. 고슴도치도 자기 새끼 털이 부드럽다고 했다 하지 않은가. 입학식이 끝나고 그날 입학한 아이들이 교실에 모였을 때 나는 순애에게 말했다.

"선생님이 뭐 물으시면 무조건 저요, 저요! 하면서 손들고 대답 잘 해야 혀."

순애는 내가 시키는 대로 잘 해 주었다. 선생님이 무슨 말을 묻자, 다른 애들보다 더 열심히 손을 들었다. 그런 순애는 선생님이 지목하자 일어서서 꽤 그럴싸한 대답을 하는 것이었다. 그 모습을 본 나는 너무도 뿌듯하여 눈시울이 젖어 들었다.

순애는 꽤 영리한 편이었다. 학교에서 배운 걸 잘 기억하는 듯했다. 내가 가게로 가는 길에 온갖 상점들 이름을 보며 읽어 보라 하면 틀린 것 없이 척척 말했다.

"어이구, 우리 순애 머리도 좋구나. 최고학부까지 공부해서 대학교수 시켜야겠다. 엄만 너 대학교수 만드는 게 꿈이여. 이젠 니가 내 인생의 목표여."

나는 그때부터 순애에게 책이란 책은 다 사 주었다. 어린 시절 읽고 싶어도 읽을 수 없었던 책을 내 아이에게만은 원 없이 보여주고 싶었다. 순애로 인해 K출판사와도 연을 맺게 되었다.

사람이 살아가는데 필요한 지식이라는 것은 타인이 일러주어 알아지는 것도 있지만 많은 책들을 접하고, 보지 못한 세상을 간접적으로나마 접하면서 학식도 견문도 갖출 수 있다는 것을 나는 알고 있었다. 그때부터 돈이 벌리기 시작하면 책을

164

사서 많은 학생들에게도 보내기 시작했다.

순애는 가벼운 집안일은 알아서 했다. 초등학교 3학년이 되자 밥을 하고 설거지를 하고 청소도 해 놓았다. 아직 어려서 반찬까지는 잘 못했지만 자기 도시락은 알아서 싸갔다. 나는 새벽 일찍 집을 나가면 밤 늦게나 되어서야 집에 왔기 때문에 순애와 이야기를 한다거나 관심을 줄 시간이 없었다. 마음은 늘 아이 곁에 있고 싶었지만 돈을 모아야 했고 돈이 모여져야 아이의 꿈과 나의 꿈을 이룰 수 있다는 생각에 그때는 잠시 아이의 인성 교육에 대해 생각하지 못했다.

내가 새벽에 일을 나갈 때도 늦은 밤이 되어 돌아올 때도 순애는 잠이 들어 있는 시간이 대부분이었다. 순애는 항상 밥을 해놓고 나를 기다리다가 잠이 들었다. 어느 날인가 나는 잠든 순애의 머리맡에 놓인 자그마한 분홍빛 일기장을 발견했다.

'엄마가 불쌍하다. 나 하나만을 믿고 사는 엄마가 불쌍해서 자꾸 눈물이 나온다.'

나는 아이의 일기를 보며 잠든 순애의 머리를 쓰다듬어 주었다. 어린것이 늘 혼자 집에 있고 도시락까지 손수 챙기며 또 밤마다 날 기다리며 잠들다니. 미안한 마음이 들었다. 그럴수록 나는 더욱더 돈을 벌어야 했다. 한푼이라도 모아서 돈 없고 가난해서 자식 뒷바라지 못하는 상황은 만들고 싶지 않았다. 때론 '내가 주워다 기른 딸이어서 엄마가 그런가?' 하는 생각을 순애가 하는 것 같아 매우 조심스러웠다.

나는 순애에게 업둥이로 들어왔다는, 내가 친 엄마가 아니라는 사실만은 알리고 싶지 않았었다. 순애를 봐줄 사람이 없어 아이를 가게에 데리고 다녔을 때 순애가 사람들의 말을 알아듣기 시작하면서 순애는 자신이 나의 친딸이 아니라는 사실을 알게 된 것 같다.

남편이 하던 전 가게를 인수한 탓에 가게 주변 사람들은 우리 집 가정사를 어느 정도 알고 있는 눈치였다. 남편이 첩을 얻은 일에서 부터 내가 아이를 낳지 못하는 일까지 알고 있었던 것 같다. 그 이야기는 사람들의 입에 오르내렸을 것이고 우연히 순애가 자신의 출생 비밀을 알게 되었다. 나에게 내색은 하지 않았지만 그 아이가 겪었던 마음의 번뇌를 생각하면 지켜야 할 비밀을 지켜주지 못한 그 점이 지금까지 너무도 미안한 일로 남아 있다.

친부모가 누구인지 모르는 채 그나마 업둥이로 들어온 가정마저 온전치 못했으니 그 모든 사실을 알고 있었던 순애는 학교에 들어가고 정상적인 가정에서 사랑을 받는 아이들을 접했을 때 마음의 상처를 입었을 것이다. 나는 한참 물이 오른 장사에 정신을 몰두하느라 아이의 상처를 미리 알고 돌보지 못했다.

아낄 줄 밖에 모르는 엄마와 살면서 순애는 나와 같이 고생을 많이 했다. 추운데서 함께 사느라 동상에도 걸렸고, 남들처럼 좋은 옷은 커녕 헌 옷도 기워 입혔다. 먹는 것도 다른 아이들처럼 잘 먹이지도 못했다. 순애는 내가 하는 고생은 다 따라 하며 반찬은 신 김치만 볶아 도시락을 싸갔다. 예쁘게 말은 계란말이에, 햄과 먹어보지도 못한 맛깔난 음식을 반찬으로 싸오는 다른 아이들을 보면서 순애는 어쩌면 자신의 인생 전체를 불행하다 생각했을지도 모른다.

그 나이에 아이들이 생각할 수 있는 것은 공부만을 강요하는 부모의 모습이 아니라 관심과 사랑으로 자신을 보아줄 부모가 필요했을 것이다. 그리고 무엇보다 순애에게 절실했던 것은 온전한 가정에서 자라고 싶다는, 아버지가 있는 가정에서 살고 싶다는 작은 욕심이었을 것이다. 학교에서 돌아와 자신을 맞아줄 엄마가 기다리고 있는 집을 순애는 누구보다 더 간절하게 바라고 있었을 것이다.

순애는 생각이 깊은 아이였다. 자신을 위해 고생하는 엄마를 안쓰럽게 생각하고 자신의 마음을 일기로 표현할 수 있는 그저 평범한 아이였다. 그런 아이에게 자신의 삶에 대한 갈등이 찾아오는 것은 당연했다. 나는 나에 대해 불만을 풀어놓는 아이를 향해 좋은 소리 한번 하지 못하고 꾸짖기만 했다.

비가 억수같이 쏟아지던 날이었다. 나는 그날도 여느 날과 같이 가게에 있었다. 가게가 실내에 있어서 그렇게 많은 비가 오고 있으리라고는 생각하지 못했다. 그날 순애는 우산을 챙겨가지 못하고 학교에 갔던 모양이었다. 늦은 저녁 집에 돌아와 보니 순애의 몸에 열이 나고 있었다. 학교에서 집까지 그

비를 다 맞고 그대로 걸어온 모양이었다. 순애는 그 일이 있은 후 부터 나에 대한 불만을 토로하기 시작했다.

'다른 아이들은 비가 오면 엄마가 교실 앞에서 기다리는데, 나는 나를 찾아올 엄마도 없고, 예쁜 도시락도 싸갈 수 없어. 소풍날이면 이쁜 옷 입고 소풍도 가고 싶은데 나는 매일 헌 옷에 꿰어놓은 양말만 신어야 해. 실내화는 너무 오래 신어서 때도 안지고 이제 더는 신고 싶지 않아. 나는 구두쇠 엄마 만나서 길거리에서 파는 간식도 사먹을 수 없어.'

순애의 말들은 나의 가슴 곳곳에 박혀 들었다. 나는 한 개라도 아껴서 열심히 살고 싶은데 아이는 헌옷을 입는 일도 구멍이 나 꿰어 놓은 양말을 신는 일도 모두 부끄럽게 생각하고 있었던 것이다. 나는 그때 순애를 타이르지 못하고 아파하는 아이에게 소리부터 질러댔다.

"그 엄마들도 나처럼 혼자되어 일 한다냐? 엄마는 남편도 없고 하루 종일 뼈 빠져라 일하지 않냐? 너 엄마 일하는 것 보고도 그려. 사람이 하늘만 올려다 보고만은 못 살어. 아래를 보고 살아야지. 너보다 팔자 좋은 애 쳐다보면 끝이 없다. 사람은 낮게 바라보고 살아야 혀!"

"엄마가 내게 특별히 잘해 주기를 바라는 건 아니야. 다른 엄마들 반만 생각해 줬음 좋겠어."

"니가 형편을 맞춰 생각해야지. 엄마는 시장에서 살잖여. 엄마가 일해야지 밥 먹고 살거 아니여. 너는 공부만 잘 하면 돼. 공부 잘해서 나중에 훌륭한 사람 되면 그때 지금 고생한 거 다 보상받을 수 있다. 엄마가 너 잘되라고 그러지 나 잘되자고 그러냐."

초등학생이었던 아이가 나의 그 말을 알아들을 리가 없었다. 지금 당장 필요한 것들을 나중에 보상받으라는 엄마의 말을 제대로 알아들을 아이가 몇이나 있을까!

일을 마치고 돌아오면 책을 펴 놓은 채 나를 기다리며 공부하고 있던 순애는 날이 갈수록 공부에 의욕을 잃어가고 있었다. 집안일을 조금이라도 도와주면 내가 좀 수월할 텐데 종일 일하고 집에 들어가 보면 빵이나 우유 사먹고 남은 봉지를 방 아무 데나 둔 채 양말도 몇 켤레씩 둘둘 말아 벗어 두었다. 나는 어질러진 방과 책가방도 풀지 않은 채 자고 있는 순애의 모습을 보니 치밀어 오르는 화를 참을 수가 없었다. 순애를 깨워 방을 치우라고 다그쳤다.

"이 시간까지 이러고 있으면 워쩌? 방도 치우고 숙제도 해 놓고 해야지 학교 갔다 와서 계속 이러고만 있었던 거여?"

"엄마는 돈과 공부밖에 몰라!"

"그려! 난 돈과 공부밖에 모른다! 그게 내 인생의 원이었고 오직 내가 바라는 건 돈과 공부였어. 니가 나처럼 한번 되어 봐라. 믿을 게 뭐가 있는지. 세상에 믿을 건 돈밖에 없는겨! 내가 너한테 공부하라고 한 건 다 너 잘되라고 하는 말이다. 나처럼 이렇게 고생하고 괄시 안 받으려면 공부를 해야 혀,

공부를!"

순애는 신경질적으로 책가방을 풀어 책을 늘어놓았다.

"이 시간에 공부한다고 머리에 들어 오냐? 숙제나 해 놓고 내일 학교 갈 가방이나 꾸려 놔!!"

"공부하라면서……."

순애는 나의 면박에 별 반응을 보이지 않았다. 시간이 갈수록 순애와의 골은 넓어져 갔고 나는 어렸을 적 나의 눈에 자신의 검은 눈동자를 맞추며 웃어주던 아이의 얼굴을 보는 일이 점점 더 힘들어졌다.

나는 세상에 단 하나 밖에 없는 내 아이에게 조금 더 신경을 써주었어야 했다. 그랬다면 그날의 사고도 일어나지 않았을지 모른다. 말재주 없는 엄마에게 매일 야단만 맞고, 나는 그 일로 또 마음 아파해야 했다. 나는 순애를 사랑했지만 마음으로만 아이를 아꼈지 순애가 원하는 것을 그때마다 다 채워줄 수는 없었다. 그간의 나의 삶이 너무 고달팠고 그래서 마음이 건조해진 것인지 사는 데만, 돈을 모으는 데만 급급했었다. 사고가 나던 날 순애의 손을 잡고 미용실에 갔어야 했다. 차들이 번잡한 도로에 아이를 혼자 내보내는 것이 아니었다.

절망

3월 17일 오후 4시.

시간까지 정확하게 기억한다. 일요일이고 날씨는 화창하며
맑았다. 순애가 초등학교 4학년이었던 때였다. 점심을 먹고
상을 치우려는데 나는 그날따라 아이의 머리가 길어 보였다.

"순애야? 미장원 가서 머리 깎고 올래?"

"엄마는?"

"엄마는 집안 일 좀 하고 오후에는 가게에 나가봐야지."

"일요일인데? 오늘은 쉬지. 우리 집은 일요일도 없네. 엄마
는 맨날 가게만 나가고. 엄마는 피곤하지도 않아? 좀 쉬지."

"그럼 오늘은 쉴까? 엄마 쉬면 좋겠어?"

순애는 일을 나가지 않겠다는 나의 말에 밝게 웃었다.

"엄마, 머리 깎고 금방 올게. 나 올 때까지 집에서 기다려야
돼."

순애는 내가 일을 나가지 않겠다는 말이 그렇게도 좋았는지
춤이라도 추듯이 치마를 팔랑거리며 허리를 흔들었다. 순애가
대문 밖으로 나가며 일 나가지 말라는 말을 몇 번이고 당부하
고는 자기가 올 때까지 기다리라고 말했다. 순애는 그렇게 말
하고 작은 걸음을 종종거리며 햇살 속으로 나비처럼 사라졌
다.

밀린 집안 일을 다 끝내놓고 시계를 보았다. 아이가 머리를
자르고도 집에 올 시간이 훨씬 지나 있었다. 미용실에 사람이
많은가 보지, 어디서 놀다 오겠지, 그렇게 시간이 흘렀고 아
이가 나간지 서너 시간이 지나도록 순애는 돌아오지 않고 있
었다. 불길한 생각이 들었다. 불길한 징후를 예감하듯 얼마
후 어디선가 전화가 걸려왔다. 나는 급하게 수화기를 들었다.
수화기에서 들리는 낯선 남자의 목소리에 사람들의 웅성거리
는 소리가 섞여 들려왔다.

"여보세요? 저 물어볼게 있어서 전화 드렸습니다. 혹시 딸
이 있으십니까?"

사내의 목소리는 다급하게 떨고 있었다.

"있지유."

아이가 있다는 나의 대답에 사내는 한동안 말이 없다가 떨
리는 목소리로 내게 다시 물어왔다.

172

"몇 살입니까?"

"열 한 살인디유."

"아이가 나갈 때 어떤 옷을 입고 있었지요?"

그 순간 나는 수화기 저편의 상대방 남자가 집으로 전화를 걸어온 의중을 미루어 짐작할 수 있었다. 그것은 불길한 예감이었고 남자의 대답을 듣기까지의 몇 초 사이에 제발 심각한 일이 아니기를, 순애에게 아무런 일도 일어나지 않았기를 바랐다. 하지만…….

"누구신데 그런 걸 물으시는 거지유?"

수화기 속의 남자는 순애의 옷차림과 생김새를 말하면서 병원이라고 말했다. 사고가 났다면서 보호자를 찾고 있다는 것이었다. 대방동 성애 병원에 따님이 있으니 지금 급히 오시라며 사내는 급하게 전화를 끊었다.

그 길로 병원에 달려간 나는 응급실부터 찾았다. 응급실 안에서 사람들의 신음소리가 들려오고 의사와 간호사들이 바삐 움직이고 있는 가운데 몸과 머리에 붕대를 감고 하얀 홑이불을 덮고 누워 있는 순애를 발견했다. 순애는 눈을 감은 채 마치 시체처럼 고요하게 누워 있었다. 벌써 죽었나 싶어 가슴이 철렁했다. 이게 정녕 악몽이면 좋으련만, 나는 아이의 몸을 흔들며 순애의 이름을 불렀다. 순애는 정신을 놓은 채 나를 알아보지 못하고 있었다. 나는 그 앞에 무너져 오열했다.

"순애야? 이게 어찌된 일이여. 죽은거여 살은거여. 아무도 없어유? 우리 순애가 죽어가유."

나는 순애의 몸을 붙들고 울부짖었다. 옆에 있던 간호사가 아직 살아 있다고 말해 주었다. 간호사는 머리를 심하게 다쳤다면서 곧 수술을 해야 한다고 말했다. 나는 그 말에 정신을 차릴 수가 없었다. 아이의 머리에 감겨 있는 붕대에 붉은 피가 물들어 있었다. 얼굴은 이미 퉁퉁 붓기 시작했고 고통이 오는지 순애가 신음을 뱉어냈다.

'머리를 다치다니 다른데도 아니고 머리를 다치다니……'

나는 그 순간 나의 꿈이 무너지는 소리가 들리는 듯했다. 내 자식은 아니었지만 훌륭히 키워내고 싶었다. 순애는 보통 정도의 성적을 유지하고 있었기 때문에 나는 노력만 하면 된다, 라는 믿음을 가지고 있었다. 아이의 팔과 다리를 보았다. 별다른 증상이 없는지 팔과 다리는 정상인 듯 보였다.

순애는 나의 자식이기 이전에 분신과도 같은 존재였다. 나는 내 딸이 내가 못 이룬 꿈을 이루길 원했고 평생의 한으로 여기고 산 나의 원을 풀어주길 바랐다. 부모의 욕심이라고 욕하는 사람이 있어도 괜찮았다. 자식이 무슨 부모의 소유물이냐고 말해도 나는 상관하지 않았다. 순애의 손에 책이 들려 있는 모습을 보는 것이 나의 제일 큰 행복이었고 내가 돈을 반드시 많이 벌어야 하는 목적중의 하나였다.

순애가 글씨를 깨우치면서 나에게 동화책을 읽어줄 때를 생각하면 세상에 그보다 더한 기쁨과 축복은 내게 없었다. 자식

입에 먹을 음식이 들어가는 것을 보면 부모는 밥을 먹지 않아도 배부르다는 말이 있듯이, 내 배 아파 낳은 자식은 아니었지만 아이를 가질 수 없는 나에게 하늘이 주신 그 아이는 세상에 둘도 없는 소중한 내 자식이었다. 유리인형을 닦듯이 깨끗하게, 깨질세라 안고 다니며 그렇게 키운 나의 아이가 머리에 중상을 입고 이렇게 누워 있다니 하늘이 무너져도 이보다 더 암흑 같지는 않을 것 같았다.

친부모에게마저 버림받고 업둥이로 들어와 나에게 때때로 구박받으며 자란 저 가엾은 것이 고통으로 아파하고 있었다. 채 피워 보지도 못한 작은 꽃인데, 세상을 아직 다 보지 못했는데, 부모로서 해 준 것도 없는데…….

의사도 간호사도 순애에게 가망이 없다고 말했다. 죽고 말 것이라고, 뇌가 산산조각 났으니 포기하라고 말했다. 나는 그들의 말대로 포기할 수는 없었다. 나는 의사의 가운을 붙잡고 울며 매달렸다. 죽어도 좋으니 수술이라도 한 번 받게 해 달라고.

뇌수술을 7시간 동안 했다. 의사는 수술실로 들어가기 전에 나에게 어떤 확답도 주지 않았다. 눈물로 절어버린 나의 눈을 외면하며 의사는 수술실로 들어가 버렸다. 하지만 나는 희망을 버리지 않았다.

남편한테, 시집에 애 못 낳는다고 얼마나 구박을 받았는데, 그 때문에 인간 폐물로 살 수밖에 없던 나였는데 딸이 생겨

그동안 얼마나 좋았던가? 세상에 다시없는 딸인데, 어떻게 얻은 자식인데 제대로 키워 보지도 못하고 그렇게 가게 할 수는 없었다. 아이의 죽음을 받아들일 수 없었다. 생각만으로도 가슴이 찢어지는 듯했다. 수술실 앞에서 대기하는 7시간은 내게 너무 가혹한 시간이었다.

산산조각 난 뇌 봉합 수술을 끝낸 순애의 회복은 병원 측에서도 기적을 바라는 것만큼이나 기대하기 어려운 일이라고 말했다. 순애는 목에다 산소 호흡기를 꽂고 두 팔과 다리를 꽁꽁 묶인 채 중환자실에서 의식도 없이 식물인간처럼 석 달을 누워 있었다. 산소호흡기 꽂은 목만이 살아서 팔딱거리고 있을 뿐 의식도 말도 할 수 없었다.

석 달 동안 눈도 못 뜨고 누워 있는 순애를 보고 사람들은 모두 순애가 죽을 거라고 말했다. 그렇지만 나만은 희망을 버리지 않았다. 하늘이 내게 주신 자식인데, 다 뜻이 있어 내게 주신 것인데 이렇게 데려가지는 않을 거란 믿음을 갖고 아이와 함께 그 고통의 시간을 견뎌냈다. 나만이 아이의 실낱 같은 영혼을 붙잡고 있었다.

나는 시장에서 장사하고 밤 11시면 병원에 갔다. 아이의 병원비와 수술비를 벌어야 했고 중환자실에서 보호자가 함께 할 수는 없었다. 병실에 들어갈 때는 마스크를 쓰고 머리도 가리고 가운을 입고 무균 상태로 들어가야 했다. 병실에 들어가 아이를 볼 수 있는 시간은 길어야 10분 15분이었다.

나의 염원을 하늘이 알아주신 것인지 입원한지 석 달이 지나자 순애가 기적처럼 눈을 떴다. 아이는 나의 기대를 저버리지 않았고 식물인간으로 석 달을 누워 있는 무의식 상태에서도 살겠다는 의지를 버리지 않았다. 그러지 않고서야 모두가 다 죽을 거라 말했던 아이가 마치 기적처럼 눈을 뜰 수 있다는 것을 믿을 수는 없었다. 순애는 누워 있으면서도 나의 기도를 나의 마음을 알고 있었던 것이다.

순애가 나를 보며 눈을 맞추었다. 장애가 생겨도 좋으니 그저 살아만 주기를 바랐다. 그리고 장애가 생겼어도 시간이 지나 의술이 좋아지면 나아질 거란 기대도 하고 있었다. 눈을 뜨고 나를 바라보는 순애의 얼굴을 본 나는 목이 메였다. 힘든 고통의 시간을 이겨준 순애가 너무도 고마웠다. 이 세상에 엄마를 버려두지 않고 다시 돌아와준 내 딸이 너무도 장했다.

"순애야 살았구나. 얼마나 힘들었냐? 살아줘서 고맙다. 너무 고마워!!"

순애의 병원 치료비는 사고를 냈던 운수회사에서 부담을 했고, 순애의 사고로 보험회사에서 보상금을 많이 받았는데 그 돈은 남편이 모두 가지고 갔다. 보험금이 나올 거란 생각은 하고 있었지만 순애가 남편의 호적에 올라 있었고 아버지가 보험금을 가져가는데 보험회사가 그 돈을 주지 않을 리 없었다.

장애아가 된 딸아이의 보험금을 가지고 간 그 사람, 나는 남편에게 더 이상 무엇을 기대하며 살아야 하는지 깊은 회의가 들었다. 비록 자신의 친딸은 아니지만 남편의 행동은 가히 용서될 수 없는 행동임에는 분명했다. 하지만 나는 그때 누구를 원망하지 않기로 했다. 자라는 동안 아파서 병원 한번 제대로 가 보지 않은 아이를 장애아로 만든 것에 대한 책임은 모두 다 나의 몫이라는 생각을 떨치지 못했기 때문이었다. 그날 이후 나는 총명하던 기억력도 시력도 잃게 되었다. 극도의 스트레스가 원인인 듯 싶었다.

순애가 미장원에서 머리를 깎던 그날 미장원에서는 순애에게 과자를 주었다고 한다. 순애는 과자를 먹으며 집으로 돌아오던 길에 육교를 건너지 않고 육교 밑으로 그대로 뛰어갔고 아이를 채 보지 못한 운전수가 그렇게 사고를 낸 것이었다.

내 눈앞에서 종종 순애가 육교 아래의 길을 뛰어가는 광경이 선히 그려진다. '순애야? 왜 하필 육교 밑으로 뛰어갔냐! 엄마가 늘 너에게 신신당부하지 않았냐? 항상 길조심, 차조심 하라고' 나는 바람처럼 달려가는 아이를 붙잡지도 못하고 안타깝게 쩔쩔매며 소리치곤 했다.

육교 밑에 하필 리어카가 있었다. 그 리어카에 작은 순애가 가려서 저 편에서 오던 버스가 순애를 못 본 것이었다. 순애가 리어카 옆을 튀어나가던 순간, 오던 버스가 그 애를 치고 말았다. 작고 가벼운 순애는 저만큼 나가떨어지고 아이는 부서진 인형처럼 되어버리고 말았다. 놀란 버스 기사가 달려와 순애를 병원으로 옮겼다. 그래도 양심이 바른 사람을 만나 다행이었다.

나는 사고 경위를 들은 후 오히려 기사에게 미안한 마음이 들었다. 순애가 육교로만 건너갔다면 그래서 사고가 일어나지 않았다면 기사도 운수회사도 피해를 보지 않았을 일이었다.

"내가 딸자식을 잘못 둬서 아저씨께 누를 끼쳐 죄송합니다."

"말씀을 그렇게 해 주셔서 너무 고맙습니다. 제가 조심했어야 했는데, 모두 제 책임입니다. 형사처벌을 하셔도 할 말이 없습니다. 어린 것을 저렇게 만들어 놓았으니……."

기사는 나의 말에 연신 눈물을 글썽거렸다. 순애가 사고가 났을 때 다행히 순애의 옷 주머니에 내 명함이 있었다고 한다. 기사는 그 연락처로 연락을 했다고 말했다. 만일 제대로 연락이 되지 않았다면 아이의 목숨이 어떻게 됐을 지 모르는 일이었다. 나의 주변에 힘겨운 일이 생겨날 때마다 어머니의 말씀이 떠올랐다.

'니 팔자대로 살아야지. 어떡하겠니.'

나는 순애를 바라보며 어머니의 말씀을 되씹어본다.

'불쌍한 것 너도 아직 살 길이 많은데 니 팔자타령하며 살아야겠구나! 부모 잘못 만난 니 팔자를 말이다.'

순애가 눈을 뜨자 환자 다섯 명을 입원시킬 수 있는 5인용 일반 병실로 옮겼다. 그 병실에서 9개월 동안 있었는데 남편과 내가 교대로 순애 옆에 있어 주었다. 낮에는 남편이 순애 병간호를 거의 해주었고 나는 장사가 끝난 저녁 시간에야 순애의 옆에 있을 수 있었다. 순애는 몇 달 동안 걷지도 못하고 누워만 있다가 휠체어를 타기 시작했다. 그러다 차츰 부축을 받아 걷기 시작했고 마침내 제 발로 걸을 수 있게 되었다.

그 병실에서 다섯 명의 환자들과 함께 지냈는데 옆의 환자 보호자들이 순애를 많이 도와주었다. 한 방에서 같이 지내고 여러 달 힘들게 지내다 보니 사람들은 서로가 서로를 도왔고 아주 인정이 많은 분들이었다.

환자 보호자들이 순애에게 먹을 것도 사주고 심부름도 해주고 대소변 받는 것을 도와주고 기저귀까지 채워 주었다. 그리고 바로 옆의 아주머니는 자기 딸 아픈 것도 힘들 텐데 늘 순애를 돌보아 주었다. 지금도 그 아주머니는 가끔 나를 보러 시장에 온다. 나는 힘들게 살았지만 내 주변에는 그렇게 좋은 이웃들이 있었다.

하루는 그분들이 너무 고마워서 통닭이라도 한 마리 대접해야겠다는 생각이 들었다. 저녁 늦게 시장을 나서서 병원으로 가는 길이었다. 나는 그때나 지금이나 항상 입고 있는 옷이 노란 옷에 앞치마였다. 옷을 벗고 갈아입을 시간도 없었다. 얼른 시장 가고 병원 가고 집에 가야하고 순애가 아플 때는 경황이 없어서 그 전보다 행색이 더 말이 아니었다. 그때 내 모습을 보면 거지라고 해도 믿었을 것이다.

아이가 아픈 와중에도 장사는 정신없을 정도로 잘 됐다. 앉을 시간도 없이 하루 종일 서서 일했다. 오로지 장사와 병원 가는 일이 내 일의 전부가 돼버렸다. 나는 앉아 있지도 않았다. 자리에 앉아 있다가는 가게를 두리번거리며 지나가는 손님을 빠르게 잡을 수가 없기 때문이었다.

가게 앞을 지나가는 손님 중에 젓갈에 관심을 보이면 나는 그 손님을 잡아야 했고 가게 밖으로 나가 인사하고, 때로는 우스꽝스럽게 윙크도 하며 맛보고 가라고 손님을 붙들었다. 내 속은 검게 타 들어가도 나를 찾는 손님들에게 불편한 미소를 보일 수는 없었다. 몇 달을 그렇게 살다 보니 옷차림에 1분의 시간을 쓸 여력이 없었다.

겨울에는 추워서 비닐을 덧입었는데, 불 옆에 가면 찌그러들고 타서 오그라 붙었다. 불에 탄 비닐 옷에, 온 몸에는 젓갈 냄새가 풍겼다. 그 모습으로 통닭 다섯 마리를 사러 가게로 들어가자 나를 쓰윽 째려보던 주인이 말했다.

"왜 왔어! 나가요! 나가!"

통닭집 주인은 내게 삿대질까지 해댔다. 조금은 어처구니없는 주인의 태도에 화가 났지만 그대로 나갈 수는 없었다.

"나, 통닭 다섯 마리 사러 왔더니 안 파는 구먼?"

그제서야 주인이 반겼다.

"아이구, 그래요? 얼마짜리 드릴까요?"

"나, 너희 집에서 안 사. 통닭이 이 집밖에 없남?"

나는 그런 식의 장사를 하는 주인이 마음에 들지 않았다. 아무리 거지로 보여도 자신의 가게에 들른 용건은 물어야 하지 않은가. 나에게 젓갈 100원어치를 사가도 손님은 손님인 것이다. 작은 손님 하나 잡지 못하는 장사꾼은 장사꾼이라 말해서는 안 된다. 손님에게 신뢰를 줘야 하고 좋은 상품으로 나의 가게를 기억되게 만들어야 한다. 그것은 상술이라고 말할 수는 없다.

나는 정직하게 일했고 그 어떤 손님에게도 좋지 않은 새우젓을 좋다고 말하지 않았다. 비싼 것은 이유가 있어 비싼 것이고, 싼 것은 이유가 있어 싼 것이지만 좋은 맛을 보길 원한다면 값이 나가도 좋은 젓갈을 사가라 권했다. 내가 파는 것은 다름 아닌 음식이다. 김치의 맛을 내는 젓갈이다. 나에게 젓갈을 사가는 손님은 음식 장사하는 분이 대부분이었다. 그분들에게 좋지 않은 젓갈로 맛을 내게 하고 싶지 않았다. 손님들은 나의 말에 처음에는 의아해 했지만 곧이어 단골이 되었고 나는 지금까지도 정직을 기본으로 알고 사람을 속이는 안 좋은 상술로 장사를 하지 않는다.

순애의 병원 생활은 계속 되었고 나의 생활은 육체적으로 힘겨워갔다. 나는 장사를 끝낸 후 고무장갑 조차 벗지 못하고 병원으로 향했다. 정신없이 일할 때는 모든 것을 그나마 잊을 수 있었는데, 잠시라도 혼자 있을 시간이 되자 걷잡을 수 없는 한과 슬픔이 밀려들었다. 나는 스스로를 달래며 용기를 냈다.

'슬퍼하지 말고 괴로워하지도 말자. 좌절을 극복하자. 어떻게든 극복하게 될 거다. 운명이 내 뼛속까지 못을 박도록 내버려두자. 그렇게 기다리다 보면 무엇인가 의미 있는 것이 드러날 수도 있겠지.

신이 주신 인간의 삶을 우리가 다 들여다볼 수는 없지만 뭔가 의미 있는 것으로 가득 차 있을 것이다. 나는 악착같이 살아 그 의미를 찾아 낼 것이다. 나의 목표를 정한 뒤, 그저 아무 생각 없이 목표를 향해서만 똑바로 가는 것이다. 모든 것에는 때가 있는 법이다. 고통을 위한 때와 기쁨을 위한 때. 내 속에 넘치는 고통이 오히려 지금껏 내게 힘을 주지 않았던가. 기다려 볼 것이다. 내 인생이 어디까지 갈 것인지……, 혹 이보다 더한 슬픔이 온다 해도, 이 보다 더한 고통이 온다 해도 나는 이겨낼 것이다. 견딜만한 시련을 주시겠지, 그리고 그보다 더한 기쁨을 주실 것이다.'

나는 그렇게 다짐하며 베갯잇에 눈물을 물들이며 잠이 들곤 했다.

남편은 순애가 교통사고를 당했는데도 변하는 것이 없었다. 보험금을 대신 챙길 만한 사람이었으니 일러 무얼하겠느냐만은 지금 생각해 보면 그렇게 생겨나 살기도 어렵다는 생각에 측은한 마음이 들기도 한다.

남편은 순애 간호는 해줬지만, 그걸 구실로 나에게 돈을 가져갔다. 정확히 말하면 훔쳐간 것이나 다름없었다. 물건 산다고 돈 받아가서는 물건값보다 더 많은 돈을 내게서 가져가 남은 돈은 자신의 몫으로 챙겼다.

젓갈을 만들기 위한 재료를 사기 위해 목포에 가면 1월 달은 육젓을 사고 5월 달은 오젓을 사야 했다. 목포에서 사다가 광천이나 인천, 부평의 굴속에 젓갈을 넣어 숙성시켰다.

나는 시장일이 바쁘고 가게를 비울 수가 없는 형편이어서 젓갈 구하는 일을 남편에게 부탁할 수밖에 없었다. 남편은 젓갈 가게를 먼저 시작했던 사람이고 물건 고르는 일을 잘 할 것이라 믿었던 것이었다.

처음에는 몰랐다. 그래도 남편인데 설마 그렇게까지 할까, 생각조차 하지 못했다. 제일 싼 새우젓 드럼이 김장철이 끝나자 얼마정도 남아서, 이게 얼마짜리가 남았나 싶어 조사를 해봤다. 그때 제일 싸구려 새우가 한 드럼에 2만 원이었다. 다른 사람들은 2만 원이라 그랬는데 남편만 5만 원을 줬다고 하는 것이었다. 남들은 2만 원 준 것을 나보고는 5만 원, 8만 원 줬다고 말했다. 그렇게 제일 싼 새우 8드럼을 사서 제일 비싼 걸 샀다고 우겨댔다. 나는 그 후로 남편을 믿을 수 없었고 내가 직접 영등포에서 기차를 타고 목포로 내려갔다. 그래도 처음 얼마간은 무섭고 길도 모르고 하니 남편과 동행할 수밖에 없었다.

목포 수협에서 젓갈을 사고, 경매하는 곳으로 배를 타고 섬으로 들어가야 하는 일이 있었다. 그런 일을 모르고 목포 여인숙에 들어앉아 있었더니, 남편이 계약서를 이중으로 써왔다. 남편은 속임수를 써 내게서 돈을 가져가려 했지만 입이 한 입 건너, 두 입 건너 내게로 흘러 들어왔다. 그 뒤로는 나 혼자 모든 일을 해결했다.

용기를 내서 산지에 직접 내려와 상인들과 교섭했다. 목포에서 중매인들을 모아서 경매를 하면 사가는 사람이 수 백 명이었다. 가격을 정확히 알고 트럭을 맞춰 물건을 올릴 때 다른 사람과 합산하여 부담하니 운임비에서도 절약을 할 수 있었다. 한 차의 운임비는 많이 실건 적게 실건 똑같았다.

그때 장사가 잘 되어 하루에 14드럼을 팔았다. 한 드럼에 240킬로그램이니 엄청난 무게였다. 친척들과 종업원을 고용해서 팔 정도로 바빴고 밥도 제대로 챙겨먹지 못할 정도였다. 코메디언 이기동씨가 '따스이 따스이 찐빵'을 선전할 때였다. 그 찐빵을 사다 놓고 밥 대신 먹으며 장사를 했다. 그때 나는 많은 돈을 벌 수 있었다.

처음에는 싸구려 새우 40드럼을 사 놓고 장사했는데, 그 이듬 해는 수협에서 대출을 받아 육젓 48드럼을 샀다. 목포에 가서 육젓을 사다가 광천 토굴에서 숙성을 시켰다가 꺼내 파는데, 48드럼은 8톤 트럭이다. 모두 그 양에 놀랐다.

그런데 가을에 추젓이 안 나오자 육젓이 비싼 값으로 올라서 그때 또 돈을 많이 벌어 들였다. 장사가 잘 될 때는 종업원 여덟 명을 두고 팔았고 앞치마 여덟에 든 돈을 쏟아 놓으면 고무 다라이에 한가득이었다. 돈이 빨래를 한가득 해 놓은 것 같았다. 열심히 일한 대가가 좋은 운으로 따라주었다.

순애는 1년 만에 병원을 나와 집에서 또 1년을 쉬어야 했다. 만 2년 쉰 뒤 다시 학교를 다니기 시작했지만 순애는 사고 후 유증으로 장애인이 되었다. 보통 사람들처럼 말을 빨리 할 수 없을 뿐만 아니라, 다리를 떨고 한 손도 심하게 떨었으며 가끔 주위에서 소란을 피우면 머리가 아프다며 조용한 곳을 찾았다.

휴학을 하고 집에서 쉴 때도 가끔씩 책상에 앉아 연필을 쥐어주곤 했는데 그때마다 왼손으로 오른손을 받쳐 줘야만 글씨를 쓸 수 있었다. 말도 어눌하게 나왔고 자신의 몸 상태를 알고 있는 것인지 모르고 있는 것인지 그것조차 알 수 없었다.

처음 신경 장애가 왔을 때 나는 순애가 마음에 상처를 깊이 입지 않을까 걱정했다. 다행히 순애는 자신의 상태를 받아들이는 듯 싶었다. 하지만 온종일 집에만 있어야 하는 시간들을 순애는 견디지 못하는 것 같았다. 시간이 갈수록 장애아에게서 나타나는 심한 우울증과, 짜증 같은 일반적인 현상들이 나타나기 시작했다.

　나는 우선 떠는 손부터 고쳐볼 생각에 피아노를 시켜 보았다. 많은 효과를 볼 수는 없었지만 처음보다 나아지는 듯 싶었다. 그래서 손 운동 겸 피아노를 계속 시켜보았더니 그 결과 어느 정도 효과를 볼 수 있었다. 순애는 일을 끝내고 늦은 밤 돌아온 나에게 이렇게 말했다.

　"엄…… 마, 나…… 빨… 리…… 나… 아… 서, 엄마 일… 도… 울게… 요…."

　어눌한 말을 간간히 이어가며 어렵게 말하는 아이의 모습이 어찌나 가여웠던지 나는 가슴을 도려내는 아픔을 견디기가 힘이 들었다. 아이 앞에서 차마 눈물을 보일 수는 없었지만 점차로 심한 장애 증상을 보이는 아이를 바라보는 나의 마음은 찢어지는 듯이 아팠다.

　"그래, 우리 순애 빨리 나아서 학교도 가고 공부도 해야지, 그럴 수 있어. 그렇지?"

　순애의 장애 증상을 알고 있었지만 나는 순애를 정상 아이들처럼 공부시키고 싶었다. 순애의 증상을 알고 있던 남편은 나의 욕심이라며 가슴에 뼈가 박히는 소리를 여러 차례 했다.

　"당신이 팔자가 사나워서 그려. 그래서 들어온 자식도 멀쩡하게 못 키운거여. 자식복이 없는 사람이 자식 욕심을 내니 건강하던 애가 교통사고를 당허지."

　남편의 그런 말을 들을 때마다 오장육부가 비틀어지고 몸이 바짝 마르는 것 같았다. 나는 병적인 불안감과 죄책감에 빠져들었다. 남편 말처럼 자식을 못 낳고 얻은 자식마저 잃을 뻔했던 것은, 내가 복 없고 죄가 많아서인가. 그래서 순애가 저리 된 것일까. 남편의 말을 부정하고 싶었지만 순애의 병증은 더해갔고 나는 심한 죄책감에 밤을 설치는 날이 많았다.

순애에게 공부는 꼭 시키고 싶은데 공부에 소질을 보이지 않는 아이가 장애까지 왔으니 공부를 끝까지 할 수 있을지 의문이 들었다. 하지만 나는 기대를 저버리고 싶지 않았다. 죽을 고비를 넘긴 아이가 아니던가. 일곱 시간의 긴 수술을 받고 내게로 다시 살아온 아이였다. 나는 믿음만은 버릴 수 없었다. 아무런 시도도 해보지 않고 순애를 포기할 수 없었다.

나의 염원이 너무도 강했던 것인지 순애는 정상아들이 다니는 중, 고등학교에 들어갔지만 학교생활에 적응을 하지 못했다. 뒷자리에 멍하니 앉아 있다가 시험을 보면 늘 반 정원수의 마지막이었다. 언제 한번은 끝에서 머물던 등수가 2등인가 앞으로 간 적이 있었는데 순애는 그 사실을 그렇게 좋아했다.

순애의 뇌는 정상이 아니었다. 그래서 집중이 잘 안되었겠지만 점점 의지력은 약해졌고 그럴수록 공부에 대한 의욕을 잃어가고 있었다. 노력하는 모습만이라도 보여주면 좋으련만 순애는 공부에 대해서, 자신의 인생에 대해서, 그리고 모든 것에 좌절하고 있었다.

순애가 교통사고로 장애아가 되었을 때 재활원을 다니며 아이들에게 책을 나눠주는 일을 시작했다. 순애가 장애아가 되고 나니 그런 아이들을 바라보는 마음에 안쓰러움이 느껴졌고 마치 내 일처럼 마음이 아팠다. 나는 TV를 보거나 아는 사람의 도움으로 재활원을 찾아 다녔다.

그때 보았던 장애아들은 입으로 붓글씨를 쓰거나 떨리는 손으로 도장을 새기는 노력들을 하며 사회에 나아가 자신이 해야할 일들을 찾고 있었다. 나는 그 아이들의 노력에 감동했고 우리 순애는 왜 저 아이들처럼 되지 못할까 하는 바람이 일면서도 점차로 삶의 의욕을 잃고 방황하는 순애를 바라보는 마음에 답답함이 들었다. 처음에는 잘 타이르기도 하고 나중에는 야단도 쳐 봤지만 순애는 그럴수록 나의 마음에서 어긋나 갔다.

순애를 이해해 보자, 정상이 아니니 공부를 하라고 시키는 것이 무리일 것이다. 차라리 신체장애라면, 뇌가 정상이라면 공부는 할 수 있었을 텐데, 나는 되돌릴 수 없는 일들을 되새겨 생각해 봤지만 이미 아이는 정상 아이들에 미치지 못했고 나의 기대도 순애가 포기해 버린 자신의 삶 속에서 같이 무너져 내렸다.

순애는 나의 그런 바람에 부담을 느끼기 시작했고 자신이 할 수 없는 일을 강요하는 나에게 벽을 만들어 놓고 대하기 시작하면서 날이 갈수록 내게 무심해져갔다. 나는 딸아이와 오손 도손 얘기도 나누고 싶었지만 순애는 그걸 원치 않는 듯 보였다.

내가 일 나갔다 늦게 들어오면 "엄마 힘들었지? 저녁식사는 어떻게 하셨어요?" 라는 소리를 한번도 내게 한 적이 없었다. 들어오면 들어오는 대로 나가면 나가는 대로 그렇게만 알고 있을 뿐 순애는 나와의 대화를 기피했다. 몸이 아픈 애니, 하고 이해를 하려다가도 불쑥 튀어나오는 싫은 소리가 순애의 마음을 아프게도 했을 것이다. 순애는 야단을 맞으면 곧 침울하게 내려앉아 나에게 늘 이런 말을 했다.

'엄마는 늘 화만 내요. 엄마는 공부하고 돈 밖에 몰라요.'

아이에게 그런 말을 들을 때면 아! 내가 이 아이를 외롭게 하고 서운하게 하고, 깊이 신경 써 주지 못했구나, 사고가 나기 전이라도 아이의 마음을 외롭게 하지 않았으면 좋으련만, 그랬다면 사고도 나지 않았을 텐데, 늘 때늦은 후회가 나를 힘들게 했다.

순애의 방황이 계속되면서 늦은 시간에도 들어오지 않으면 또 사고나 나지는 않나, 나쁜 친구들과 어울려 방황하고 있는 것은 아닌가 하는 생각에 애간장이 녹을 지경이었다. 그 때, 밤늦게 다니는 부녀자 납치나 강간 사건이 많을 때였다. 텔레비전에서 그런 사건들을 보고 있으면 불안하고 초조해서 견딜 수가 없었다.

순애가 고등학교를 졸업했을 때가 순애의 나이 스물 둘이었다. 졸업하고 장애인 공단에서 일하려면 자격증이 있어야 한다고 해서 일산에 있는 직업학교에 입학시켰다. 순애는 나름대로 노력하려 했지만 좋은 성과는 없었다. 그런 순애를 보는 내 마음에 퍼런 멍이 들어 버렸다.

고등학교만이라도 나왔으니 다행이라 생각했다. 그리고 나부터 아이가 장애아라는 생각을 버리기로 했다. 나는 그 생각이 얼마나 잘못된 것이라는 것을 재활치료를 받는 아이들을 보며 깨달아갔다.

그 아이들은 맑고 순순한 마음을 갖고 있었으며 정상은 아니지만 삶을 비관하거나, 세상을 원망하거나 자신을 그렇게 낳아준 부모를 원망하지 않았다. 어떻게 하면 세상에 나아가 살 수 있을까에 대한 도전의식이 장애아들에게는 투철하게 인식되어져 있었다. 처음부터 그러지는 못했을 것이다. 많은 좌절과 고통 속에서 장애를 딛고 얻은 귀중한 수확임에는 분명하다.

나는 그런 아이들을 바라보며 내 자식, 내 품안에 있는 자식만을 고집하며 최고의 학부에 교수를 시키고 싶다는 욕심이 얼마나 부질 없는 일이었는지 깨달았다. 나는 남아 있는 나의 생을 이 세상에 소외된 아이들을 위해 쓰기로 다짐했다. 순애가 학교에 들어가면서 책 나누어주는 일을 하기 시작했지만 나는 점차로 그 일의 폭을 세상에서 버려지고 소외되고 힘겨워하는 어린 가장들을 위해 쓰기로 했다.

아픈 일도 슬픈 일도 있었지만 세월이 약이라더니 지금 순애는 좋은 신랑 만나 예쁜 아이 낳고 제법 살림을 꾸려가며 살고 있다. 사위는 비록 소아마비 장애를 앓고 있지만 마음만은 넓은 사람이다. 순애를 아껴주는 모습을 보고 있으면 내 마음이 그렇게 편할 수가 없다.

순애가 아이를 낳았을 때 나는 무척 기뻤지만 혹시 아이가 커서 엄마 아빠가 장애라는 이유로 상처를 받고 그 일로 순애가 마음의 상처를 또다시 입지는 않을까 걱정이 되었다. 미루어 짐작한 걱정이지만 더 이상 순애에게 마음의 상처를 주고 싶지 않다. 어떻게 이어온 인생인데, 그 아이와 내가 어떻게 여기까지 왔는데, 또 다른 시련이 그 아이에게 일어나기를 원치 않는다.

내가 죽어 이 세상 사람이 아닐 때 그 아이에게 시련이 닥친다면 나는 그 아이를 돌보아 줄 수 없지만 좋은 남편이 옆에 있으니 잘 돌보아줄 것이라 믿는다.

손주의 까만 눈을 보고 있으면 그 아이 눈 속으로 빠져드는 것만 같다. 그것이 자식을 보는 부모의 마음인가 싶다. 딸아이에게 이런 말을 한 적이 있었는지 생각은 나지 않지만 이 말을 꼭 해주고 싶었다.

'순애야? 엄마는 너를 많이 사랑한단다. 이제는 아프지 말고 행복하게 살거라.'

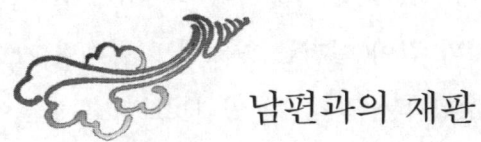

남편과의 재판

내 나이 육십이 넘어 남들은 자식들 각각 제 갈길 보내놓고 두 늙은이 등이나 긁어주면서 인생의 황혼을 바라보며 새살처럼 돋아나는 정을 붙이며 살 때 나는 남편과 이혼을 했다. 법적으로만 남편이었지 같이 살았던 날보다 떨어져 산 날이 더 많았다. 같이 밥을 먹고 한 이불을 덮고 잔 적이 언제였는지 기억조차 나지 않는다.

남편에게서 인간미라는 것을 느껴본 적이 있나 생각해 본다. 그래도 신혼 때는 따뜻한 말도 들어본 것 같다. 나를 이쁘다 말해준 적도 있었던 것 같다. 하지만 너무도 오래전의 일이라 생생하게 기억되지는 않는다.

아이를 낳지 못한다는 욕설과 매질, 핍박에 가까운 서러움을 감내하면서도 남편과의 이혼을 결심하지 못했던 것은 순애에 대한 장래 문제가 있었기 때문이었다. 순애는 남편의 호적에 올라 있었다. 학교를 졸업하고 사회로 나아가 결혼을 할 무렵이 되면 아버지와 같이 살지는 않았어도 이혼한 가정의 아이보다는 낫지 않겠냐는 생각에서였다. 그리고 한집에서 살지도 않는데 더 이상 나를 괴롭히지만 않는다면 늙은 나이에 이혼이라는 명찰까지 달고 싶지 않았다. 그리고 주위에서 이혼을 하면 둘째 마누라 정실부인 만들어 주는 것이니 참고 살으라고 말했다.

예전에는 집세로 대학생들 장학금을 줬다. 광명시에 있는 4층짜리 건물이었는데 집세가 많이 나올 때는 800백만 원까지 나왔다. 나는 돈을 벌 때마다 조금씩 건물을 키워갔다. 차근히 집을 늘려서 34평 짜리 건물을 팔고 은행에 대출을 받아 광명시에 4층짜리 건물을 장만했다. 젓갈 장사를 하며 어렵게 모은 돈으로 대출까지 받아 장만한 것이었다.

나는 가게를 비울 수가 없어서 건물의 세 받는 일을 남편에게 맡겼다. 딱히 부탁할 사람도 없었고 그래도 그때까지 믿음이라는 것이 남아 있었는지 남보다는 남편에게 맡기는 편이 낫다는 생각을 했다. 그런데 언제부턴가 남편은 일부분이나마 가져다주던 집세를 일체 안 주기 시작했다. 일이 바쁘고 가게를 비울 수 없었던 나는 어느 날 짬을 내어 임대 계약서를 꼼꼼히 살펴보았다.

계약서를 처음 본 순간 나는 계약서에 쓰여져 있는 남편의 이름을 보고 당황하지 않을 수 없었다. 남편은 임대 계약서도 자기 이름으로 쓰고 말도 없이 보증금도 올려놓았다. 그런 사실을 모두 내게 말하지 않은 채 건물에서 나오는 모든 돈을 가지고 오지도 않았던 것이었다. 남편은 자기 집만 다섯 채가 되고 집세도 넉넉하게 나온다는 소리를 들은 적이 있었다. 나는 더 이상 두고 볼 수가 없었다.

광명시의 건물은 큰오빠 집 두 채 값에 내가 얼마를 보태어 장사하여 번 돈을 아끼고 아껴서 대출까지 받아가면서 장만한 것이었다. 그 건물은 남편이 자신의 소유를 주장할 수 없는 오로지 나의 힘만으로 모아 장만한 것이었다. 내가 구체적인 것에 대해 묻자 남편은 너무도 어이없는 대답을 해 왔다.

"내가 금정역에다 10층짜리 건물을 짓고 있잖아. 크게 짓느라 돈이 모자라 그랬어. 그리고 쓰면 어뗘? 마누라 껀디."

나는 남편의 그 말에 온전한 내 정신이 십리는 도망가는 것만 같았다. 온전한 정신으로 대화를 나눌 수 없는 사람이라는 생각이 들었다.

"돈 가져갈 때만 마누라고 아버지구먼. 보증금을 6천만 원이나 빼 갔더만? 대체 왜 그랬어?"

"이 사람이 귀가 어둡나, 당신은 내 마누라잖여. 마누라꺼니께 좀 가져갔지 남꺼면 가져가나. 남이라면 재판하자고 하겄지."

참으로 남 같으면 재판할 일이었다. 나는 양심이라고는 찾아 볼 수 없는 사람과는 더 이상 법적으로라도 부부로 남아있고 싶지 않았다.

"그래, 너 재판하자는 말 참 잘 혔다. 너같이 벌레 같은 놈 더 나무라지도 않겄어. 내 입이 다 더럽다. 더 이상 그짝과는 살고 싶지 않어. 어차피 같이 산 것도 아니니 이제 나도 내 재산은 지켜야겄어. 이혼혀."

"이혼하면 그 건물은 나 줘야지. 재산은 남편꺼여!"

"양심이 아예 없는 인간이구먼! 그 집은 내가 장사하고 내가 벌어 산 집이여! 건물에 손톱 하나 건드릴 수 있을 것 같어?"

"법도 모르는 여편네야 이혼하면 재산은 남편거여. 너도 그 건물 지키고 싶으면 조용히 살어."

나는 그때 남편과의 이혼 결심을 했다. 이혼하면 내 돈 10원도 가져 갈 수 없을 것이라 다짐했다. 남편에게 줄 돈이 있으면 불쌍한 아이들 책이라도 한 권 사주면 사 줬지 더 이상은 남편의 폭력으로 내 자신이 무너지는 것을 두고 보지 않기로 했다.

이혼은 순조롭게 했지만 남편은 이혼이 성립되면서 건물의 명의를 돌려달라는 재판을 걸어왔다. 너무나도 어처구니없는 노릇이었다.

"그 집은 명의만 마누라 이름으로 해 준 거유! 지가 시골서

논 팔고 집 팔아서 산 건물이유. 명의만 마누라 이름으로 해 줬습니다."

설득력이 있는 주장이 아니었다. 그리고 내게는 많은 증거가 있었다. 우선 그 건물을 사느라 은행에 대출을 받았는데 그때 내 이름으로 은행에서 대출 받았던 영수증이 있었다. 그리고 장사를 해서 번 돈을 은행에 넣은 것과 그 집 살 때 내 이름으로 통장을 개설해서 1억 넣고 나중에 2억 넣은 증거가 있었다. 내가 가게에서 장사해서 일일이 저금한 통장, 5년 전까지 세금 낸 영수증도 제출했다. 남편은 아무런 근거 자료도 없는 일에 재판을 걸어 나를 3년 동안 고생시켰다.

민사소송이라는 것이 그렇게 더디 진행되는 일인지 몰랐다. 한 번 재판하는데 1년이 걸렸으니 3년 동안 재판을 할 수밖에 없었다. 남편은 지병으로 병원에 있으면서도 그 건물이 자신의 것이라며 우겼다고 한다. 그런데 너무도 고맙게 수산 시장 사람 120명이 탄원서를 써서 넣어 주었다.

"이 아주머니가 20년 동안 장사하신 것을 지금껏 지켜봤습니다. 그 집 살 때 계약서 쓰고 잔금 치르고 하는 건 못 봤어도, 이 아주머니가 일해서 돈 벌었던 건 사실입니다."

그렇게 수산 시장 120명이 이름 쓰고 도장 찍어서 탄원서를 넣어 주었다.

또 그때 K출판사 감사국장이 내게 책값을 받으러 왔다. 그 출판사는 내가 책을 많이 산다고 가격을 많이 싸게 해줬다.

나는 그때 그 일로 신경을 많이 쓰고 있었고 그가 찾아오자 푸념이라도 할 겸 그에게 자초지정을 설명하며 호소했다.

"내가 이 집을 이렇게 저렇게 해서 샀는데, 지금 그 문제로 일이 너무 복잡혀. 책값 잔금 치르는 날이 내일이지만 훗날로 좀 미루자."

"괜찮습니다. 책값은 나중에 내셔도 됩니다."

그리고 그는 전국에 있는 지부장 5천 명의 이름으로 탄원서를 내주었다. 그 출판사의 이기홍 씨는 긴 탄원서를 써서 법원에 제출해 주었다.

'저는 (주)K출판사의 영업관리 실장으로 재직하고 있는 이기홍입니다.

이렇게 탄원서를 제출하게 된 연유는 근 20여 년을 참사랑의 의미를 몸소 실천하며, 가뜩이나 어두운 사회에 한 줄기 빛이 되고 있는 유양선 여사의 딱한 사정을 접하고 조금이나마 도움이 되고 싶은 마음에서입니다.

제가 유양선 여사(일명 노량진 젓갈 아주머니)를 처음으로 알게 된 것은 지금으로부터 10년 전인 1985년 K출판사 잠실 지부장으로 재직 중 일 때이며, 그 후에도 수 차례에 걸쳐 대면하는 등 인간적인 친목을 도모하여 왔습니다.

유양선 여사는 노량진 수산 시장에서 20년 동안 젓갈 장사를 하면서 어렵게 생활하고 있는 분입니다.

그러나 어려운 환경 속에서도 자신의 안식을 돌보지 않은 채, 전국의 낙도, 오지에 있는 초등학교, 중학교와 고아원 등 사회복지 시설에 1억여 원 이상의 도서를 기증하는 등 소리 내지 않고 드러내지 않는 천사의 역할을 실천하고 있으며, 중, 고등학생 및 대학생에게까지 장학금을 지원해주고 있는 등 문자 그대로 사회의 소금역할을 다하고 있는 요즘 세상에 보기 힘든 훌륭한 분입니다.

제가 유 여사를 대하면서 항상 느끼는 것은 갖은 고난과 삶의 고달픔 속에서도 밝은 웃음을 잃지 않고 소박하게, 그러나 사회에 기여하며 살아가는 보통의 아낙네라는 점입니다.

지금도 기억에 선한 것은 88년 5월 하순경 낙도 학교의 도서기증으로 인한 불입금(할부금)을 받으러 갔던 도중의 일로, 새로 구입한 건물이 잔금이 모자라 안타까워하던 유 여사의 모습이었습니다.

그 이전에도 개같이 벌어 정승같이 쓴다는 옛말이 무색할 정도로 불우이웃 돕기와 사회봉사활동에 거액을 투자하신 분이, 정작 자신이 구입한 건물의 잔금이 모자라 걱정하며 발을 구르던 모습은 차라리 성인의 모습이라고 말하지 않을 수 없을 것입니다.

이렇게 어렵게 해서 구입한 건물을 전 남편 되는 사람이 자기 집이라고 생떼를 쓰고 급기야 소송까지 냈다고 하니, 인간의 탈을 쓰고서 어찌 그런 짓을 할 수가 있겠습니까?

제가 아는, 그리고 저희 (주)K출판사의 5,000여 직원이 보증하건데 유 여사는 절대로 거짓말을 할 분이 아니라는 것입니다.

참기 어려운 고생을 하면서도 이 사회의 그늘진 구석을 소리 없이 비추고 계신 유 여사!

유 여사와 같은 분이 사회적으로, 또 법적으로 보호받지 못한다면 우리나라가 무슨 법치국가라고 할 수 있겠습니까?

거듭 소원하건데, 진상을 철저히 규명하여 유 여사에게 조그만 피해도 가지 않도록 처리하여 주시길 바랍니다.

유 여사의 피해는 한 개인의 아픔이 아니라 이 사회를 선하게 살아가고 있는 우리 모두의 피해이자 아픔이기 때문입니다'

그때 내가 소년 한국일보를 학교 아이들에게 보내 주고 있었다. 그러자 기자가 내 일을 소년 한국일보에 내 주었다. 재판할 때는 그 기사도 제출되었다. 또 법정에서 증인으로 나서 준 사람들이 나를 도와주었다.

'전 남편의 말은 다 거짓입니다. 작은 마누라 얻어 살기 때문에 재산 뺏으려고 그런 겁니다.'

주변의 좋은 분들의 도움과 증거자료로 남편은 결국 재판에 질 수밖에 없었다. 그 재판 이후 나는 대법전을 농민과 서민들에게 보내 주었다. 법을 잘 몰라 피해를 보는 사람을 막아 보자는 생각에서였다.

남편은 1심에서 지자 2심으로 갔고 2심에서 지자 다시 3심

까지 갔다. 그 정도로 둔했고 머리 속은 돈에 대한 미련으로
꽉 차 있었다. 참으로 불쌍한 사람이었다. 정말로 소중하고
귀한 것이 무엇인지 모르는 사람이었다. 욕심이 많고 그 욕심
을 다 채우지 못하는 마음이 병을 만들어 놓아 남편은 죽는
그날까지 병으로 고통 받아야 했다.

　사람의 욕심이라는 것이 끝이 없는 것을 안다. 하지만 '내
가 손해를 보고 살아야 한다' 는 마음을 갖기는 어렵지만 때론
그 생각이 자신을 위하는 현명한 선택이 될 수도 있다. 남편
은 평생 주머니에 약을 넣고 다니면서 죽을 때는 당뇨병으로
투병하다 고통스럽게 생을 마감했다.

　언젠가는 다리에 찜질하면서 그래도 내가 마누라라고 무릎
을 보여 준 적이 있었다. 뜨거운 찜질을 하고 있는 양쪽 무릎
이 누더기처럼 너덜너덜 했다. 당뇨병 합병증으로 관절에 이
상이 생긴 모양이었다. 미안하지도 않은지 창피한 마음에라도
보여주지 못할 텐데 남편은 그래도 마누라라고 고생시킨 큰마
누라한테 자신의 무릎을 내어 보여 주었다.

　"큰마누라한테 잘해서 복 받느라고 그런가벼."

　"아마, 그런가벼."

　"조강지처를 버리면 산천초목이 다 운다는 거여."

　"우리 어머니나 주위 사람들이 자네 좋은 일 많이 한다고
나더러도 잘해 주라 그러더라. 잘 할게."

　남편은 나에게 헤진 무릎을 보여주며 처음으로 잘해주겠다

는 말을 했지만 남편은 나에게 그 약속을 지키지 못했다. 남편은 그렇게 돈으로 생명을 연장하며 정작 자신은 먹고 싶은 거 하나 제대로 못 먹으면서 죽는 그날까지 그 욕심을 버리지 못했다.

남편이 병원에 있을 때 동서에게서 전화가 걸려왔다. 얼마 살지 못 할거라는 연락이었다. 나는 병원에 가야 하는지에 대해서 생각했다. 그래도 물 한 그릇이라도 떠놓고 첫 혼례 치른 사람인데 마지막 가는 길을 보지 못하면 후회가 들 것 같았다.

중환자실에 누워 있는 남편은 내가 가도 나를 알아보지 못했다. 혼수상태로 누워 있는데 양쪽에 손발을 묶어놓고 있어서 숨만 쉬고 있지 죽은 사람과 다름없어 보였다.

남편의 입에서는 그르릉 거리는 소리가 나며 가래가 한덩어리씩 계속 튀어 올라왔다. 그 가래를 받아 내느라 옆에는 휴지가 산처럼 수북이 쌓여 있었다. 눈이나 뜨고 있으면 무슨 말이라도 해, 그 동안 쌓인 한이라도 풀어볼 텐데 남편은 사람을 알아보지도 못한 채 죽을 그 시간만을 기다리고 있었다.

피폐해진 얼굴에 주름이 가득하고 링거액 줄이 꽂힌 팔에 물기 없이 거칠한 피부를 보니 세월이 남편과 나의 곁을 빠르게 스치고 지나갔구나 하는 생각이 들었다. 처음 남편을 보았을 때 호남은 아니었지만 탱탱한 피부에 머리숱이 까만 청년이었다.

202

결혼을 하고 시댁으로 처음 들어가 새댁 옷을 입은 나를 보며 이쁘다 말해주던 남편이었다. 고단한 시집살이를 달래주지 못했던 남편이었다. 아이를 낳지 못한다고 구박하던 남편이었다. 첩을 얻어 마음 고생하게 하고 내가 얻지 못한 아들 얻어 나의 마음 아프게 한 남편이었다. 그도 모자라 피고름을 짜내어 가며 모은 나의 재산을 앗아가려던 남편이었다.

지금은 시부모님도 모두 돌아가시고 약 냄새가 풍기는 중환자실에 남편과 내가 있다. 늙은 얼굴 마주보고 욕이라도 실컷 해주고 싶은데 죽음 앞에 서 있는 남편의 모습에 왜 애잔한 마음이 드는 것인지, 쓸데없이 흐르는 눈물이 원망스럽기까지 했다.

'여보? 일어나서 나 좀 보소. 왜 그렇게 나를 힘들게 했는지 죽기 전에 말 좀 해 보소? 이렇게 가고 말거면서 왜 그렇게 돈에 대해 집착을 했는지 말 좀 해 보소. 그 숱한 돈 아까워 어떻게 눈 감으려고…….

죽기 전에 좋은 일 한번이라도 하고 가지. 이 세상에 불쌍한 사람들에게나 좀 나누어 주고 가지, 좋은 일 한번이라도 하고 가면 떠나는 마음이 덜 불편했을 텐데, 그렇게라도 했으면 저승에서 나와 만나 할 얘기라도 있지 않겠소.

나 먼 훗날 당신 따라 가면 저승 문턱에 마중 나와 줄 수는 있겠소. 그때 나한테 이 말 한 마디 해 주면 서러움이 다 없어질 것도 같은디. 자네 수고 했다고, 고생했다고 그 말 한마디

만 해 주소.'

나는 토해내지도 못하는 말들을 속으로 곱씹었다. 남편은
죽음으로 가는 문턱을 넘기기가 어려운지 계속해서 힘겨워했
다. 그리고 사흘 뒤 남편이 죽었다는 소식을 들었다. 나는 그
날 가게에 나갔고 나를 찾는 손님들을 맞았다.

20년 넘게 동고동락 한 앞치마를 입고

고건 총리 초청 저녁만찬

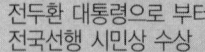

소년소녀가장
수기모음 모임

전두환 대통령으로 부터
전국선행 시민상 수상

김영삼 대통령과
시민상 수상자 모임

 세상 모든 아이들의 어머니로 살고 싶다.

내가 아이들에게 책을 전해주기 시작한 것은 20년 전부터이다. 순애에게 위인전과 동화책을 전집으로 사주면서 K출판사를 알게 되었는데 그 출판사를 통해 책을 사게 됐고 단골이 되다 보니 출판사에서 새 책이 나오면 내게 연락을 주었다.

순애는 내가 낳은 자식은 아니지만 배 아파 낳은 자식보다 더 잘 키워보고 싶었다. 그 마음이 순애가 다니는 학교의 아이들에게까지 책을 전해주고 싶은 마음으로 확대되었고 그때부터 아이들에게 책을 나누어 주기 시작했다.

내가 책 사보내기 운동을 본격적으로 시작한 것은 1983년 12월부터이다. 그때 새우젓을 사려면 수협에서 대출을 받아야 했다. 내가 대출을 받았던 노량진 수협의 백남석 대리가 연말연시 불우이웃 돕기를 한다며 의정부 한 고아원에 보낼 육젓 세 드럼을 사러 온 일이 있었다.

"교회에서 불우이웃 돕기 바자회를 합니다. 그러니 새우젓 좀 싸게 주십시오."

"그렇게 좋은 일을 하는데 지도 도와야지유. 싸게 드릴 테니 오세유."

얼마 있어 백 대리가 부인 세 분과 같이 가게에 찾아와 새우젓 세 드럼을 샀다. 그때 새우젓 한 드럼에 30만 원 할 때였는데 지금은 3백만 원 정도 된다.

그분들이 새우젓뿐만 아니라 쌀, 연탄, 과일도 사간다고 하길래 나도 불우 이웃돕기에 동참하고 싶은 마음이 들어 연탄 2천 장을 사서 보내겠다고 말했다. 나는 육젓 한 드럼 값을 연탄 값으로 대신해 돈을 받지 않았다. 당시 연탄 한 장 값이 15원 할 때였다. 그 일이 있은 후 그 해 12월 중순 경 교회에서 보육원을 방문한다고 같이 가자는 제의를 받았다. 옷이 없었지만, 아이들에게 깨끗한 모습을 보이기 위해 나는 한복을 차려 입었다. 그때나 지금이나 내가 잘 차려입는 것은 한복이다.

처음 갔던 곳이 화랑 보육원(현재 이삭의 집)이었다. 가기 전에 아이들에게 무엇을 선물할까 고민하던 끝에 나는 책을 선물하기로 했다. 보육원에 있는 아이들은 가정에서부터 버려진 소외된 아이들이 모인 곳이었다.

그곳에 모인 어린아이들은 자신들을 찾아 보육원을 방문해 주는 주변의 관심을 어찌 보면 당연하게 생각할 수도, 으레 찾아오는 방문객으로 치부해 버릴지도 모른다는 생각이 들었다. 어떻게 그 아이들에게 사랑받고 있다는 것을 알게 해 주어야 할까! 나는 그 방법의 처음을 책으로 시작하기로 했다. 어찌되었든 책을 읽어 많이 알고 많이 깨닫는다면 보육원을 나가 사회에 진출했을 때 직면하는 어려운 일들을 스스로 이겨낼 수 있는 힘을 어려서부터 키울 수 있지 않을까 생각되어서였다.

그 아이들이 보육원이라는 시설에 보호받고 있다가 성인이 되어 사회에 나가게 되면 사회에 적응하는 것이 어렵고 때론 보이지 않는 차별에 마음 아파하게 될지도 모른다. 나는 그 아이들에게 세상에 많은 것들을 보여주고 싶었다. 어려움을 딛고 희망을 안고 살아가는 사람들의 이야기나, 위인들의 삶을 통해 자신들이 가야할 인생의 방향을 폭넓게 생각할 수 있는 안목을 키워주고 싶었다. 그러기 위해서는 책을 보아야 한다는 생각을 하게 된 것이다. 책 속에는 배움이 있고, 사람 사는 도리가 있고, 정의와 질서, 도덕, 수없이 많은 진리와 학식들이 그 안에 있다. 미처 두루 세상을 살펴 볼 수 없는 아이들이 간접적으로나마 세상을 알고 세상을 올바르게 살아가는 법을 스스로 터득하게 된다면 그 아이들의 앞으로의 인생이 좋은 방향으로 발전할 수 있다는 기대를 할 수 있다는 생각이

들었다.

나는 원아들에게 희망을 줄 수 있는 과학전집 등의 책을 주문했다. 나는 책과 새우젓, 멸치젓 등을 가지고 화랑 보육원을 방문했다. 그 때 책을 받아 들고 마냥 좋아하던 아이들의 표정이 지금도 생생이 기억된다. 그날 이후 '할머니가 주신 책 읽고 전교 1등 했어요.' 라는 아이들의 편지를 받으면 세상의 어떤 보물을 받은 것보다 즐겁고 기뻤다.

주는 사람이 훨씬 행복하다는 말을 요즘 사람들은 잘 이해하지 못하는 말일지도 모른다. 나는 나를 바라보며 어려운 환경에서도 맑은 웃음으로 나를 향해 웃어주는 아이들의 미소가 추운 겨울 한 장의 연탄으로 추위를 녹이던 그 어렵던 시절의 따뜻함보다 더 따스하게 느껴졌다.

나누어준 책을 책꽂이에 정성스레 꽂으며 내가 바라보는 것이 쑥스러운지 씩 웃는 아이들도 있었다. 나는 그때 고등학생용 교재를 들고 가지 않았었다. 주로 아동용 책을 사 들고 갔더니 고등학교 학생들이 자기들이 볼 책은 없다며 서운해 하기도 했다. 나는 서운해 하는 아이들에게 다음에 올 때는 고등학생들이 볼만한 책을 가지고 오겠다고 약속을 했고 그 후 책 외에도 한문 학습지와 신문을 보내 주었다.

신문은 이 사회에서 일어나는 일들을 적어놓은 것이니 곧 사회에 나갈 아이들에게 도움이 될 듯 싶어서였다. 내가 잘 먹고 배부른 것보다 아이들이 책을 받아보며 좋아하는 모습을 보는 것이 나는 너무도 행복했다. 어린시절 거름통에 빠진 책을 어머니와 함께 닦고 혹시 지워진 글씨가 없는지 달빛에 비춰가며 눈물을 흘렸던 기억을 떠올리면 아이들에게 책을 전해주는 일을 멈출 수가 없었다.

이때부터 나는 책 보내기에 적극 나섰다. 고아원, 양로원 등 책이 필요할 만한 곳의 명단을 뽑고 한 곳 한 곳 책을 보내기 시작했다. 새우젓처럼 짜게 번 돈을 책 사는데 쓸 때는 몇 백이든 몇 천이든 하나도 아깝지가 않았다. 아이들의 해맑은 웃음을 떠올리며 아이들이 보내준 소중한 편지들을 읽고 있으면 무거운 새우젓 통 쯤이야 거뜬하게 들어올릴 수 있었다.

우리 순애가 하지 못한 공부, 내가 하지 못했던 공부를 이 세상에서 소외 받은 아이들이 하게 하리라. 나는 기꺼이 아이들의 어머니가 되고 싶었다. 그저 TV를 보다가 불쌍한 아이들을 보면 책이라도 주고 싶어 출판사에 전화를 걸었다.

요즘은 조금 잘 살게 됐다고 아낄 줄 모르고 허례허식하는 어른들의 모습을 종종 볼 수 있다. 그런 어른들의 태도가 자라나는 어린이들에게 나쁜 영향을 미치고 있는 것을 그 어른들은 아는지 조금이라도 각성하고 살았으면 좋겠다. 풍토가 그러하고 세상이 그러하니 무절제한 소비문화에 대해 아무리 이야기 한들 자신들이 가난해 보지 않고 배 곯아보지 않으면 아무도 어려운 시절이 있었다는 것을 모를 것이고 지금도 쌀이 없어 굶고 있는 소년소녀 가장들이 많다는 것을 알지 못할 것이다.

우리가 소비하는 것의 몇 분의 일이라도 소외된 아이들에게 줄 수 있다면 그 아이들은 그 어떤 보석보다도 더 값지게 받고 행복해 하며 세상을 비관하지 않고 올바르게 자라 이 사회의 버팀목이 될 것임을 우리 모두 알고 각성했으면 좋겠다.

나는 그 어린이들에게 책을 통해서라도 근검 절약정신 또한 심어 주고 싶었다. 그래서 어려운 가운데서도 꿋꿋이 살아가는 소년소녀들의 수기 모음집인 '혼자 도는 바람개비' '까치 소리 미워요' '내가 찾은 행복' 같은 책을 많이 보냈다. 특히 내가 밤을 새워 읽으며 눈물 흘렸던 '혼자 도는 바람개비' 800여 권을 고아원과 낙도 어린이에게 선물했다. 나는 그 수기를 쓴 아이들에게 옥편과 Y출판사에서 나온 전집을 주었다. 처음에는 120명의 어린이에게 책을 사 줬는데, 10주년에는 200명쯤 되었다. 글을 잘 쓰는 아이들이라 책 받는 걸 아주 좋아했다. 요즘 읽어본 수기 모음집 중에 한 학생이 이런 글을 썼다.

'소녀 가장은 부끄러운 죄인이 아니다. 오히려 혼자의 힘으로 어려움을 극복하고 좀더 많은 사람들의 관심과 사랑 속에 자라나는 씨앗이다. 조금 안 좋은 흙에 떨어진 씨앗.'

나는 조금 안 좋은 흙에 떨어진 씨앗이라는 표현을 읽고 참으로 많은 감흥을 받았다. 비록 좋지 않은 땅에 떨어졌지만 자신의 인생을 비관하지 않고 꿋꿋이 버텨나가 큰 나무가 되겠다는 포부와 주변의 사랑에 감사하는 그 어린 마음이 얼마나 대견했는지 모른다.

내가 처음 어린 가장들의 수기를 접하게 된 것은 혼자 도는 바람개비라는 제목의 수기였다. 한국복지재단에서는 1987년부터 전국의 소년소녀 가장을 대상으로 그들의 삶의 이야기를 담은 생활수기를 공모하여 우수작을 뽑아 수상자들에게 장학금을 지원하는 행사를 하고 있다. 그 수상작들을 모아 만든 생활수기 모음집을 보면서 세상에 소외되고 아파하는 아이들이 참으로 많다는 생각을 하게 되었고 좀더 많은 아이들에게 책과 장학금을 전해주고자 노력했다.

우리 딸 순애가 교통사고로 장애인이 된 후에는 재활원을 많이 찾아다녔다. 내 딸이 다치고 보니 모든 애들이 다 내 아들, 딸 같아 더 열심히 찾아 다녔다.

몸은 불편해도 마음을 넉넉하게 하고 손에 쥐고 있는 것은 없어도 스스로 부자라 생각하며 돈으로도 살 수 없는 귀중한 깨달음을 얻게 된다면 그것은 그 누구도 빼앗을 수 없는 소중한 재산이라는 것을 아이들에게 알려주고 싶었고 그런 마음에 장애아동들에게 책을 선물했다. 그 때 작성한 전국의 고아원, 양로원, 재활원, 낙도 초등학교 등의 주소와 전화 목록이 노트 한 권쯤 되는데 지금도 나는 그 주소록을 가장 소중한 재산으로 여기고 있다.

재활원은 거여동에 있는 '신아원'에 제일 먼저 갔다. 내가 재활원에 봉사하고 싶다고 했더니 출판사 감사국장이 '신아원'을 가자고 했다. 자기도 봉사하러 그곳에 간 적이 있다는 것이었다. 그 후 연락이 되어 신아원에 가겠다고 했더니 건물을 새로 짓는 중이라며 완공식 하는 날 오라는 연락이 왔다. 나는 책과 쌀 다섯 말을 떡집에서 맞추고 우리 집 젓갈을 골고루 가지고 신아원을 방문했다. 그런데 그 아이들은 책도 읽을 수 없을 만큼 중증 장애인들이었다.

"어…으…마… 어…으…마!"

나를 본 아이들은 나의 옷소매를 붙잡고 '엄마'라고 부르며 너무도 좋아했다. 부모의 정이 몹시도 그리웠던 모양이었다. 140명의 아이들이 나를 둘러싸고 강아지처럼 매달리는 모습을 보자 눈물이 핑 돌았다. 아이들을 쓰다듬던 나는 내가 안을 수 있는한 여러 아이를 한 팔로 껴안았다. 그 불쌍한 아이들은 부모의 사랑도 모르고 자라난 아이들이어서인지 모두가 똑같이 엄마로 보이는 사람과의 신체접촉을 좋아하는 것 같았다. 일정을 마치고 돌아가려 하자 아이들은 가지 말라며 붙잡고 눈물을 글썽거렸다.

"엄마가 다음에는 맛있는 거 사 올게."

나의 옷소매를 붙잡고 눈물까지 흘리는 아이들을 달래고 돌아오는 발길이 몹시도 무거웠다.

다음에 신아원을 방문할 때는 여름이어서 수박 서른 통을

214

사 가지고 방문했다. 그걸 알고 방송국에서 취재 차 나온 김에 방송국 차를 타고 신아원에 갔다. 전에는 트럭에 짐을 싣고 갔었는데 차를 바꿔 타고 온 나를 본 아이들이 좋아라 차 주변으로 달려왔다.

"엄마 차 바꿨어?"

아이들이 천진난만하게 물었다. 나를 잊어버리지도 않고 엄마라고 매달리는 아이들이 마냥 사랑스럽기만 했다. 아이들은 지능이 낮았지만 자기들에게 얼마간의 사랑이라도 준 사람은 놀라울 만치 잘 기억했다.

"어이구, 이 귀여운 것들! 엄마 본지 오래되었는데 엄마를 잘도 기억하는구나."

간식 시간에 그 수박을 잘라 각자 접시에 놔 줬는데, 한 아이는 먹지도 않고 그냥 우두커니 쳐다보기만 했다.

"애야, 왜 넌 안 먹냐? 수박 먹기 싫어?"

내가 걱정스럽게 묻자 아이는 대답을 할 줄 모르는지 나의 물음에 입도 떼지 않았다. 다른 이에게 이야기를 들어보니 그 아이는 아이큐가 20이라서 앞에 있는 음식도 먹을 줄 모른다는 것이었다.

내가 수박을 들어서 손에 쥐어 주자 그 아이는 그제서야 먹기 시작했다. 그런 아이들을 보면서 나는 건강을 주신 부모님께 감사했다. 그래도 내가 세상에서 가장 행복한 사람이라는 생각이 들었다. 신체 건강하고, 비틀린 걸음으로 세상을 걷지 않아도 되고, 사물을 느끼고 이해할 수 있는 능력이 있다는 것이 무엇보다 감사했다.

지나온 내 인생이 고달프기는 했어도 어찌 아이들이 받은 고통과 같다고 할 수 있을까! 미안하게도 나는 그 아이들을 통해 나의 신체가 건강함에 대해 감사함을 느끼지 않을 수 없었다. 더 많이 일해서 아이들의 곁에 엄마로 기억되어야 겠다는 결심이 생겼다.

그 외에도 대전의 '성세 재활원', 충북의 '숭덕 재활원', 교남의 '소망의 집' 등 일일이 다 기억을 하기는 힘이 들지만 그런 곳을 방문하고 돌아오는 날이면 가엾은 아이들에 대한 생각에 제대로 잠을 이루지 못하는 날이 많았다. 아이들의 대부분은 부모에게 버려진 아이들이 많았고 태어날 때부터 선천적으로 장애를 안고 태어난 아이들도 있었다. 혹은 불치의 병으로 살 날이 얼마 남지 않은 아이들도 있었고, 후원자의 도움으로 1년에도 몇 차례씩 수술을 받아가며 생명을 연장하는 아이도 있었다. 그런 아이들을 보고 있으면 아이들의 아픔을 같이 해 주지 못하는 마음에 아이들의 모습이 짐이 되어 몇 날 동안 아이의 얼굴이 잊혀지지 않아 잠을 설쳐야 했다.

재활원을 다니면서 무척 인상에 남았던 분이 있는데 충북 숭덕 재활원의 원장님이 바로 그분이다. 그 원장님은 일을 너무 해서 손이 소나무 껍질 같이 거칠었다. 겨울이었는데도 그분은 점퍼 차림에 땅을 파고 나무를 심고 계셨다. 그분은 나를 보자 황토 흙 묻은 나무껍질 같은 손을 내밀어 내게 악수를 청했다.

내가 재활원이나 보육원을 다니다 보면 원장들은 회전의자에 앉아 손님이 오면 커피 대접하고 이야기나 하거나 하는데 그 분은 오로지 일만 하는 것이었다. 내게는 그런 분이 바로 진정한 성직자처럼 보였다. 저런 분이시니 버려진 아이들을 사랑하며 거두지, 하는 생각에 절로 고개를 숙여지게 했다.

그분은 오히려 나를 반기며 'TV에서 본 아주머니 아니십니까? 참 훌륭하십니다.'라고 말하며 나에게 칭찬을 아끼지 않았다. 참으로 미안하고 고마운 일이었다. 남에게 칭찬을 아끼지 않는 사람, 사랑으로 아이를 감싸고 있는 사람, 손수 모범이 되어 주변의 일들을 챙기는 사람, 그런 사람들이 있기에 아직 세상은 밝고 살아볼 만하다는 생각이 들었다.

재활원에 있는 어떤 아이들은 손이 비틀어졌는데도 입으로 붓글씨를 써서 걸어 놓기도 하고, 어떤 애는 발로 붓글씨를 써서 상을 타오기도 한다고 했다. 손으로 도장을 새기는 아이, 전자 제품 부속 만지는 아이들도 있었다. 아이들은 배우는 부류대로 나뉘어져 있었는데 나름대로 훌륭하게 자기가 맡은 일을 해내고 있었다. 그 배움들이 나중에 아이들이 성인이 되어 사회에 나가 생계를 이어가는 수단이 될지 모르는 일이었다.

그래서 나는 사지 멀쩡한 젊은 사람들이 놀고 있는 모습을 보면 화가 나서 견딜 수가 없다. 내 동기간이건 남이건 간에 사정없이 나무란다. 남한테 바라기만 하고 혹시 자기네는 주는 게 없나, 하고 바라보는 사람에게도 야단을 친다. 그렇게 육체를 잘 쓰지 못하는 사람도 열심히 노력하는데, 입으로도 그렇게 붓글씨를 잘 쓰는데, 노력하면 안 되는 일이 없지 않은가. 하면 된다. 그 생각이야 말로 정상인 우리들이 신체가 불편한 그 아이들에게 배워야 할 가장 소중한 가르침이다.

　때로는 내 동기간 중에 '남은 도와주면서 동기간은 안 도와주나'라고 말하는 사람도 있다. 그런 소리를 들으면 나는 너무나 마음이 상한다.

　내가 작지만 도움을 주는 아이들은 집안 사정이나, 신체 사정이나, 모든 형편을 둘러보아도 누구하나 돌보아줄 사람이 없는 딱한 아이들이다. 밥이 없어 라면을 먹어야 하고, 병든 부모님의 수발을 위해 끼니도 굶고 새벽 신문배달을 해가며 학업을 포기하지 않고 삶을 살아보려고 노력하는 아이들이다. 나는 그 아이들에게 일어날 수 있는 작은 발판이나마 마련해 주려고 돈을 번다. 언제부턴가 그것은 나의 사명이 되었고 인생의 목표가 되었다.

　나는 추운데서 내 얼굴 얼어가며 일해서 모은 돈을 그 아이들을 위해서 쓰고 싶다. 그저 헛된 허영이나 내 자신의 안위를 위해서, 자식의 안위를 위해서 쓰고 싶지 않다. 나는 밥만 먹고 살면 된다. 몸 아프지 않고 지금처럼만 일할 수만 있다면 나는 세상의 소외된 아이들을 내 자식처럼 아끼고 사랑해 주고 싶다. 내 자식은, 내 주변의 사람은 적어도 밥은 굶지 않는다. 하지만 집이 없어 방황하고 돌보아 주는 이가 없어 보육원이나 고아원으로 가는 아이들에게는 반드시 꼭 주변의 도움이 있어야 한다.

사지육신 멀쩡한 사람이, 지금처럼 노력하면 대가가 돌아오는 자본주의 사회에서 노력도 하지 않은 채 남에게 손 먼저 벌리는 것은 옳지 않은 방법이다. 할 수 있을 때까지 노력해야 하지 않은가! 아끼면 반드시 모아지게 되어 있다. 남들 쓰는 것처럼 써야 하고, 남들 입는 것처럼 입어야 하고, 세상을 무슨 남에게 보여주기 위해서 살아야 하는 생각으로 살아서는 안 되지 않은가!

요즘 TV를 보니 명품이라는 것이 고등학생들에게도 선풍적인 인기를 끌고 있다고 들은 적이 있다.

명품이 무엇인가? 값 비싸고 한두 개라도 자기 몸에 걸치고 있어야 사회적 위신이 유지되는 것이 명품인가! 다시 생각해 볼 일이다.

내가 생각하는 명품은, 뜨거운 불가마에서 오랜 시간 고통을 참으며 누구와도 비교할 수 없는 자신만의 빛을 가진 도자기와 같은 사람이 명품의 가치가 있다고 생각한다. 돈만 있으면 누구나 다 소유할 수 있다는 명품은 명품의 가치가 없다. 그것은 돈만 있으면 해결되는 부분이다.

우리 모두는 자신만의 빛으로 타인 앞에 설 수 있는, 이 세상 누구도 모방 할 수 없는 명품을 만들어야 한다. 세상에서 오직 하나밖에 없는 인품을 갖기 위해 노력하고 자신을 가꾸어야 한다. 그것은 학식이 될 수도 있고 사회적인 인사가 될 수도 있다. 그리고 어두운 세상을 위해 자신의 육체마저 헌신할 수 있는 사람이 될 수도 있다.

나를 마음 아프게 하는 것들 중에, 내가 매스컴에 보도되고 난 후 오는 '도와 달라' 는 편지들이었다. 그런 편지가 하루 10통도 넘게 왔었다. 귀고리에 뾰족 구두 신고 와서 돈 달라는 여자, 집까지 쫓아 와서 겁주는 사람, 별 사람이 다 있었다.

아주 번듯한 젊은이가 찾아 와서 사업자금을 빌려달라고 한 적이 있어 호되게 야단을 쳐서 보낸 적이 있었다.

"젊은 놈이 리어카라도 끌어서 살 생각을 해야지! 왜 빚쟁이가 되려고 해?"

남편은 실직하고 자신은 자살할 거라면서 100만 원만 달라는 내용의 편지를 보면서 딱하다는 마음이 들었다. 자살할 용기 있으면 왜 노력을 못 하는가. 하루 만 원만 벌면 모으지는 못 해도 먹고는 산다. 도둑질, 서방질만 빼고는 무슨 일이든지 다 하라지 않았는가!

하루는 30대 중반 남자가 장사 끝물에 찾아왔다.

"좋은 일 많이 하십니다."

220

그렇게 말을 끝낸 남자는 사업에 실패했으니 좀 도와 달라는 말을 꺼냈다. 나는 그 사내의 두 팔과 다리를 보았다. 모두 정상이었다.

"젊은 놈이 돈 벌어서 늙은이 보태주지는 못할 망정 늙은이한테 돈을 달래?"

야박하게 몰아쳐 내쫓았지만 마음은 좋지 않았다. 안되기도 했지만 좌절만 하고 있다고 해서 지금의 상황이 더 나아지는 것은 아니다. 나는 그런 이들을 볼 때 마다 해 줄 수 있는 말은 단 한 가지이다. 노력하면 된다! 하면 된다! 아끼면 모아지게 되어 있고, 작은 것이 모아 큰 것이 되는 것이다.

시장에서는 나를 가리켜 구두쇠, 노랭이라고 부른다. 나는 그 말이 싫지 않다. 명절 때도 장사를 하고 있는 나를 보며 청승맞다고도 하지만 나는 개의치 않는다.

추운 겨울에 연탄 한 장으로 이틀을 나고, 아침에 싸온 도시락이 얼면 뜨거운 물 부어 김치와 젓갈만 가지고 먹고 살았다. 20분이나 되는 거리를 아이를 업고 걸어 다니고 구멍난 양말에 불똥이 튀여 찢어진 오래된 작업복을 입고 있어도 나는 돈이 모아지는 것을 보면 행복했었다. 가지지 못했던 것들이 노력으로 인해 모아지는 기쁨은 이루 다 설명할 수 없는 것이었다. 내 자식 순애가 장애인이 된 것 외에는 나는 부끄럽게 살지 않았다.

젓갈을 비닐에 담아 묶을 끈을 시장 통 쓰레기통에서 주워다 잘게 찢어 사용했고, 먹는 음식을 버리는 일은 생각조차 한 적이 없었다.

사람들이 어떻게 그렇게 많은 돈을 모았냐고 물으면 나는 대뜸 답을 해주기가 싫어진다. 그들의 질문에서 느껴지는 것은 투기하셨습니까? 재테크하셨습니까? 로 들리기 때문이다.

나는 은행에 갈 시간도 없이 일했고 모아지면 무조건 저축하는데 일념을 다했다. 시장에 수협직원이 다녀가는데 나는 은행 갈 시간 동안에 손님이 올까 걱정되어 직원에게 공과금과 저축할 돈을 쥐어 보냈다. 지금도 시장 사람들은 그렇게 은행 일을 보고 있다. 그렇게 모은 돈을 불쌍한 아이들을 위해 쓰니 그 마음에서 생기는 행복감을 세상 사람들 중 반도 모를 것이다. 그렇게 베풀었더니 모두 잘한다고 칭찬을 해 주었다.

아직도 어린 마음이 있는 것인지, 나이가 들면 어린아이가 되는 것인지 동서남북 사방에서 칭찬을 해 주니까 몸에서 주는 버릇이 생겼다. 그건 어린아이처럼 자꾸자꾸 칭찬이 듣고 싶어지는 버릇이다. 지금은 장사가 잘 되지 않아 아이들에게 도움을 주지 못하는 것이 많이 아쉽다. 더 나이가 들기 전에, 몸이 더 늙기 전에 많은 아이들을 만나 보아야 하는데 세월이 나를 비껴가지는 않을 거란 생각은 하고 있다. 하지만 나는 아직 청춘이고 싶고 이제서야 인생의 기쁨을 알아가고 있다. 나는 아직도 노랑 아가씨이고 싶다.

 ## 죽는 날까지 책을 가까이 하자

처음에는 책을 차에 싣고 내가 직접 다녔는데, 지금은 몸도 늙고 시간도 없어서 출판사에 연락해서 어디어디에 책을 갖다 주라고 부탁하고, 나는 책 대금만 지불한다. 책을 보내 주면 내 마음도 흐뭇하고 받는 아이들도 무척 기뻐했다.

책을 보내 주면 책을 받은 아이들에게서 편지가 많이 온다. 편지가 많이 오는 날은 다 읽어보고 싶은 마음에 편지를 읽다가 잠이 들기도 한다. 그 중에 기억에 남는 편지도 무척 많다.

내가 가장 값지게 여기는 재산은 책을 받은 어린이들이 보낸 1,000여 통의 감사 편지다. 장사하면서 검은 비닐봉지에 담은 편지를 수시로 꺼내 읽는 것은 나의 가장 큰 즐거움이다.

언젠가 경북 울진에 있는 후포 초등학교에 '달려라 호돌이'라는 책을 보냈는데 한번에 편지가 90통이나 왔다. 내게 편지를 갖다 주던 집배원도 깜짝 놀랐다. 그 중에 책 보기를 싫어한 한 아이는 옆의 짝이 책을 보면 심술이 나서 방해를 했다고 했다. 그런데 '충남상회의 할머니가 책을 보내 주셔서 저도 책 읽는 취미를 붙이게 되었습니다' 하면서 할머니처럼 나중에 좋은 일 하기로 결심했다는 내용을 보고서는 가슴이 뿌듯했다. 그 중에서도 내가 가장 소중히 여기는 편지는 재활원에 있는 장애아동이 어렵게 쓴 편지들이다.

아이들에게 책 보내려면 돈을 더 벌어야 한다. 돈으로 지구를 다 덮어도 모자랄 것 같다. 나야 하루 세 끼만 먹으면 된다. 더 바라는 욕심은 없다. 그저 욕심이 있다면 더 많이 벌어 많은 아이들에게 책을 보내주고 싶은 욕심이다. 나를 즐겁게 하는 건 책을 받고 답장하는 학생들의 편지이다.

몇 년 전에는 강원도 지역 30개 초등학교에 책을 보냈는데, 어떤 학교는 폐교되어서 책이 되돌아오기도 했다. 어떤 학교는 요금 청구할까봐 뜯지도 않고 다시 보내기도 했다. 좋은 일을 한다고 했는데, 그것도 결코 쉬운 일만은 아니라는 생각이 들었다.

어디를 가든지 나는 책 선물을 주로 하게 되었다. 누구네 생일 집을 가든 환갑잔치를 가든 나는 책을 선물했다. 그다지 반기지는 않았지만 자신이 안 보면 자식이나 손주가 봐도 보겠지 하는 마음으로 책을 선물하였다. 다른 선물은 먹고 쓰고 치우면 남는 게 없지만 책이라는 것은 돌려볼 수도 있고 세월이 가도 버리지만 않는다면 오래도록 남는 선물이라는 것이 내가 책 보내기 운동을 펴면서 갖게 된 믿음이다.

나는 책과 함께 어디든 찾아갔다. 양로원에서 만난 할머니, 할아버지들은 고생이 묻어 있는 내 얼굴과 마디마디 비릿한 젓갈 냄새가 밴 거친 내 손을 잡고 우셨다. 그런 분들을 볼 때마다, 석녀가 된 당신의 딸을 끝내 받아들이지 않은 채 되돌려 보낸 부모님이 생각나 눈물이 흐르려 했지만 가여운 분들 앞에서 차마 눈물을 보일 수는 없었다.

양로원에 처음 갈 때는 로션 100개를 샀다. 나는 로션도 얼굴에 안 발랐지만 할머니들께는 바르게 해드리고 싶었다. 화장품 가게에서 로션 100개를 주문했더니 판매원이 없다고 하여 공장에 가서 직접 가져 왔다. 양로원에 가져갈 거라고 하니 싸게 주었다.

내가 하는 일에 동참해 주는 이들은 주변에 그렇게 많았다. 책도 싸게 주고 화장품도 싸게 주었다. 나의 노력만으로는 이렇게까지 오래도록 하지 못했을지도 모르는 일이다.

그때가 아주 오래 전이니까, 내 양 볼은 동상을 입어 붉게 부어 있었다. 시장이 노상이고 난방시설도 되어 있지 않아 추운 수산시장에서 일하는 사람들은 나뿐만 아니라 다른 사람들도 얼굴에 동상이 들었다. 화장을 자주 하면 덜 할 텐데 나는 화장을 할 줄도 모르고 화장할 시간도 없이 살아서인지 화장을 하면 되려 어색해서 거의 안하고 살았다. 그러다 보니 얼굴이 더 빨리 상하기 쉬웠다. 양 볼에 든 동상에 딱지가 떨어지면 진물이 흘러 내렸다. 그렇게 얼굴에 진물이 찌걱찌걱 흘러가며 양로원을 갔더니, 할머니들이 내 볼을 만지면서 우셨다.

"얼굴에 얼음 박혀가면서 이렇게 우리 갖다 주다니……, 아들 며느리도 우리 싫다고 그러는데……."

노인 분들의 말을 들으면서 돌아가신 부모님이 생각나 나도 참 많이 울었다.

그런 노인 분들은 자기가 열심히 살아도 자식을 잘못 두거나 아들이 엄청난 돈을 부도내서 노년이 고생스러워진 경우가 많았다. 세상은 참 공평치 않았다. 그 놈의 돈은 왜 이 사람 저 사람 고루고루 가서 안기지 못 하는지. 젊어서는 돈 없어 고생, 늙어서는 자식 복 없어 고생, 부모가 돈이 있었어도 이렇게 버렸을까 싶어졌다.

옛날 어떤 할아버지는 재산을 아들, 며느리에게 넘겨주면 잘 하겠지, 하고 다 줬더니 오히려 대우가 더 나빠졌다고 했다. 그래서 그 노부부가 꾀를 냈다. 큰 궤짝을 하나 짜서 거기에 돌멩이를 넣어 화장실에 갈 때도 외출할 때도 자물쇠를 채워 내외가 항상 지고 다녔다.

"이 안에 든 게 돈인데 너희들 나 죽거든 다 똑같이 나눠 가져라."

그랬더니 아들, 며느리가 그렇게 잘 했다고 한다. 마침내 부모가 돌아가시자 기다렸다는 듯이 자식들이 그 궤짝을 뜯어봤는데, 안에는 돌멩이만 들어 있었다고 한다.

이렇듯 노인들은 꾀를 부려서라도 죽을 때까지 돈을 갖고 있어야 한다. 똥 싸면 싫어하지만 돈 준다며 치우라고 하면 서로 치우려 할 것이다. 지금의 그런 세태가 참으로 마음 아픈 일이다.

할머니들은 종이봉투를 만드는 일도 하면서 조금씩 들어온 돈을 통장에 넣어 두었다. 그렇게 소일을 하니까, 가만히 우두커니 있는 것보다는 훨씬 낫다고 하셨다. 그곳에 모인 분들은 저마다 기구한 사연을 지닌 분들이 참 많았다. 그분들 앞에서까지 감히 눈물을 보여야 할 만큼 내 처지가 슬프다고는 생각지 않았지만 집으로 돌아와 혼자 잠을 청할 때면, 한동안 바삐 사느라 잊었던 내 운명이 서러워 베갯잇이 다 젖도록 밤을 지새운 적도 있었다.

내가 책을 육지와 멀리 떨어져 있는 섬에 보내고 싶다고 말하자, 출판사의 김과장이 완도에 주자고 했다. 알고 보니 그 사람 고향이었다. 김 과장이 봉고차 한가득 책을 실어 완도에 가져다주었다.

완도 주민들은 바닷물이 들어오면 고기 잡아서 팔고 고기를 못 잡을 때면 그저 노름하며 할 일 없이 시간을 보내고 있었던 모양이었다. 그러던 어느 날 내가 보내준 책이 그들에게 전해졌고 노량진 수산시장에서 젓갈 장사한 아주머니가 어렵게 모은 돈으로 책을 사서 이렇게 보냈다면서 마을 사람들이 그 책을 보고 매우 놀랐다고 했다.

완도 주민들이 감사패와 완도 김 열 톳을 가지고 내게 왔다. 그 이듬해 또 가락동 청과 시장에서 장사한다는 완도 사람이 좋은 귤 한 박스와 김 두 톳을 갖고 왔다. 그때 제일 처음으로 감사패를 받았다. 처음에는 부끄러워 거절하기도 했지만 나도 주는 마음이 좋으니 부러 주시는 것을 거절하기가 뭐해서 받아둔 상패가 지금은 여러 개가 있다.

어느 날인가 K출판사 과장이 내가 전국에서 두 번째로 책을 많이 팔아 주어 고맙다며 삼계탕을 사 준 일이 있었는데 책을 많이 팔았다는 그 말이 어찌나 좋았는지 그날 먹은 삼계탕 맛은 지금도 기억될 만큼 잊을 수가 없다.

아직도 책이라는 말을 들으면 기분이 좋고 종이 냄새를 맡아도 기분이 좋다. 다 두루 읽어 알고 싶지만 나이가 들어 머리에 잘 새겨지지도 않고 눈도 침침해서 오래도록 보지 못한다. 그래도 공부는 하고 싶어서 일을 마치고 집에 돌아가면 아이들에게 주려고 사 두었던 한자 펜글씨 연습을 하고 있다.

요즘 노인 분들에게 치매가 심한 병증으로 찾아온다고 하는데 치매에 걸리지 않으려면 지나치지 않을 정도의 공부를 하는 것이 좋다고 들었다. 그리고 혈액순환을 돕기 위해 어느 정도 걷는 것도 중요하며 소식을 하되 많이 씹어서 두뇌활동을 도우라는 말을 책에서 읽은 적이 있다.

2002년 6월에 월드컵이 있었다. 나도 젊은 청년들이 만들어 내는 감동의 드라마를 보았다. 결정적인 순간에 골이 들어가면 시장이 온통 기쁨으로 난리가 되었을 때 나도 시장 사람들과 함께 박수를 보냈다.

나는 박수를 칠 때 소리가 요란하게 날 정도로 20번 넘게 세게 친다. 앉아 있을 때도 다리 운동을 하느라 발목 관절을 돌리고, 어깨도 돌리며 쉬지 않고 움직이려고 한다.

내가 칠십 평생 그래도 이만큼의 건강을 지키고 산 것은 많이 걷고 소식하되 오래 씹는 버릇이 있기 때문이 아닌가 싶다. 그리고 아이들의 편지를 받아 볼 때의 기쁨이 그 무엇보다 나를 건강하게 만드는 것 같다.

나에게 있어 엔돌핀은 아이들의 편지이다. '할머니 책 받고 전교 수석 했어요. 1등 했어요.' 이런 내용의 편지를 받으면 몸이 날아갈 듯이 가벼워서 무거운 새우젓 통을 들고도 시장통을 씩씩하게 오고 간다. 그만큼 마음에서 오는 즐거움은 모든 병에서 인간을 자유롭게 할 수 있다는 생각이 든다.

암 환자들이 맞는 진통제를 몰핀이라고 말한다. 의사가 말하기를 사람의 체내에서 발생하는 엔돌핀은 몰핀 이상의 효과를 가지고 있다고 한다. 그만큼 웃는 것은 좋은 것이고 긍정적인 마음가짐에서 나오는 편안한 웃음은 정신 또한 건강하게 만들 뿐 아니라 암이 우리 몸에 왔다가도 도망 가버릴 만큼 대단한 효과가 있다고 한다.

나에게 어려운 시절도 많았지만 긍정적으로 생각하고 화를 참으며 낙천적으로 살기 위해 노력했던 것들이 어려움을 극복하는데 많은 도움을 주었다.

사람의 마음속에 지옥과 천당이 같이 들어 있다. 어느 것을 선택 하느냐에 따라 그 사람의 삶의 질이 달라질 수 있다. 누구나 행복해지고 싶은 욕구가 있다. 하지만 그것은 타인이 정해주는 것이 아니라 내 스스로가 나에게 결정지어주는 것이다. 사람은 누구나 그것을 선택할 자유가 있다.

내가 책을 보내는 일이 세상에 알려지고 한서대학교에 장학재단 기금으로 건물을 내놓았다는 것이 신문에 기사화 되고 세상에 알려지면서 칭찬하겠다며 나를 찾는 사람들이 많아졌다. 언젠가 MBC '칭찬합시다' 제작팀이 시장으로 나를 찾아왔다. 그때 선물을 주는 코너가 있었는데 나는 제작팀의 규정대로 따르지 않고 무조건 쌀을 달라고 했다. 그때 받은 쌀에 네 가마니를 더 보태어 목포에 있는 수재민들에게 보내주었다.

TV을 통해 내가 책 많이 보내는 사람으로 소개가 되자, 한 출판사 사장님이 나를 찾아와 절을 하며 책을 팔아 달라고 부탁을 해왔다. 거절할 이유가 없었다. 세상은 움직이는 사람에게 뭐라도 주는 법이다.

그 출판사는 단행본을 내었는데 나는 그 책을 사서 충청 남북도와 강원도 초등학교에 보내 주었다. 그리고 아이들에게 답장을 받았는데 일일이 답장을 해주지 못해 늘 미안한 마음이 남아 있다. 간혹 틀린 글자를 연필심 꼭꼭 눌러가며 '할머니가 보내주신 책 읽고 열심히 공부하겠습니다. 좋은 사람 되겠습니다.' 라는 다 같은 내용의 편지이지만 그런 아이들의 편지를 뜯어 볼 때면 세상에 그 누구도 부럽지 않다.

사람들이 언제까지 이 일을 할거냐고 물어본다. 나는 내 건강이 허락하는 날까지라고 말한다.

내가 책을 전해주는 일 외에도 장학금을 주는 이유는, 또 다른 나와 같은 아이가 없기를 바라는 마음에서이다. 공부를 잘하는데도 가난해서 공부를 할 수 없는 학생들의 마음을 생각하면 나의 모습을 보는 것만 같아 아이들에게 공부할 수 있는 장학금 만큼은 내 건강이 허락하는 날까지 전해주고 싶다.

나는 행복하다. 어려운 사람들이 내가 준 젓갈을 맛있게 잘 먹었다고 해도 행복하고 책 잘 받았다고 해도 행복하다. 이렇게 건강하게 살아 있다는 것도 행복하다.

요즘은 내가 책을 기증한다는 사실을 알고 여러 곳에서 상도 주고 격려를 많이 해준다. 칭찬을 많이 받으니 더 행복하고 잊고 살았던 삶의 의욕이 생기는 것 같다.

'내가 무슨 일을 했다고 이렇게 떠드나, 난 젓갈 장사를 한

것뿐인데 괜히 소문만 크게 났네. 안 먹고 안 쓰고 남는 것 좀
애들한테 주었을 뿐인데.'

그런 생각을 하면 사람들 보는 마음이 쑥스럽고 때론 숨어
서 좋은 일을 하시는 분들에게 죄스러운 생각이 든다. 베풀었
더니 모두 칭찬해주고, 나는 주는 기쁨에 행복하고 나는 이래
저래 행복한 사람이다.

 1%의 사랑이라도 우리의 가난한
이웃들에게 줄 수만 있다면……

  1983년 낙도에 책을 보냈다는 소문이 났을 때는 울진의 후
포 초등학교 교감선생님이 장학금 10만 원만 보내 줄 수 있겠
냐는 편지를 보내왔다. 그때가 20년 전쯤이었다. 그래서 선뜻
보내드렸는데 인사를 할 생각으로 그 교감선생님이 내 가게에
찾아 왔다. 그리고 나를 보고 깜짝 놀랐다. 돈 많은 마나님인
줄 알았는데 막상 보니까 오히려 도와주어야 할 사람으로 보
였던 것이다. 내 모습은 그 사람의 근무지인 어촌 후포동 아
낙들보다 더 가난해 보였던 모양이었다. 생선 비린내와 젓갈
냄새가 물씬 풍겨 나올 듯한 몸뻬 바지, 기미가 짙게 긴 얼굴
에는 풍상과 가난이 덕지덕지 묻은 것처럼 보였을 것이다.
  "어이구! 어떻게 아주머니의 돈을 쓰겠습니까? 제가 편지

를 잘못 드렸네요. 돈을 돌려 드리겠습니다."

"이러지 마슈. 불우한 환경에서도 공부를 하고 싶어 하는 사람들이 있다면 어떻게든 도와 주고 싶쥬. 지 성의니까 지발 거절하지 마세유."

그 후 나는 후포 초등학교에 4년 동안 한 해에 10만 원씩 장학금을 보내 주었다. 어느 날은 그 교감선생님이 교직원들과 함께 인사를 한다고 가게로 찾아 왔다. 다방에서 그분들을 만났는데 장사하던 차림 그대로 젓갈 냄새를 풀풀 풍기며 나갔다. 그러자 한 선생님이 나를 보며 말했다.

"할머니, 이제 옷도 좋은 것 입고 이쁘게 화장도 좀 하고 그러시지요."

나는 꾸미는 데는 아무 관심이 없었다. 내가 여태 그런 수모를 당하며 살아왔는데, 세수하고 화장하면 뭐할 것이며 또 빨래를 하면 뭐할 것인가 하는 생각이 들어 거울조차 보지 않고 살았다. 방송에 출연할 때도 매번 같은 옷차림으로 다녔다.

꾸미는 법도 모르고 그럴 시간도 없었으니 지금 내 모습이 나는 가장 자연스럽다. 치장하고 꾸며 놓으면 되려 내 모습 같지 않아 어색하다.

수산시장 안에서 장사하는 사람들은 나보고 노랭이중에 상노랭이라고 말한다. '자식도 없으면서 누굴 먹여 살리려고 억척을 부리는지, 고생 했으니 이제 좀 그만 쉬면서 살지' 라고 말하지만 '나에게 왜 자식이 없는가, 대한민국의 어렵고 힘든 아이들이 전부 내 아들 딸들인 걸' 하며 웃어넘긴다.

예전에 내가 노량진 경찰서 선도위원으로 있었을 때 몇몇 어머니들과 함께 활동을 했었다. 한 달에 한 번씩 정기적으로 모여 모임을 갖었는데 어느 궂은 비가 오던 날 그 모임이 있었다.

한 부인이 자기가 돈 받을 집이 있어 돈을 받으러 가니 그 집 딸이 대학에 합격했다고 했다. 1등으로는 못 들어가고 2등인가 3등으로 붙었다고 했는데, 학교에서 주는 장학금은 1등은 전액 면제고 이 애는 부분 면제여서 30만 원이 더 있어야 등록금을 마련할 수 있다는 것이었다. 대학 등록금은 2월 말까지 내야 했다. 그 집 딸은 학교에 가서 3월까지 봐 줄 수 없냐고 물었지만 학교에서는 안 된다고 했고 그 여학생은 학교를 포기하고 말았다고 했다.

그 소리를 듣는 순간 내가 그 집이 어디냐고 물었다. 그 부인도 돈만 받으러 집에 다녔지 주소까지 기억하지 못한다고 말했다. 나는 곧 그 집을 찾아 나섰다. 찾다찾다 못 찾아서 북대방동 파출소에 가서 물었다. 그러나 그 곳에서도 찾을 수 없어서 그 학생이 졸업한 고등학교로 전화해서 3학년 담임선생님에게 물어 보고 두 시간도 넘게 그렇게 찾아서 마침내 그 집을 찾아갔다.

돈 30만 원과 그 애가 공부할 책 등을 사갖고 갔다. 뜻밖의 방문에 학생과 가족들은 나를 보며 어찌할 바를 모르고 있었다. 그 학생은 고맙다며 내게 연신 인사를 하고 내가 주는 것을 소중히 쓰겠다고 말했다. 날짜가 늦어져서 합격한 그 학교 진학은 포기해야 했지만 인천의 어느 대학에 들어갔는데, 그 학생은 외국어를 잘 해서 졸업 후 항공회사에 들어갔다.

첫 월급을 타자 그 여학생은 치마저고리 감을 끊어왔다. 나는 그것을 꿰매 입고 흡사 딸에게서 선물 받은 양 사람들 앞에서 자랑을 늘어놓았다. 그만큼 좋았고 그 학생이 여간 기특하지 않을 수 없었다.

그 학생은 항공회사를 다니는지라 외국을 다니는 일이 많았다. 그 애가 독일에 머물면서 내게 기미 빠지는 약을 사다 주었는데 그 약을 다 바를 때쯤 신기하게도 기미가 많이 없어진 것이었다. 오래도록 박혀 있던 기미가 빠지니 그렇게 신기할 수가 없었다. 그 후로 더 좋아져서 지금은 별로 기미가 없다.

가끔 사람들이 내게 물을 때가 있다.

"학생들을 키웠는데 찾아오는 사람들이 있습니까?"

"내게 옷을 만들어 주는 사람도 있지만 대부분은 안 찾아오지. 학교 다닐 때는 저희도 찾아오지만, 막상 졸업하면 소식이 없어져. 하지만 돈 쪼금 보태줬다고 해서 덕 볼 생각은 티끌만큼도 안 해. 내 작은 도움으로 훌륭하게 자라나면 보람을 느낄 뿐야. 졸업해 봐, 요즘 취직 준비하느라고 얼마나 바빠? 걔들은 가난해서 학교에 빚진 것도 있어. 그것도 갚아야 할거고, 또 시집 장가가면 친부모도 잊어버릴 만큼 살기 바빠지는 것 다 알고 있어. 아들 낳고 딸 낳고 부모한테 효도해야지. 할 일이 오죽 많나. 언제 내 생각할 새가 있어? 어려운 애 도와 줘서 내가 좋은 거지. 그까짓거 줬다고 보답 받을 생각이었다면 안 주는 게 낫지."

장학금을 주는 이유는 공부를 잘하는데도 가난해서 공부 못하는 학생들을 위해서다. 그런 학생들이 열심히 배워서 사회의 큰 일꾼이 될 것이다.

재작년인가는 안타까운 소리를 들었다. 전체 수석으로 들어온 학생이 있는데 그 애는 장학금이 4년 면제였다. 그런데도 자기 아버지가 사고가 나서 생계유지를 할 수 없었다. 학교에서는 4년 등록금을 주지만 생활비까지는 못 주니까 학교를 그만 뒀다는 소리를 들었다.

그 소리를 듣고 내내 가시가 박힌 것처럼 마음에 걸렸고 아팠다. 그래서 대학교에 장학재단을 설립하고 싶었다. 더 많은 돈을 벌 수만 있다면 하버드 대학보다 더 좋은 대학을 짓고 싶었지만 그 일은 기약할 수 없는 일이다. 내 건강이 앞으로 50년을 더 살아준다면 좋으련만 그건 너무도 지나친 욕심일까.

김포와 문산에 내리 3년 동안 비가 온 적이 있었다. 나는 그곳에도 책을 보내 주었다. 첫 해는 초등학교 아이들의 책이 다 젖었다고 해서 책을 보내 주게 되었다. 그리고 직접 피해

현장에도 가 보았다. 집은 물에 잠겨 섬처럼 지붕만 남아 있었고 사람들은 마을에 들어찬 물 위에 배를 띄워 통행을 하고 있었다.

모터로 집에 들어찬 물을 빼내는 사람들은 장화를 신고 다녔다. 가재도구며 전자제품, 집까지 전부 물에 잠겨 푹 젖어버린 비참한 광경을 직접 보니 착잡한 마음을 헤아릴 수가 없었다. 당장 먹을 것도, 입을 것도 없이 가족들은 흩어져 지내고 있었고 사람들은 학교에 모여 추위에 몸을 떨며 얇은 이불에 언 몸을 녹이고 있었다.

한여름이라도 장마철에 집 밖에 있으면 추운 법이다. 물난리로 하루아침에 집 잃은 것도 서러울 텐데, 먹을 것 없이 몸을 녹일 따뜻한 물 한 모금 마실 수 없는 그들의 형편을 본 나는 학교 근처에 있는 오뎅 파는 포장마차로 갔다. 뜨끈한 김이 피어오르는 솥 안에 잘 익은 오뎅이 수북이 담겨져 있었다.

"이 오뎅 나한테 모두 파슈."

"이걸 다요?"

"왜 팔기 싫어유?"

"그게 아니라 이 많은 걸 누가 다 먹으려구요?"

"먹을 사람이 없어 걱정인감, 오뎅이 없어 걱정이지. 내 이걸 사긴 다 살테니 대신 배달 좀 해줘야겠어유. 그러지 말고 아예 포장마차를 끌고 나랑 같이 갑시다."

나는 가는 길에 쌀과 반찬까지 보태서 수재민들이 임시로
지내는 학교로 향했다. 몇 개 되지 않는 교실에 수재민들이
각기 흩어져 웅크리고 앉아 있었다. 교실 바닥에 얇은 자리를
깔고 있는 노인들을 보자 더 마음이 아팠다.

"자, 모두 이리들 오셔서 따뜻한 오뎅 좀 잡수세요! 어서들
일어나유!"

웅크린 채 누워 있던 노인과 수재민들이 오뎅이 담겨 있는
솥 앞으로 모여들었다.

"춥고 배도 고팠었는데 누구신지 고맙습니다."

수재민들은 인사치레 하기가 바쁘게 더운 김이 일어나는 국
물이 담긴 컵에 손을 녹여가며 오뎅 국물을 마셨다. 얼마 동
안이나 시장했던 배를 참고 있었던 것인지 솥 가득 들어있던
오뎅과 국물이 금세 바닥을 보였다. 많은 도움을 주지는 못했
지만 조금이나마 수재민들에게 위로가 될 수 있었다는 것이
다행스럽게 생각되었다.

가게로 돌아온 나는 얼마 안 있어 책과 젓갈, 갖가지 밑반찬
을 챙겨가지고 다시 문산에 내려갔다. 미역은 건어물 점에서
단으로 끊고 '칭찬합시다' 봉사대원 다섯 명이 차에 실어 문
산으로 향했다.

장마가 물러간 뒤 수마가 할퀴고 지나간 자리마다 어디서
부터 손을 대야 할지 엄두가 나지 않을 정도로 마을은 폐허가
되어 있었다. 내가 다시 내려갔을 때 군인들과 대학생, 봉사

대들이 함께 와서 수해복구 작업을 돕고 있었다.

물을 모터로 빼내고 물건을 꺼내 씻고 이불은 건져 빨았다. 군인과 경찰이 애를 많이 쓰고 있었다. 봉사하는 대학생들도 많았다. 모두 협조해서 남의 일을 자기 일처럼 하는 것을 보자 마음이 흐뭇해졌다. 세상이 아직은 각박하다고 하지만 어려운 일이 생길 때마다 어디서들 그렇게 모여드는지 봉사자들과 군경들 젊은 학생들 모두 하나가 되어 어려운 이웃을 돕고 있었다.

어려운 사람을 도와주고 봉사하는 것에는 돈으로 할 수 없는 많은 일들이 있다. 내가 알고 있는 사람들 중에서 자신들의 경제력이 넉넉하고 풍요로워서 남을 돕는 사람은 없다. 자신이 가지고 있는 것 중에서 할 수 있는 작은 것이라도 있다면 팔을 걷어붙이고 도움을 주려고 하는 사람들이 대부분이다.

나는 나이가 들어 육체적인 봉사는 할 수 없지만 그나마 젓갈장사라도 하여 어려운 이웃을 돕고, 이발기술이 있는 사람은 장애인과 독거노인을 찾아 이발을 해주며, 나이가 들었음에도 폐품을 수입해 장학금을 마련하여 불우한 아이들에게 장학금을 지불하는 사람도 있다. 그리고 각설이 타령을 하며 생계를 유지하면서도 실종된 아이들을 부모와 함께 2년 반 동안 전국을 세 바퀴나 돌면서 아이를 잃은 부모의 마음을 위로하고 동행해 주는 이도 있다. 수없이 셀 수 없는 많은 사람들이

240

자기가 가지고 있는 단 1%라도 불우한 이웃에게 도움을 주고
자 노력하는 사람들이 많다.

순애가 병원에서 퇴원하고 1년을 쉬고 다시 학교에 다닐 무
렵 내게 사고가 일어났다. 새벽잠에서 깨면 나는 세수 할 것
도 없이 바로 일어나 시장으로 가는 것이 버릇이 되어 있었
다. 사고가 나던 날은 어쩐 일인지 일찍 눈이 떠져 시계를 보
니 새벽 2시 30분이었다. 너무 이르다 싶어 조금만 더 자려던
것이 그만 하늘이 맑게 갤 때까지 자고 말았다. 나는 지각한
학생처럼 시장을 향해 뛰기 시작했다.

지금은 길이 아스팔트라 깨끗하지만 그 때는 흙 땅이었다.
흙이 움푹 패여 땅이 고르지 않았던 때였다. 그곳에 물이 괴
어서 땅이 패인 것도 모르고 나는 남들이 신호등 건너는 것을
보고 마음이 급한 나머지 더 급히 뛰었다.

가게에 들르는 단골이 내가 없다고 해서 다른 곳으로 가버
리면 어쩌나 하는 생각들이 조바심을 치게 했고 신호등만을
보고 뛰다가 그만 넘어졌는데 발목이 삐고 말았다. 우두둑거
리는 소리가 들리면서 뼈와 힘줄이 부러지는 소리가 들렸다.
그 자리에서 넘어진 나는 너무도 고통스러워 일어날 수조차
없었다.

그 뒤로 6개월을 병원에 다니며 깁스를 하고 목발을 짚고
다녔다. 그때 내가 다닌 병원이 봉천동에 있는 '윤주홍 의원'
인데 그 분은 봉천동의 슈바이처라고 불릴 만큼 시민정신이

투철한 분이었다. 1989년에 시민대상 수상식이 있었는데 의원님은 대상을 받고 나는 장려상을 받았다. 그 인연으로 지금까지 친동기간처럼 지내고 있다.

윤주홍 의원은 저소득 가정과 보육원을 다니며 무료진료를 하고 가난하여 진료비를 내지 못하는 사람은 약까지 처방하여 보낼 만큼 선행을 많이 한 사람이다. 수입의 30%는 사회에 환원한다는 철칙을 가지고 있는 그는 입원실의 3분의 1을 영세 환자의 몫으로 남겨 두고 가난한 이들을 위해 무료 진료를 하고 있다. 그렇다고 그가 부유하게 살고 있는 것은 아니다.

부유하기 때문에 남을 도울 수 있다는 생각은 정말로 모순된 말 중 하나이다. 왜냐하면 부유해도 남을 돕지 않는 사람들이 주변을 돌아보면 많기 때문이다. 나의 남편 또한 그러했다. 하지만 나는 그들을 나무라고 싶지 않다.

사람이라는 것이 생김새도 다르고 성격도 다르고 팔 다리가 있고 걸어 다닌다 뿐이지 각양각색이라서 그들마다 각자의 삶이 있고 그 방식대로 살아가고 있다. 자신이 정해놓은 방식대로 살며 남에게 피해를 입히지 않고 살아간다면 내가 나서서 나무랄 일도 아니다. 그리고 그것이 요즘 유행하는 사회풍토이니 크게 나무랄 일도 아니다. 하지만 그러한 사회풍토 속에서도 남을 위해 헌신하는 사람들이 있다는 것을 알고 스스로 깨우쳤으면 좋겠다.

내가 가지고 있는 것의 1%, 그것을 사회에 환원한다면 보다 많은 사람들이 그 혜택으로 마음만은 따뜻하게 살 수 있지 않을까 생각하게 된다. 개인주의가 만연한 사회이지만 소외되어진 사람들을 감싸줄 수 있는 사람들이 우리 모두가 되었으면 하는 바람이 든다.

신문에서 보았는데 어느 나라에서는 땅이나 집을 소유하게 되면 70년 이상 재산을 소유하지 못하고 70년이 지나면 재산은 자동으로 사회에 환원된다고 한다. 사회에 환원된 재산이 어떻게 쓰여지는지는 모르겠지만 그 기사를 본 순간 나는 그 재산이 모여 어려운 이웃과 사회복지에 사용만 된다면 참으로 좋은 방칙 중에 하나라는 생각을 하게 되었다.

내가 벌어 내가 얻은 재산이지만 그 재산을 기반으로 더 많은 부를 축적했다면 재산의 기초가 되었던 것쯤 사회에 환원한다고 그렇게 억울할 일도 아닐 것 같다.

100만이 넘는 실업자와 가족들, 그리고 부모 없이 고아가 된 채 버려진 아이들, 부모에게 마저 버림을 받은 장애아들, 외로운 독거노인들, 수를 헤아릴 수 없는 그 많은 사람들이 사회에 도움을 받게 된다면 이 나라의 장래는 밝을 것이라 생각한다. 국민 모두 1%의 정신을 갖길 나는 소원한다.

노량진 시장에서 젓갈 파는 모습

일상 생활에서 다른 사람의 처지를 이해하고, 진정한 봉사 활동을 하였는지 반성해 봅시다.

젓갈 파는 할머니

수산 시장에서 젓갈을 파는 할머니가 계십니다. 이 할머니는 허름한 옷차림으로 매일 새벽 3시에 시장에 나와서 저녁 9시가 넘도록 일을 하십니다.

할머니는 유일한 가족이자 말벗이던 외동딸이 교통 사고로 장애인이 된 후, 새우젓, 오징어젓을 팔아 어느 정도 돈이 모이면 재활원이나 고아원에 전해 주는 생활을 해 왔습니다.

어느 해에는 등록금이 없어서 애태우던 중학생에게 장학금을 보낸 일도 있었습니다. 인사하러 찾아온 교감 선생님은 혼자서 힘들게 일하시는 할머니의 모습을 보고 돈을 돌려 드리려고 하였습니다. 그러자 할머니께서는

"돈 많은 사람만 남을 돕는 게 아니지요."

라고 말씀하셨다고 합니다. 또, 얼마 전에는 딸이 대학에 들어가면 쓰려고 들었던 교육 보험을 해약하여 교육용 영어 만화책 3400여 권을 사서 복지 시설에 보냈습니다. 이렇듯 할머니의 봉사는 끊임없이 계속되고 있습니다.

초등학교 6학년 도덕 교과서에 실린 저자 유양선 할머니 이야기

전자 회사 디지털 광고

해미면 공군제20사단 방문 기사

주간 조선 송년호 특집 기사

제1회 서울 시민상 수상 기사

 나에게는 정직이 재산이었다

나는 젓갈 장수이다. 젓갈 장사를 30년을 했으니 장사에 인이 박혔다고 말해도 그른 말은 아닐 것이다. 같은 자리에서 30년 동안 장사를 했으니 신용을 기반으로 쌓은 단골손님들이 하루 이틀 가고 말지는 않았다.

나는 남편에게 맡겨 두었던 젓갈 구입하는 일을 손수 하게 되면서 좋은 육질의 싱싱한 재료들만을 구입하기 위해 직접 산지로 내려가 내 눈으로 물건을 보고 엄선하여 잘 숙성시킨 뒤 서울로 올려왔다.

단골손님을 얻기 위해서는 신용과 정직을 기본으로 해야 했다. 젓갈이라는 것이 김장철에 대부분 많이들 쓰기 때문에 올해 오신 손님을 내년에 또 보려면 좋은 품질의 젓갈을 손님에게 권해야 했다. 나는 쉬운 말로 오리지날만 팔았다. 그렇다고 다른 곳에서 그른 물건을 팔았다는 이야기는 아니다. 좋은 건 좋은 대로 값을 쳐서 받고, 낮은 건 낮은 대로 팔았다.

손님들도 젓갈의 맛을 아는 분들이라 김치를 담가 보면 그 맛의 차이를 금방 알고 가게에 오면 싼 것을 찾기보다는 좋은 물건을 찾고 직접 맛을 본 후에 물건을 들여 가신다.

예전에는 새우젓에 물과 미원을 섞는 경우도 있다고 들었다. 지금은 그렇지 않겠지만 새우젓 한 드럼에 미원 1,000그램을 섞어 그 맛을 좋게 했다고 한다. 당장이야 미원을 넣으면 맛있겠지만 오래 두고 먹으면 텁텁해지는 것이 시원한 맛이 덜해진다.

젓갈이란 본래 오래두고 먹는 음식이라 자연 그대로 숙성시킨 것과 조미료를 넣은 것의 맛을 비교해 보면 오래지 않아 그 맛의 차이를 알 수 있다. 젓갈을 사러 오는 분들은 모두 음식점을 하는 분들이 대부분이고 요즘은 입맛들이 고급이 되어서 손님들이 먼저 그 맛을 알고 상품을 고른다.

가끔 새우젓에 국물을 달라고 하는 손님이 있다. 새우젓에는 국물이 별로 많지 않다. 다른 젓갈류 같지 않아서 남아 있는 물을 손님에게 퍼주고 나면 남은 새우젓이 바짝 마르기 때문에 나는 국물을 달라는 손님에게 양해를 구하지만 이야기를 해 줘도 자꾸 달라는 사람들이 있다. 젓갈에 물을 부어 팔 수도 있지만 숙성된 맛이 변하게 되고 남아 있는 젓갈의 맛까지 변하게 되니 나는 웬만해선 국물을 따로 담아주지 않는다.

할머니 젓갈은 비싸다며 돌아섰던 손님들도 한 번 젓갈을 사가지고 갔다가 1년 동안 잘 먹었다며 또 오는 분들이 있는데 그런 손님들을 볼 때 나는 매우 기분이 좋아 젓갈을 많이 주고 싶어진다.

장사가 잘 될 때는 내가 저울을 달아 눈금이 조금 넘어도 그냥 주고, 좀 덜하면 더 담아 준다. 그런데 그 동작이 몹시 빨라서, 저울 달지도 않고 준다고 투덜대며 가는 손님들이 있다. 눈속임을 하려고 그러는 것이 아니라 다른 손님들도 기다리고 30년 동안 장사를 했으니 젓갈 담고 저울 재는 일이야 눈 감고도 할 수 있는 일이다. 그리고 저울 눈 속이는 일 같은 건 하지 않는다.

우리 어머니가 말씀하시길 '저울 눈 속여 먹으면 3대가 빌어 처먹는다.' 라고 말씀하셨다. 작은 눈금 하나 때문에 손님을 잃게 되는 일은 내게 있을 수도 없는 일이다.

그렇지만 젓갈 장사는 다른 장사에 비해 잘되는 장사가 아니다. 젓갈이 짜기 때문에 1년 전에 왔던 손님이 자주 와야 몇 달에 한 번씩 오는 정도다.

또 전에는 사람들이 김치를 많이 먹느라 김장철에는 앉을 시간조차 없을 정도로 장사가 잘 되었다. 반찬이 없어 온갖 김치로 밥상을 메우던 시절이었다. 하지만 요즘은 김치도 덜 먹고, 짠 것이 몸에 안 좋다고 해서 기피하는 사람도 많아졌다.

　김치는 우리의 전통 음식이고 영양소도 11가지나 들어있다고 한다. 항암 효과에도 좋다고 하니 어른들이 아이들에게 먼저 모범을 보였으면 하는 마음이 든다. 가끔 아이를 데리고 오는 젊은 아낙들이 가게 앞에서 아이들이 보채면 '나가서 햄버거 사줄게' 하는 말로 아이를 달랜다.

　햄버거에서 안 좋은 균이 나온다는 것을 뉴스를 통해 보았을 텐데 요즘 엄마들은 잘 잊어버리는 모양이다. 햄버거보다는 '집에 가서 김치전 부쳐줄게' 하면 좀 좋을까!

　내 나이 세대에 아이를 키웠던 부모들은 모두 그랬는데 요즘은 아이부터 어른까지 서양식 음식 문화를 쫓아가느라 젊은 엄마들이 주방 앞에 서성이는 모습을 잘 볼 수 없는 것 같다. 그 탓인지 예전처럼 장사가 잘 되지는 않는다. 그래서인지 나를 알아보고 찾아와 주는 손님들이 나는 고맙다.

　내게는 20년도 더 된 앞치마가 있다. 그 앞치마는 줄곧 나와 넘게 살았다. 지금도 여름이면 그 앞치마를 쓰는데 면으로 되어 있어 시원하다.

　'칭찬합시다'에 내가 소개되면서 그 앞치마 이야기를 했더니 누가 앞치마를 8개나 보내 주었다. 보내주신 앞치마들은 참으로 고맙게 쓰고 있다.

　나와 함께 살았던 다 헤진 앞치마를 나는 '돈 쓸어 담은 앞치마'라고 부른다. 앞치마 주머니 속에 들어간 돈만 해도 자동차 스무 대 값은 될 것이다.

'칭찬합시다'에서 촬영 왔을 때 20년 된 앞치마라고 했더니 기운 자국을 손으로 만져보고 여기저기 헤진 앞치마가 신기한 듯 나와 앞치마를 번갈아 바라보았다. 그 중에 한 사람이 새 것으로 좀 바꾸지 않겠느냐고 물어오길래 나는 우스갯 소리로 그 사람에게 반박했다.

"왜 새로 해? 그것 때문에 나라가 망하나? 양반이 상놈 되나? 이 앞치마가 돈 벌어준 앞치만데 왜 그걸 버려? 떨어지면 기워서 써야지. 나라 경제를 살린 앞치마여!"

"그래도 너무 심해요. 걸레 같으니 좀 버리세요."

그가 웃으며 말했다.

"떨어진 것 했다고 돈이 안 벌리나? 왜 버린다? 돈 많이 벌어 좋은 일하면 되는 거지. 좋은 앞치마 했다고 돈 더 잘 벌리지 않아. 경제를 살려준 앞치마여! 내가 그것만 쳐다봐도 돈을 많이 벌어준 앞치마라 즐거워. 나에게 기쁨을 주고 같이 산 세월이 있지 어떻게 인정 없게 버려."

그 앞치마를 하고 있을 때 한참동안 돈을 많이 벌었다. 앞치마에서 돈을 다라이에 쏟아 붓고 또 부은 추억이 깃든 앞치마여서인지 정도 많이 들고 나와 고락을 함께 하며 가난한 나를 부자로 만들어 준 고마운 앞치마였다.

장사하는 사람들에게는 징크스 비슷한 것이 있다. 아침에 재수가 좋으면 그날 종일 재수가 좋고, 누가 10원어치만 사가면 온종일 사람들이 10원어치만 사간다. 그런 것처럼 식당을 하는 사람도 돈을 벌어서 가게를 새로 지으면 안 된다고 한다. 그래서 장사가 잘돼도 그 자리에서 자꾸 고쳐가며 쓴다. 재수를 따지며 그렇게 하는 사람들이 많다.

자리가 좁다고 2층, 3층 올리면 이상하게 잘 안 된다. 작은 평수에서 맛깔난 음식을 먹기 위해 줄을 지어 기다리는 사람들을 보았다. 확장도 좋지만 정이 들어 있는 곳에 함부로 손을 대면 세월의 깊이를 알 수가 없어 되려 손님이 그 가게를 멀리 할 수도 있다.

사람들이 나를 찾아오면 나를 가리켜 노랑 할머니라고 부르는데 나는 노랑 아가씨로 고쳐 불러 달라고 말한다. 어느 날인가 방송에 출연한 비디오를 하나둘씩 보았는데 녹화된 테잎마다 같은 앞치마에 똑같은 노랑 웃옷을 입고 있는 나를 발견했다. 옷이 저렇게 없나 하는 생각에 절로 웃음이 나왔지만 이제는 노란 옷이 내 유니폼이 되어 색깔 있는 다른 옷을 입고 있으면 되려 어색하다. 새것이 생겼다고 헌 것을 버리는 것은 나쁜 풍토 중에 하나다.

나와 함께 살아온 세월이 묻어 있는 골동품과 같은 앞치마를 함부로 다루고 싶지 않은 마음에 나는 아직도 앞치마를 간직하고 있다.

시장에서 사람들이 나를 가리켜 '상노랭이'라고 부른다. 하루도 쉬지 않고 일하며 먹고 쓰는 모든 것을 최소한으로 줄이며 살았다. 겨울에는 세수도 아예 안 하고 살았는데 비누를 일주일에 한 번 정도 썼다.

그래서 인지 순애도 나를 닮아서 지금도 절약을 하며 살고 있다. 물도 아끼고 불은 아예 끄고 촛불을 켜고 살고 TV도 보지 않을 때가 있었다. 겨울에는 방에 불을 안 때서 순애 손발도 동상에 걸린 적도 있었다. 밥이 적으면 끓여 먹었고 라면 대신에 국수를 먹었다. 라면은 혼자밖에 못 먹지만 같은 돈으로 국수를 끓이면 3, 4명이 먹을 수 있기 때문이었다.

겨울에 추운 시장에 있다 보면 절로 밥이 얼어 꽁꽁 언 밥을 먹어야 했다. 한강 물이 얼면 내 밥도 얼었다. 그걸 데워 먹을 시간도 없이 바빠서 그대로 언 밥을 먹었다. 숟가락과 젓가락에도 얼음이 돌아 쩍쩍 손에 붙을 정도로 추운 날씨였다.

5년 전에 내가 살던 집에 가스비가 240원 나온 것이 TV 화면에 나온 적이 있었다. 얼마 뒤 어떤 사람이 나를 찾아와 웃으며 이렇게 말했다.

"진짜 노랭이구만. 그래도 좋은 일 하니 젓갈은 사 가리다."

지금은 불을 때고 살아서 사람들이 '이 아주머니 변했구만' 하는 소리를 한다. 예전에는 그래도 젊었고 견딜만 했지만 지금은 몸이 늙어서 추운데 있으면 곧 병이 날 것 같아 조금씩 불을 넣고 산다. 몸이 아프면 약값 들어 손해, 일 못하니 손해이니 손해가 이만저만 아니다.

나는 화장을 할 줄도 모르고 시장에 나와 있는데 화장까지 할 필요성을 느끼지 못해 화장을 안 하고 살았다. 가꾸지 않아서인지 화장품을 발라도 제대로 스며들지도 않았다. 한참 바쁘고 돈을 벌어야겠다는 생각이 머리 속 가득일 때는 시간이 금쪽 같아서 옷 갈아입을 시간도 아꼈다. 집에서 이 모습 그대로 나와서 시장에서 일한 그대로 고무장갑까지 끼고 들어갔다.

시간은 말 그대로 내겐 돈이었다. 다른 사람보다 먼저 가서 문 열어야 다른 가게로 가는 손님을 맞을 수 있었다. 물 먹으면 화장실을 자주 가게 되고 가게 자리와 화장실이 멀어서 화장실 간 사이에 나를 보러 온 손님이 다른 가게로 가게 될까 봐 웬만해서는 물도 먹지 않았다. 목이 막혀오면 짠 새우젓을 조금 집어 먹는 정도로 갈증을 달랬다.

내가 3년 신었던 털 고무신은 뒤축이 물 안 샐 만큼만 남았고, 발뒤꿈치는 너덜너덜하다. 내가 늘 입는 노란 셔츠와 몸빼 바지, 돈 넣는 앞치마는 청바지 천으로 여기저기 헤진 데를 기웠다. 그렇게 입고 방송국에도 다니고 서울 시장 만나러도 다녔다. 요즘은 어디에 나설 일이 있으면 제대로 차려 입는 편이다. 거지도 선 볼 일이 있으니까. 정말로 미련할 정도로 아끼며 살았다. 나의 그런 모습이 사람들에게 안 좋게 비춰졌던 모양이었다.

'청승 떨지 말고 지나 먹고 살지, 방에 불이나 때고 살지!' 하는 소리들이 가끔 내게 들려왔다. '매스컴을 타려고 그런 다, 장사 속으로 그런다' 며 좋지 않은 시선으로 나에게 말을 하는 사람도 있었다. 그런 소리를 들으면 왜 내가 베풀고 이런 욕을 먹나 싶은 생각이 들 때도 있었다.

하지만 사람들이 살아가는 방식이 다 다르고 나는 내 방식대로 살려고 한다. 그리고 나의 어머니께 배운 대로 살아가려할 뿐이다. 그것이 잘못됐다고는 생각하지 않는다. 그들도 나처럼 살라고 강요하고 싶지는 않다. 나는 이렇게 사는 것이 편했고, 통장에 차곡차곡 쌓이는 돈을 보는 것이 행복했다. 그리고 그 돈으로 불쌍한 아이들에게 책과 장학금을 나눠주는 일 또한 내 생애 최대의 행복이었다.

사람은 각자의 그릇대로 살아가는 것이다. 구멍 난 양말에 헤진 옷을 입고 있어도 나는 항상 나의 마음속에 있는 천당을 선택하며 살았다. 좋은 옷에 최고의 대우를 받으며 살아도 그 마음이 지옥이면 결코 행복할 수 없다. 그것이 내가 70평생을 살아오면서 터득한 진리이다.

내 집은 시장에서 두 정거장쯤 떨어진 아파트이다. 전세로 살다가 이사하는 것이 힘들어서 몇 년 전에 구입했다. 꾸미면 번듯한 집이지만 일 하고 돌아오면 온 몸이 무거워서 손 하나 까딱할 수가 없어 몇 년 전에 이사 온 모습 그대로 정리가 안

된 채 흩어져 있다. 난지도인지 고물상인지 비슷하게 어질러져 있다.

내 칫솔은 1년을 써서 모 끝이 다 달았다. 치약 대신 100원 어치면 3년을 쓸 수 있는 천일염을 쓰는데, 버릇이 되어 이제는 치약을 못 쓴다. 그래서 고향에 갈 때도 소금을 들고 간다. 또 화장지 대신에 일일달력을 뜯어 쓴다. 예전에 손님이 가게에 와서 휴지를 찾길래 일력을 뜯어 주었더니 웃으면서 '할머니 휴지 주세요' 하는 것이었다. 그 뒤로 말아 놓은 휴지를 가게에 가져다 놓는데 부드러운 것이 너무도 아까워 더러운 곳에 쓰기가 미안하다.

내 옷들을 보면 사람들이 다 누더기라고 했다. 겉옷, 속옷할 것 없이 닳고 찢어진 것을 깨끗이 빨아 입었다. 메리야스는 기워서 등허리가 하나도 없다. 음식도 하나도 남기지 않고다 먹는다. 생선뼈도 재탕 삼탕 끓여서 녹녹해지면 뼈까지 다 씹어서 먹는다.

그리고 나는 물 한 방울도 그냥 버리지 못한다. 기름기가 긴 그릇은 신문지로 먼저 닦은 후 씻고, 주방세제 대신 밀가루를 풀어 쓰면 그릇이 말끔해지고 물 아끼고 수질 오염 없어 환경에 이바지하고 일석이조다. 또 나는 농촌에 살다가 워낙 혹독한 가뭄을 많이 겪어서 물을 아주 소중하게 생각한다. 수돗물을 흘려가며 쓰는 사람을 보면 야단을 치고 싶어진다.

자원을 아끼면 주부들이 내야 하는 공과금에서 얼마만큼의 이익이 남는지 요즘 주부들은 잘 모르는 것 같다. 전기, 수도, 도시가스 같은 것들을 아끼지 않는다고 나라에서 세금 내라고 하지는 않는다. 자원은 우리만 쓰고 끝나는 것이 아니라 후손에게 물려주어야 할 소중한 재산이다.

잘 기억은 나지 않지만 20대부터 몇 만 원씩 40년을 모으면 나이 60에는 몇 억을 가진 부자가 된다는 기사를 본 적이 있다. 그저 아끼고 알뜰하게 모으는 방법이 가장 현명하고 올바른 방법이다.

사람들이 내가 장사가 잘 되어 돈을 많이 번 줄로만 알고 있는데 나는 아끼는 것 외에는 돈을 모으는 방법을 모르는 사람이다. 쓰지 않고 오로지 모으기만 한 것이 재산이 되었고 남에게도 좋은 일 할 수 있는 기반이 되었다.

어느 날인가 내가 이 시장에서 장사하면서 발목이 두 번 부러지고, 앞으로 넘어져서 무릎 다치고 뒤로 넘어져서 엉덩이 다친 적이 여러 번 있었다.

또 한 번은 고무신을 3년 신었더니 바닥이 다 달았다. 신발이 새면 안 신는데 새지 않아서 3년을 신은 것이었다. 비 오는 날 그 고무신을 신고 뛰다가 그만 미끄러져서 옆의 돌멩이에 머리를 받혔는데 피를 한 대야는 더 쏟았다.

여의도 성모 병원 가서 치료하는데 7만 원이 들었다. 고무신 한 켤레에 7천 원도 하지 않는데 그걸 아끼려다 7만 원이 들었다. 뇌 사진을 찍었는데 피를 많이 쏟았지만 다행히 괜찮다고 했다. 만일 피가 나지 않았다면 뇌출혈로 죽었을 거라 했다.

머리의 피가 얼굴로 비처럼 쏟아졌는데도 나는 아무렇지 않았다. 나를 본 조카딸이 내 모습을 보고 놀라서 울음을 터뜨렸다.

"왜 울어! 얼른 가서 장사혀!"

나를 본 사람들이 놀라서 더 난리였다. 피가 소나기처럼 얼굴로 주르르 쏟아지자 사람들이 겁을 내며 119 구조대원을 불렀다.

119를 부르는 그 시각이 사람들이 출근할 시각이었다. 차가 막혀서 그런지 구급차가 빨리 안 왔다. 한서대학교 총장께 전화해서 물었더니, 여의도 성모 병원으로 가라고 알려 주었다. 그 총장님은 의사여서 병원에 아는 사람이 많은 분이었다.

구급차가 안 오자, 직원 하나가 자기 차로 병원에 데려다 주겠다고 나섰다. 병원에 도착하자마자 의사를 본 나는,

"나, 이거 5분 안으로 고쳐야 혀. 내가 죽으면 경제가 휘청거리유."

내 말에 그들이 웃으며 대답했다.

"알고 있습니다."

나온 피가 엉겨서 머리에 굳어 딱지가 앉았다. 그곳을 가위로 잘라내고 피가 나오지 않게 지혈제를 바르고 붕대를 감은 뒤 CT를 찍었다.

"엑스레이를 왜 찍어? 난 멀쩡한데."

"어지럽진 않습니까?"

"어지럽긴 왜 어지러워? 난 멀쩡혀! 나 얼른 가서 장사해야혀! 보내 줘."

"괜찮겠습니까?"

의사가 계속 염려되는 빛으로 물었다.

"누워 있다가 가세요. 링겔도 맞고 안정을 취한 뒤 돌아가도 돌아가세요."

"내가 링겔을 왜 맞아? 멀쩡하단 말여! 얼릉 가 장사해야혀!"

"안 어지러우세요?"

의사는 이상하다는 듯 자꾸만 같은 말을 내게 물었다.

그때 7천 원 아끼려다가 7만 원 든 사건을 생각하면 두고두고 속이 상했던 기억이 있다. 내가 머리를 붕대로 하얗게 감고 시장으로 돌아오자, 사람들이 모두 놀라서 입을 딱 벌리고 뻔히 바라봤다. 손님들도 놀랐다.

"그러고 오셨어요?"

"그러고 왔어."

"입원하고 좀 쉬시지."

"내가 미쳤나? 멀쩡한데 입원해 있게."

내가 TV에 나갔을 때 고무신 신고 미끄러졌다는 이야기를 하자, 사람들이 신발을 사 주었다. 또 양말 다 떨어진 걸 보고 양말 공장에서 다발로 보내 주었다.

　나는 지금껏 상노랭이라는 소리를 들으면서 살았지만 내게
관심을 가져주는 이들이 있어 행복했다.

　가끔 이런 생각을 해 본다. 내가 나만을 아끼고 나를 위해서
만 살았다면 이렇게 많은 사람들에게 사랑을 받을 수 있었을
까! 개중에는 오해하는 시선으로 나를 바라보기도 했지만 내
가 살았던 삶의 방식이 틀리지 않았기 때문에 사람들에게 사
랑을 받을 수 있었다는 생각을 해 본다. 어찌 보면 구질구질
하고 못나게 살았다는 생각도 했다. 그것은 나의 딸아이를 볼
때마다 드는 생각이고 아직도 한 손을 떨고 있는 순애를 보면
그래서 늘 미안하다.

　내가 잘 하는 소리가 있다.

　"비단 보자기에 개똥 싸면 뭐혀?"

　좋은 일을 한다고 소문이 나면서 사람들에게 선물도 많이
받았다. 그런데 하나같이 번쩍거리고 아주 화려한 포장지에
선물을 싸서 가져 왔다.

　대체 이 안에 뭐가 들었을까? 그런 생각을 하면서 포장지가
너무 화려하다 싶을 만큼의 선물이 들어 있었다. 왜 이렇게
화려한 포장지로 겉을 꾸밀까? 이렇게 하면 받은 사람이 잔뜩
기대하고 있다가 오히려 실망하게 되는 것이 아닐까. 제격에
맞는 포장을 하면 안 될까? 비단 보자기에 개똥 싸면 그 개똥
이 보석이 되는 것은 아니다. 삼베 보자기에 다이아몬드를 싸

260

도 다이아몬드는 다이아몬드라는 진리를 겉멋만 들어 있는 젊은이들에게 알려주고 싶다.

 나의 고향, 그리고 한서대학교

언젠가 내 고향 '해미면'에 비행장이 생긴다는 소리를 들었다. 그리고 장사하면서 TV를 보니 고향에 대학을 짓는다고 했다.

못 배운 게 한이어서 하버드 대학보다 좋은 대학 짓는 게 내 꿈이었다. 안 먹고 안 쓰고 연탄 한 장 갖고 이틀 살고, 물 끓여 유리병에 담아 버스 다섯 정거장 이상을 걸어 다니면서 돈을 모았지만 엄두가 나지 않는 일이었다. 대학을 하나 지으려면 300억 정도는 투자를 해야 한다고 했다. 나는 그 300억이라는 돈을 어떻게 쓰는 지도 모르는 사람이었다.

장사를 해서 돈을 모으고 건물을 사면서 시골에 대학 짓는 목표를 세우기도 했다. 시골에 학교를 지어 서울에 있는 사람들이 시골 학교로 가면 경제에도 균형이 잡히고, 문화적인 균형도 잡힐 것 같았다. 중요 건물과 재단이 모두 서울에 있어 서울은 사람들이 모여 살기에 이제 비좁은 땅이 되었다. 차들도 많고, 사람도 많고, 공해도 많고, 범죄도 많으니 이제는 다른 곳으로 인력과 재력을 분산시킬 때가 되었다는 생각이 든다.

시골에서 공부 잘하는 학생이 서울대학교에 붙었다 하더라도, 등록금만 있으면 될 일이 아니었다. 하숙비 비싸지, 화장실도 돈 내고 가는 데 있지, 그 외에도 무수히 돈 들어갈 데가 있는 법이다. 그러니까 시골에 대학을 지으면 고향 애들이 공부하기 좋을 거고, 시골이니까 하숙비도 싸서 여러모로 도움이 될 듯 싶었다.

이런저런 생각을 하고 있던 참에 건국대 교수와 이야기할 일이 생겼는데 그때 한서대학교 이야기를 들을 수 있었다.

"내가 대학교 하나 짓는 게 꿈이었는데, 대학 짓는 게 한두 푼으로 되는 것도 아니고, 몇 백억이 든다고 합니다. 내 힘으로는 힘들 것 같고 대학 짓는데 동참하고 싶습니다."

그러자 그 교수가 자기 친구의 친구가 그 총장하고 동기라며 전화번호를 알아주었고 나는 그길로 함기선 씨를 찾아갔다. 함기선 씨는 명동의 성형외과 원장이었다.

그 분은 나와 처음 만나서 학교 지을 때부터 같이 다니기 시작했다. 그 분도 나처럼 구두쇠 소리를 들어가며 돈을 모았다고 했다. 그는 나에게 목표가 있으니 그 삶이 즐겁지 않느냐면서 지나온 인생 이야기를 들려주었다.

그 분은 그 나이에도 도시락을 싸가지고 다녔다. 차를 가지고 있었으니 어디든 차를 주차시켜놓고 밥을 먹을 수 있었던 모양이다. 내가 그분을 만났을 때 그분은 다 떨어진 구두를 뒤로 꿰매서 신고 있었다. 또 광고지를 모아 잘라서 뒷면은 메모지로 쓰고 있었다. 나는 그런 그분의 모습에 신뢰가 갔다.

그 때는 경기가 좋아서 성형외과에 돈이 모여들 때였다. 부인은 산부인과 의사이고 부모한테 물려받은 재산도 꽤 있었다. 그 부인이 말하길, 돈이 좀 생기면 학교에 다 투자하기 때문에 집에서 쓸 게 없다고 말했다. 나는 부인의 그 말에 학교에 조금이나마 보탬이 되고 싶다고 말했다. 그것이 인연이 되어 한서대학교에 장학금을 기부하게 되었다.

1998년, 나는 남편에게서 지켰던 시가 10억 정도의 4층 건물을 한서대학교에 장학금으로 기증했다. 그 건물을 학교에 기증할 때 나는 건물 시가를 알지 못했다. 그저 세가 많이 나오니까 불쌍한 아이들 장학금은 줄 수 있겠구나 생각했는데 나중에 알고 보니 10억이 되는 건물이라고 사람들이 말했다.

그 건물이 10억이건 20억이건 나는 개의치 않는다. 나는 내가 죽고 나면 나의 재산을 사회에 환원하리라 결심을 하고 있었다. 그 시기가 좀 빨라졌을 뿐 건물시가와는 상관없이 어차피 이루어질 일이었다. 남편에게서 건물을 빼앗기지 않으려고 3년 동안 법정 싸움을 하면서 나는 이미 그 건물이 쓰여질 용처를 생각해 두고 있었다. 그날 그 건물문서를 학교에 전해주고 오는데 춤이라도 추고 싶을 만큼 즐거웠다.

무소유의 기쁨을 아는가! 때론 재산을 가지고 있어서 불행할 때도 있다. 그것이 짐이 될 때도 있다. 법정 스님의 무소유를 보면 삶에 대한 진실 된 이야기들이 너무도 많이 담겨져 있다.

바닷가에 가 모래를 손안으로 잡아 보라. 세게 움켜쥐면 쥘수록 모래는 쉽게 손안에서 빠져나간다. 하지만 가볍게 손으로 퍼 올리면 손안 가득 모래를 퍼 올릴 수 있다. 그 모래를 내 것으로 만들 수 있을지 생각해 볼 일이다. 따로 떨어진 모래는 더 이상 모래의 구실을 할 수 없다. 같이 섞이어 한데 어울려 있어야 만이 그것은 모래의 구실을 할 수 있다. 나는 내가 소유하고 있는 것들이 있어야 할 자리를 안다. 나는 내가 죽기 전에 그것들을 제 자리에 가져다 놓았을 뿐이다. 이 작은 이치를 세상의 모든 사람들이 알기를 나는 진정으로 바란다.

어느 모 프로에서 나의 일상을 비디오로 담아 간 적이 있다. 테잎에는 나의 이야기뿐만이 아니라 숨어서 좋은 일을 하는 사람들에 관한 내용도 같이 실려 있었다. 나중에 녹화 테입을 보내주었는데 비디오 테입의 제목이 '화려한 유산' 이었다. 거친 세상을 맞아 어려운 시절을 견뎌내며 모아온 재산을 불우한 이웃을 위해 쓰여졌다고 하여 그렇게 이름 지어진 듯 싶었다.

내가 만일 내 손안에 모래를 오래도록 쥐고 있었다면 그 모래는 바닷가에 떠오르는 태양의 화려한 빛을 다시는 받지 못했을 것이다.

나는 세상의 화려한 빛이 되고 싶은 마음에 건물을 기증한 것은 아니다. 하지만 내가 베푼 작은 선행이 불우한 아이들에게 쓰여지고 그 아이들이 이 세상에 나아가 작은 불씨의 기틀이라도 잡아줄 것이라 믿는다. 세상은 돌아가는 것이고 그러기에 그 아이들도 나에게서 받은 작은 사랑을 큰 사랑으로 실천해 주리라 믿는다.

몇 달 전에 어려운 시절 여러 사람들에게 기쁨을 주었던 공인이 암으로 투병하다 돌아가신 일이 있었다. 그분의 시신은 화장이 되었다고 한다.

화장 문화는 참으로 좋은 일이라 생각한다. 어차피 육신이야 영혼과 헤어지면 한낱 흙으로 돌아가야 할 것인데 구태여 자리를 만들어 놓을 필요가 있을지 생각해 볼 일이다. 유교에서 비롯된 오래된 관습이지만 젊은 세대들은 차츰 그 인식을 바꾸어 나가려고 하고 있다.

나는 내 몸을 의과대학에 기증할 결심을 하고 있다. 해부학 실습은 의학을 공부하는 첫걸음인 동시에 의사로서 기본적으로 갖추어야 할 생명에 대한 외경심을 배우는 기초라고 들었다. 그런데 불행하게도 의과 대학에 연구 자료로 쓸 시신이 많이 부족하여 학생들이 공부하기가 힘들어 외국에서 시체를 수입한다고 들었다.

나는 죽은 내 몸이 교육과 의학발전에 얼마라도 소용이 된다면 기꺼이 기증을 할 것이다. 죽은 후에야 아까울 것이 무엇이 있겠는가, 어차피 흙으로 돌아갈 것이라면 학생들의 공부에 도움이 될 수 있었으면 좋겠다.

한서대학교가 지어지고 1회 졸업생이 졸업을 할 때였다. 졸업식 때가 되면 나는 졸업식에 초청 받아 내 고향에 내려간다. 서산에 내리면 학생과 직원이 나를 마중 나와 준다. 그때 마중 나온 학생과장에게서 참으로 기분 좋은 소리를 들었다.

한 학생이 가정형편이 나빠져 느닷없이 학교를 다닐 입장이 못 되어 교수들이 2만 원씩 거둬서 학생이 학업을 하도록 도움을 주었다는 이야기였다. 그 이야기를 듣고 어찌나 기뻤는지 모른다. 학생을 사랑하는 스승이 있다는 것이 이 얼마나 기쁜 일인가! 어느 누구보다도 학생을 사랑해주어야 할 사람은 그 아이들의 스승이어야 한다.

옛날에는 스승님의 그림자는 밟지 않는다고 했었다. 그러나 요즘 세태는 그 뜻과는 다르게 학생이 선생을 때렸다는 기사를 볼 때 마다 마음이 좋지를 않았었다. 예전만큼 올바르고 정직한 스승이 많은 시절은 아니지만 참다운 스승 아래 참다운 제자가 키워진다는 것을 우리 모두 알고 옛말 따라 살 수 있는 시절이 되었으면 좋겠다.

4월 어느 날 해미 면에 있는 공군 20사단 전투비행대대를 방문했다. 그 비행부대는 내가 책을 기증해서 인연이 된 부대였다. 박 대령을 비롯한 부단장들과 별을 단 단장께서 마중을 나와 나를 접견실로 안내했다. 차를 마시면서 여러 가지 세상사는 담소를 나누었다.

점심을 먹고 3만 7천 평이나 되는 비행장을 차를 타고 다니며 견학했다. 그 곳은 정예공군들만 오는 곳이라서 여러 가지의 비행기를 조종해 본 사람만이 이 곳으로 모인다고 했다.

벌판이어선지 바람이 꽤 많이 불었다. 파릇파릇한 풀들 사이로 군데군데 피어난 노란 민들레꽃이 뿌리라도 뽑힐 것처럼 온 몸을 떨었다.

견학을 하면서 비행기 한 대 값에 대해서 들었는데 나의 숫자 개념으로는 알아들을 수 없을 정도로 비싼 가격에 나는 매우 놀랐다. 또 조종사들을 키우는데 국가가 어마어마한 돈을 투자하여 몸값이 백 억쯤은 나간다고 박상묵 대령이 설명해 주었을 때는 더더욱 놀랐다.

박대령이 말하기를 '전투기 성능으로는 북한이 아예 우리 상대가 안 됩니다. 전쟁이 나면 제일 먼저 공군이 움직입니다. 그리고 우리 쪽에서는 북쪽의 움직임을 한눈에 보고 있습

니다. 북쪽 비행기가 움직이는 만큼 우리도 움직여서 대치합
니다. 북쪽에서 비행기가 움직이면 3분 안에 서울이 결정 나
기 때문입니다. 또 우리가 북쪽을 보는 만큼 북에서도 우리의
움직임을 보고 있습니다. 그래서 서해안 영종도가 임시 대기
장이고, 늘 하늘에 비행기를 띄워 놓고 있습니다.' 라고 말했
다. 그 말이 어찌나 듬직하고 믿음직스러웠는지 모른다. 그
말을 듣고 공군들을 바라보니 기특한 마음이 절로 들었다.

나는 엄청난 비행기 값과 조종사의 몸값, 또 그들이 나라를
지키기 위해 목숨 걸고 받는 훈련 등등에 놀라고 말았다. 그
모든 것들은 나의 정신을 번쩍 들게 했다.

차를 한 잔 마시고 잠시 쉰 다음 강연이 있는 강당으로 갔
다. 나는 원고도 없이 강단으로 씩씩하게 올라갔다. 나를 보
며 앉아 있는 많은 사람들을 대하자 아니나 다를까 좀 긴장이
되어왔다. 나를 바라보는 늠름한 대한의 아들을 보고 있으니
왜 코끝이 찡해 오는지, 까만 머리에 그을린 얼굴, 초롱하고
총기 있는 눈빛들이 나를 바라보았다.

"저는 배우지 못해서 아는 것도 없고 그래서 어려서부터 살
아온 인생 이야기 몇 마디를 할까 합니다. 나는 농촌의 여자
로 태어나 공부를 하고 싶어도 아버지의 반대로 공부를 할 수
없었습니다. 지금도 공부를 하지 못한 것이 내내 가슴에 남아
불우한 학생들을 도우며 살고 있습니다. 여기에 와 여러분을
만나고 보니 이 시대를 짊어지고 갈 사람들은 젊은 인재들이

라는 것을 다시 한번 깨달았습니다."

내게 지나온 삶의 흔적들을 하나둘씩 두서없이 이야기 하는 데도 나를 바라보는 젊은 청년들의 모습에 흐트러짐이 없었다. 그때 박 대령이 올라와 내게 질문을 했다.

"돈은 어떻게 버셨습니까?"

"정직해야지! 정직이 자본이여!"

"저는 정직한데 왜 돈이 없을까요?"

"아따, 백 원, 천 원 하고 세는 것만 돈이여? 여기 앉아 있는 저 조종사들이 다 돈이잖여. 저들이 다 백 억짜리 조종사들이라면서? 나야 라면 살 돈으로 국수 끓여 먹고 요강의 오줌이 얼 정도로 불을 안 때고 살았지만 자네는 조종사들을 키운 사람 아닌가. 그러니 자네가 나보다 훨씬 부자지."

나의 말에 좌중에 웃음이 터졌다.

그날 나는 젊은 인재들을 바라보며 참으로 많은 것을 생각했다. 방송에 출연하거나 학생들을 만나면 내가 늘 하는 말이 있다.

"고목나무에 물을 주면 그 나무는 그저 고목나무일 뿐이여. 어린 나무한테 물을 주어야 무럭무럭 자라나 숲을 이루지. 그래서 나는 공부를 하고 싶어도 환경이 좋지 않아 배우지 못하는 학생들에게 장학금을 주고 있는 것이고, 책을 보내주고 있는 것이여. 이 나라를 짊어지고 갈 사람들은 나 같은 늙은이가 아니라 학생들이거든."

그 말이 실로 실감이 나는 순간이었다. 비행장에서의 일정이 끝나고 나는 순애와 사위, 그리고 내 손주가 기다리는 집으로 향했다.

순애는 올해 아들을 낳았다. 그 손주는 아버지를 닮아 인물이 훤하고 눈이 초롱초롱한 것이 그저 깨끗하고 맑은 샘물을 보는 것 같다.

두 장애인 사이에서 태어났지만, 자기 아버지 머리 닮고 다치기 전 순애의 건강을 닮아 그 아이는 건강했고 우리 가족 모두의 희망이 되었다. 그 아기가 나를 보고 웃을까, 울까 생각에 잠기고 있는데 대뜸 입부터 삐죽거렸다.

"대장부가 아니구먼, 할미보고 낯가려?"

그러자 아이는 내 말을 알아들었는지 방긋방긋 웃었다.

"아이구, 우리 아기 말 다 배웠구만?"

순애는 아기를 낳느라고 얼마나 힘들었는지 모른다며 나에게 말했다. 그래도 워낙 건강했던 아이라서 순탄하게 자연분만을 했다.

"너, 이제 엄마 생각나지? 난 항상 네 생각뿐이었는데."

"응, 엄마, 내게도 엄마는 한 분뿐이에요. 이제 일 좀 덜 하고 끼니 꼭 챙겨 들고 그러세요. 오래 사셔야 해요."

해미면에 있는 비행부대에 가기 전날 한서대학교 10주년 행사가 있었다. 나는 고향에 갈 날짜를 받아두고 가게에서 일을 하고 있을 때 전화벨이 울렸다. 순애였다.

"엄마? 순애예요?"

"그래 우리 손주는 잘 크냐?"

"네 잘 커요. 예쁘고 건강해요. 엄마께서 보셨으면 좋겠어요. 근데 엄마, 시장에서 바빠도 식사 거르지는 말아요. 병나면 안돼요. 엄마, 일 좀 덜하면 안돼요?"

나는 순애의 말에 울컥 목이 메였다. 사고가 난 후부터 나에게 다정스런 말 한마디 없던 아이가 요즘은 철이 들었는지 가끔 전화도 하고 나를 걱정하는 말을 해 주는 순애가 나는 내심 기특하고 고마웠다.

엄마에 대한 서운함과 원망이 많아서 시집가기 전이나 시집간 후에도 전화를 별로 하지 않던 아이였다. 그런데 애를 낳은 후에는 안부를 묻는 전화를 자주 해 주었다.

우리 어머니가 말씀하시길, '여자는 시집가서 자식 셋을 낳아 봐야 부모 마음을 안다' 하셨다. 정말 어른 말씀 그른 게 없다. 우리 순애가 나를 걱정하고 챙기는 때가 오다니…….

나는 요즘 나이가 들면서 점점 더 후회하는 것이 있다. 다른 일에 대해서는 그토록 당당하게 큰소리 칠 자신 있는 나였지만, 하나밖에 없는 내 딸에 대해서는 소홀함이 많았다는 자책감에 시달릴 때가 많다. 오로지 장사하는 것만 알고 돈버는 것만 생각하고 사느라, 순애에게는 신경을 써주지 못했고 그점이 늘 무거운 짐으로 남아 있었다. 세상의 모든 아이가 내 자식인 듯 생각했음에도 불구하고, 정작 가장 내 가까이 있던 아이에 대해서는 그 사랑이 부족하지 않았던가 돌아보게 되었다.

순애는 어떤 때는 냉정하고 어떤 때는 반항했으며, 사람들에게 내게 대한 불만과 서운함을 애기하기도 했다. 또 순애가 방황하는 동안 내 가슴은 까맣게 타들어 갔다. 그 후 나는 집을 사서 순애 혼자 살게 해 주었다. 그렇게 우리는 오랜 시간 서로 정 없이 살아왔고 서로 싸우며 많은 우여곡절을 겪었다.

하지만 아직도 순애는 나를 이해하지 못하는 것 같다. 내가 얼마나 많은 고비와 지옥을 넘나들었는지, 절망과 희망 사이의 벼랑 끝에서 비명을 질러야 했는지, 또 그 애를 키우면서 얼마나 많은 꿈을 꾸고, 그 꿈이 산산이 부서졌는지를 결코 순애는 알지 못하는 것 같았다.

순애가 사고가 나던 날 이후 나의 그 형형한 시력도 밤마다 눈물짓느라 뭉개지고 흐려져 갔다.

딸아이로 인해 즐겁고 꿈에 부풀었던 순간보다는 한숨쉬던 비탄의 순간이 많았다. 나는 순애가 그저 착하고 탈 없이 무탈하게 내 곁에 있어 주기만을 바랐다.

순애가 중학교 갈 때 교복 입은 모습을 보는 순간 참 가슴이 뿌듯했다. 여학생 교복 입어 보는 것이 평생소원이어서, 교복 입고 학교 가는 여학생의 모습을 숨어 보며 눈물짓던 내 한을 드디어 네가 풀어 주었구나! 하는 마음으로 정말 고마웠다.

만일 그날의 사고로 순애가 죽었더라면 나는 그 같은 행복도 손주를 안아보는 행복도 생전 느껴보지 못했을 것이다.

　내 자식이 있어 학교라도 가고 학부모 소리 듣고 흐뭇하기 그지없었다. 그래서 학교마다 차에 책을 싣고 갔고, 그 고마운 학교에서 오히려 감사장을 받았다. 순애가 없었더라면 그런 감사패를 받아볼 수도, 아이로 인해 기뻐하며 행복해하던 일도 없었을 것이다.

　자식이 있어서 학교를 보낼 수 있는 그 즐거움, 지금도 순애가 사고 당한 그날의 충격이 내 심장에 생생하다. 그 일을 떠올리면 심장이 터질 듯 답답하고 피라도 철철 쏟아 놓을 것 같은 아픔이 엄습한다. 난 언제나 가슴에 피를 흘리며 살았지만 그 날은 심장의 피가 한꺼번에 다 빠져나가는 것 같았다. 새삼 이런저런 생각들이 주마등처럼 지나가자 콧등이 찡했다.

　오랜만에 긴 시간이 난 터라, 순애를 붙들고 진지하게 그 아이의 마음을 들어보고 싶은 마음에 내가 먼저 이야기를 꺼냈다. 아이가 하는 말이 잘 이해가 안 되어도, 듣다가 속에서 꿈틀거리며 뭔가 올라오는 것이 있어도 한번 긴 이야기를 나누고 싶었다. 서로 속에 오래 묵었던 이야기를 좀 내놓고 싶었다. 그리고 나름대로 나도 너를 이해하기 위해 고민이 많았다는 것을 딸에게 확인시켜 주고 싶었다. 그리고 너로 인해 행복했던 순간들과 지금도 너는 나의 자식이고 많이 사랑한다는 말을 해주고 싶었다.

　"순애야 엄마한테 할 말이 있으면 한번 말해 보겠니?"

순애는 잠시 머뭇거리더니 말문을 열었다.

"엄마는 내 몸이 불편한데 내게 무리한 기대를 하고 있는 것 같았어요. 엄마가 나를 야단칠 때마다 이건 내 운명이구나! 늘 그런 생각을 했어요."

"엄마가 욕심이 많았나 보다. 부모로서 자식에게 기대를 버리기는 힘들었다. 너보다 심한 장애인도 열심히 노력하는데 왜 노력을 하지 않을까, 하는게 엄마의 제일 큰 불만이었어."

"엄마는 항상 옳았어요. 지금도 엄마 말이 옳아요. 그렇지만 내가 뇌를 다쳐 정상인보다 불편한데 나를 좀 더 배려해주시기를 나는 바랬어요. 공부를 하려고 해도 머리 속으로 안 들어왔어요. 난 공부를 못하고 엄마가 시키는 것도 못하고, 엄마는 넌 왜 이렇게 하나도 못하냐! 할 때면 살고 싶지도 않고 모든 것이 원망스러웠어요."

순애는 천천히 또박또박 말을 했다. 말을 하면서도 팔과 다리는 떨고 있었다. 그 모습을 보니, 내가 죄인이구나 하는 생각이 또다시 들었다.

"다른 엄마들도 자식 다 야단치고 때리면서 키운다. 넌 니가 친딸이 아니라 내가 미워했다고 생각하는 거냐? 시장에서 봤지? 자기 친자식을 얼마나 때려가며 야단치더냐? 친부모와 자식은 그렇게 아무 허물도 안 되는데, 너한테는 그게 그렇게도 마음에 상처를 나게 했구나. 상처를 주려고 했던 것이 아닌데."

"내가 엄마에게 잘못 많이 했어요. 다쳐서 병원에 있을 때는 이런 생각까지 했어요. 내가 지난 과거에 죄를 너무 지어서 이렇게 됐구나, 엄마한테 너무 잘못을 많이 해서 이렇게 됐구나, 병원에서 퇴원하면 엄마 말씀 잘 들어야지 그런 다짐도 했었어요."

순애 역시 자신의 사고에 대해 나 못지않은 죄책감을 느끼며 어린애가 그것을 자신의 죄에 대한 운명이라고까지 생각하고 있었다니 모르던 사실이었다.

"사고 났을 때 그 당시는 기억이 하나도 안 나요. 눈을 뜨니까 하얀 전등 불빛이 반짝반짝 빛나는 게 보였어요. 몸을 움직이려고 하니까 다리가 묶여 있어서 도저히 일어날 수가 없었어요. 그 때 아빠가 보여서 아주 느리게 아빠라고 불렀어요. 난 아빠가 더 좋았어요. 아빠는 엄마한테는 나쁘게 했지만 나는 귀여워했고 야단도 안 쳤으니까요. 하기야 아빠는 어쩌다가 오고 내게 관심도 없었으니까 야단칠 일도 없었죠. 정상적일 때도 부족한 게 많아서 엄마한테 야단맞았는데, 다쳤으니 더 혼날 것 같아서 엄마를 떠올리니까 걱정부터 되었어요. 그리고 내가 엄마한테 너무 잘못을 많이 해서 이렇게 됐구나. 이제부터라도 엄마 말 잘 들어야지 그렇게 다짐했어요."

"그래도 너는 현실을 담담하게 받아들이고 있었구나. 정작 가장 괴롭고 힘든 사람은 너였을텐데 엄마가 너는 더 많이 챙

276

겨주었어야 했는데, 나 혼자만이 그렇게 괴로운 줄만 알고 있었으니…….”

“한번은 높은데서 떨어져 죽을까 그런 생각도 했었어요. 내 몸을 보면 아무런 희망도 없고, 엄마에게 실망을 주는 것도 미안하고, 앞으로 내가 뭘 하며 살까 너무 막막했어요. 공부도 못 하니까 뛰어내리면 되겠지? 그런 생각을 했어요.”

“엄마를 위해서 살고 노력 해야겠다, 그런 생각은 않고? 내가 너를 어떻게 살려 놨는데…….”

“엄마를 나쁘게는 생각 안해요. 엄마가 87년도에 텔레비전에 나오셨죠? 제가 초등학교 6학년 때였어요. 그때 난 공부 못하는 아이들 따로 모아 놓은 반에 있었죠. 수진이라는 애가 학교를 파하고 집으로 오는 길에 ‘너희 엄마 텔레비전에 나온 거 봤어. 너 주워 온 딸이라면서?’ 그래서 내가 ‘그래, 난 주워온 딸이야’ 하고 대답했어요. 제가 그 말 들었을 때 기분이 어땠겠어요? 물론 난 그 사실을 알고 있었지만 남에게서 그런 말 들을 때는 달랐어요. 그 후에는 온 반 애들이 다 알게 되었어요.”

“그 사실은 내가 실수했다고 생각하며 후회 많이 했다. 하지만 내가 거짓말을 할 줄 몰라서 아나운서가 물으니까 절로 그런 대답이 나오더라. 난 니가 이미 그 사실을 알고 있기 때문에 말해도 괜찮은 줄 알았다. 내가 마음을 깊이 못 써 줘서 미안하구나.”

"아니에요. 이젠 괜찮아요."

"남편과는 행복하냐?"

"예, 행복해요."

"불만은 없고?"

"내게 잘해 주니 전 불만이 없어요. 그런데 남편의 내게 대한 마음이 어떤지는 모르겠어요."

"나하고 살던 것보다 남편하고 사는 게 좋으니 다행이구나."

"미안해요."

"아니다. 딸이 엄마와 살던 것보다 남편과 사는 게 좋다니, 그게 당연한 거다."

"이제 와서 이런저런 생각을 해보니 제 속이 좁았어요."

"하긴 우리는 서로 대화할 시간도 없었지. 대화를 안 하니 마음을 알 수도 없었던 거고. 지금은 나도 후회한다. 장사를 덜 하고 너한테 신경을 더 써주는 건데…… 너와 이야기라도 많이 하는 건데……, 나도 네게 따뜻하고 편안한 엄마는 되어 주지 못했다."

"저도 엄마에게 잘못한 것 많아요. 아기 낳을 때는 엄마가 생각났어요. 너무 힘들어서 엄마가 보고 싶었어요."

나는 그날 딸과 오랜만에 함께 잠을 잤다. 자고 있는 그 애 어깨를 껴안자, 어렸을 때 내 등에 늘 매달려 있던 작은 순애가 떠올라 눈물이 흘렀다.

내 아기, 내 하나 뿐인 아기. 그 아기는 도대체 어디에 있는가. 그 어린것을 얻었을 때 좋아 어쩔 줄 모르며 늘 품에 안고 업으며 날아다닐 듯이 뛰어다니지 않았던가. 그 귀엽고 무쇠처럼 튼튼하며, 나만 바라보던 까만 눈망울의 순진한 내 아기는 어디로 갔는가.

새벽에 아파트를 나와 들판으로 나갔다. 해가 뜨지 않은 새벽 들판은 고요했다. 아직은 농부들도 보이지 않고 먼지를 일으키며 달리는 차들도 없었다. 안개가 자욱한 들판 저쪽에는 평야가 끝없이 펼쳐져 있고 연기 같은 구름덩이들만 소리 없이 떠다녔다. 바람이 풀과 나무들을 흔들며 강가로 몰려갔다.

나는 들판을 천천히 걸어가며 나무들과 땅, 공기의 움직임에 귀 기울였다. 고향은 내가 태어났을 때와는 달리 많이 변했지만 일부는 아직도 그 모습을 간직하고 있었다.

내가 태어나고 살았던 고향 땅에 서자 나 자신과 내가 살았던 시대들, 그리고 나와 함께 했던 많은 사람들의 모습이 안개처럼 흘러가기 시작했다. 농부의 딸로 태어나 망아지처럼 뜀박질을 하며 근심걱정 모르던 소녀였던 나는 내가 짠 비단옷도 입어 보지 못했지만 그래도 나 스스로 예쁘다고 생각하며 즐겁게 뛰어다녔다.

죽은 친구들과 돌아가신 부모님. 내가 서른 아홉일 때 어머니와 아버지는 같은 날에 돌아가셨다. 어머니는 79세였고 아버지는 78세였다. 15세, 16세에 혼인했던 두 분은 64년 동안 사시다가 함께 돌아가셨다.

두 분의 장례 행렬이 집을 나서고 베 두건과 끈을 두르고 짚신을 신은 남자들이 사이좋게 나란히 한 쌍 상여를 운구하고 있었다. 그 꽃상여들이 둥실둥실 저 멀리로 사라지는 동안 나는 곡을 하며 눈물을 쏟고 있었다. 그리고도 사는 게 너무 바빠서 부모님 무덤조차 자주 찾지 못했다. 그 생각을 하니 절로 눈물이 흘렀다.

갑자기 바람이 세게 불었다. 그 바람이 길에 늘어 선 벚꽃나무에 달려들었다. 하얀 꽃보라가 일어나며 꽃잎이 내게로 날려 왔다.

어느덧 안개는 말끔하게 걷혔다. 먼 산의 봉우리가 선명해졌고 하늘빛이 더 파랗게 짙어져갔다.

얼마 뒤 나는 어머니의 묘소를 찾았다. 살기 바빠 제대로 찾아뵙지 못한 송구스러운 마음이 나의 한과 섞이어 묘소에 도착하기도 전에 눈물부터 쏟아냈다.

어머니의 묘소 앞에 제수 음식을 놓고 술을 따라 올렸다. 오래도록 묻어 놓았던 서러움과 한이 온 몸으로 밀려오는 슬픔에 나는 통곡을 했다.

"어머니? 저 왔시유. 사는게 바뻐서 이제야 찾아왔어유. 용서하세유. 제대로 살아서 어머니께 마음고생 안 시켜 드리고 자식 낳아 행복한 가정 이루며 살았어야 했는디 그렇게 살지 못해 죄송하구먼유.

공부를 하지 못한 것이 한이 되어서 어려운 학생들 도우며 살고 있어유. 우리 딸 순애도 자식 낳아 잘 살고 있구먼유. 그 아이들 잘 되게 보살펴 주세유. 어머니가 늘 말씀하셨지유. 적선하며 살아라, 받는 기쁨보다 주는 기쁨이 더하니 베풀며 살아라 그러셨지유. 어머니 말씀 대로, 어머니 가르침 대로 살려구 지금까지 어머니 묘소 한번 제대로 찾아뵙지 못했어유. 지는 배우지 못했어도, 배움에 길을 가고 싶어도 갈 수 없는 아이들을 위해 남은 평생 살려구 해유.

지는 비록 혼자 있지만 제 곁에 오래오래 머물러 주시겠다고 약속해 주세유. 제가 공부를 잘하고 지식 있는 사람이 되었더라면 지금의 저는 없었을지도 모르는일이구먼유. 지가 못 배웠으니께 그것이 한이 되어서 좋은 일 하고 있으니 이제 아부지 원망도 하지 않겠구먼유. 팔자대로 살으라고 하셨지유?

시댁에서 쫓겨나 저수지에 빠질까, 약을 먹고 죽을까 결심하다가 다시 살아야겠다는 생각을 하면서 내 인생이 어디까지 가는지 오래 살아 보리라 생각했었어유. 기다리니께 좋은 시절이 왔어유. 저를 엄마라 부르며 편지를 보내주는 아이들이 백 명도 넘는구먼유. 저 자식이 아주 많아유. 그래서 이 세상에서 제일로 부자구먼유. 그런디 지금은 어머니가 많이 보고 싶네유. 어머니……."

외롭고 상처투성이의 삶이었지만 단순하게 생각하며 목표

를 향해서 똑바로 외길로만 걸어왔다. 모든 것에는 때가 있는 법이었다.

　고통의 시기와 기쁨의 시기. 기쁨은 짧았지만 기쁨을 기다리는 시간동안 고통은 매우 길었다. 갖은 수모와 고초를 겪고, 또 다른 생이 나를 고달프게 했지만 나는 열심히 살기 위해 노력했다. 그것은 어머니의 가르침이 있었기에 가능했던 일이었다.

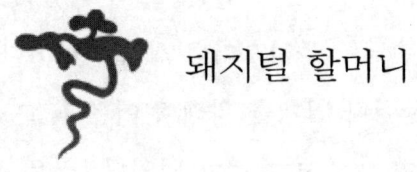 돼지털 할머니

"맛 좀 보고 가시유. 맛만 봐도 만수무강해유."

생선 비린내가 가득 찬 수산 시장은 항상 사람들의 활기로 가득하다. 마주 보이는 좌판들마다 곧 살아나서 펄펄 뛸 것 같은 생선들이 가득 놓여 있다. 그 생선들이 꼬리를 치듯 지나치는 사람들의 눈을 붙잡는다.

다섯 평 남짓한 내 가게에는 갖은 젓갈과 밑반찬들이 진열되어 있다. 드럼통에 든 새우젓부터 명란, 어리굴젓, 오징어젓, 황새기젓, 조기젓, 멸치젓, 갈치속젓, 밴댕이젓, 제주도자리젓, 아가미젓, 창란젓 등 없는 것 빼고는 다 있다.

식품중의 명물이 젓갈이다. 밑반찬 종류로는 마늘쫑 절임, 고추 절임, 깻잎 절임, 무말랭이, 파래 무침 등등……, 역시 젓갈처럼 짭짤한 반찬들이 주를 이룬다. 그 한가운데 노란 비닐 앞치마를 입고 선 내가 분주하게 움직이며 손님에게 말을 건다.

생선 물기를 밟으며 지나가는 손님들, 그 손님을 붙잡으려는 장사꾼들. 한바탕 손님이 몰려오더니 잠시 뜸해졌다.

나는 새벽이 되면 일어나 가게를 향해 걸어온다. 그곳에 나의 삶이 있었고 인생이 있었고 행복이 있었다. 많은 시간 나와 함께 고락을 함께 해준 이웃들이 그곳에 모여 나와 함께 하루의 아침을 연다.

"명란 드릴까유? 명란은 머리 좋아지고 순 밥도둑이지라."

"아, 노랑 옷 입은 할머니. 텔레비전에서 본 적 있던 분이네요. 좋은 일 하는 분이니까 사가야 되겠네."

"사주시는 손님이 좋은 분이시지, 내가 무슨 좋은 일을…."

대부분 기분 좋고 시원스런 손님이 다녀가지만, 어떤 손님은 기분이 좋은 김에 떨이를 하는 기분으로 아주 양을 넉넉하게 퍼 주어도 '에게, 뭔가 양이 적은 거 같네요.' 라고 말하는 경우도 있다.

장사를 하다 보면 손님마다 저마다의 색깔이 있어 그 일로 얼굴을 붉히면 진정한 장사꾼이 아니다. 좋은 일이 있건 나쁜 일이 있건 얼굴에는 항상 웃음이 있어야 하고 그 웃음으로 손님을 붙잡아야 한다. 그리고 정직해야 하고 누구보다 부지런해야 한다.

내가 30년 젓갈 장사를 하면서 오로지 터득한 것은 정직과 근면과 절약 정신이다. 그 세 가지 정신이 모아지면 누구나 다 마음에서 꿈꾸는 부자가 될 수 있다.

어느 날인가 낯선 젊은 여자가 가게로 나를 찾아왔다. 젓갈을 사러 온 줄만 알았는데 광고 대행업체에서 온 사람들이었다.

"할머니, 광고 한번 해보시지 않으시겠어요?"

"광고? 내가 뭘 알아야 하지."

"디지털 하면, 뭐? 돼지털? 하시면 되는데요?"

여자는 그 말이 끝남과 동시에 내게 디지털 하며 외쳤다. 나는 곧 돼지털이라고 말했고 여자는 내가 아주 잘한다면서 내 모습을 비디오에 담아 갔고 후에 나는 모 전자회사의 광고를 찍게 되었다. 광고가 나간 후 나를 알아보는 사람들이 많아졌다. 광고를 본 시장 상인들은 디지털도 몰라 돼지털이라고 하냐며 놀리기도 했다. 그 광고가 6개월 동안 TV에 나가서인지 꼬마 아이들까지 나를 알아보게 되었다.

광고가 나가고 있던 어느 날 여섯 살도 채 되어 보이지 않는 아이가 엄마의 손을 잡고 나의 가게에 들렀는데 나를 보며 '돼지털 할머니다' 라며 반색을 했다. 꼬마 아이의 눈빛에서는 내가 마치 유명한 연예인으로 보였던 모양이었다. 그 후로 나는 아이들에게 돼지털 할머니로 청년들에게는 노랑 아가씨로, 내 또래 아주머니들에게는 노량진 젓갈 할머니로 불리게 되었다.

매일 아침 4시면 일어나 시장에 나갈 준비를 한다. 어떤 날은 입고 들어온 옷차림 그대로 자고 있다가 다음날 눈꼽만 띠고 다시 나가는 날도 있다.

세면실 거울 앞에서 끝이 닳은 칫솔에 소금을 묻혀 이빨을 닦다 내 얼굴을 보니 참으로 많이 늙어 버렸다는 생각이 들었다. 나는 굳어있던 얼굴에 미소를 지어 보였다. 자글거리긴 했어도 웃는 얼굴 보고는 침 뱉지 못한다고 늙었어도 웃어 보이니 그 미소가 이쁘게도 보였다.

얼마나 더 살 수 있을까! 내 나이 70을 바라보고 있으니 강산이 바뀌어도 일곱 번은 더 바뀌었다. 인생의 황혼 길에 서 있지만 아직도 나는 노랑 아가씨라는 말을 들으면 가슴이 설레인다.

열반에 드신 스님 중에 한 스님이 열반에 드시기 전에 거울에 비추어진 당신의 모습을 보며 이런 말씀을 하셨다고 한다.

'자네 나하고 한평생 사느라 고생 많이 했네. 이제 자네와도 작별을 해야겠어. 나와 함께 살아 주어 고맙네. 자네를 두고 가야 하는 내 마음도 편치 않지만 이제 내가 떠나고 나면 편히 쉬게. 자네의 자리로 돌아가서 말이야.'

나는 거울에 비친 내 모습을 보며 나와 함께 살아준 육신에게 감사한 마음이 들었다. 동행해주는 이를 잘못 만나 평생 고생하며 좋은 거 먹어보지도 못하고, 좋은 곳 가 보지도 못

286

하고, 얼굴에 세월의 훈장만을 달고 있는 거울 속 이에게 미안한 마음이 들었다.

　그러면서도 더 욕심을 부린다면 지금까지 살아온 인생 반만 앞으로 나와 함께 동행을 해 줄 수 있을지에 대해서 물었다. 나는 아직 할 일이 많이 남아 있다. 병원 짓는 것도 돕고 싶고, 농촌에 농기계도 보내주고 싶고, 하고 싶은 일을 손으로 헤아려볼 수 없을 정도로 많으니 앞으로 지금까지의 삶의 반만이라도 나와 같이 살 수 있다면 좋으련만! 지나친 욕심인 것일까!

　나는 거친 인생을 살아오면서 지금에야 인생을 살아가는 행복을 느끼고 있다. 힘들고 아픈 시절이 지나니 나를 알아봐 주는 이가 내 주변에 많이 있고, 이야기를 나눌 동무들도 많이 생겼다. 조금만 더 건강하게 살 수만 있다면 앞으로 헛되지 않는 인생을 살아보고 싶다.

　나는 거울 속 이를 다시 쳐다보았다. 거울 속에 있는 이는 나를 보며 웃었다. 괜찮다는 의미의 미소인가!

　나는 불우한 이웃들을 도우며 많은 사람들에게 칭찬의 소리를 들었다. 그래도 나름대로 헛되게 살지 않았다고 생각하지만 그 말을 나 자신에게 확신 주고 싶지 않다.

　언젠가 내가 이 세상 사람이 아니었을 때 나에게 도움을 받은 많은 학생들이 사회에 나아가 자신이 맡은 역할을 열심히 해 나가며 이웃을 위하고 나라를 위하는 마음이 하나의 빛이 되어 그 빛을 진정으로 가난한 이들에게 비춰 주었을 때, 그 때 나는 나의 삶이 헛되지 않음을 알게 될 것이기 때문이다. 그리고 그 아이들이 나의 삶을 헛되게 하지 않으리라 믿어 의심치 않는다.

물이 고여 있으면 썩게 마련이다. 세상 여러 곳으로 순환되어 많은 이들의 갈증을 해갈하게 논밭에 물을 주어 곡식을 풍성하게 해야 한다. 사람도 이와 같이 한곳에 오래 머물지 말고, 한 가지 생각에 오래 안주 하지 말며 끝없이 자아를 채찍질을 해 나가며 주변을 돌보아 줄 수 있을 때 이 사회가 참다운 복지국가를 이룰 수 있다고 생각한다.

나는 우리가 살아가는 이 세상이 따뜻한 정으로, 사랑으로 아름답게 순환되기를 바란다. 그것이 어쩌면 내가 지금까지 해온 모든 일들을 생각해 볼 때 가장 중요하고 내 인생의 최대의 목표였는지 모를 일이다. 그것은 아마도 숨어서 선행을 베푸는 모든 분들의 소망일 것이다.

이제 겨울이 다가오고 김장을 하기 위해 가게를 찾는 손님들이 늘어날 것이다. 나는 오늘도 그들을 맞으러 나가려 한다. 그리고 내일도 모레도 내 힘이 다하는 그 날까지 삶이 살아 움직이는 나의 제2의 고향인 노량진 시장으로 갈 것이다.

이른 새벽부터 늦은 밤까지 가게마다 작은 전구 불을 밝히며 인생을 개척하는 그 곳은 삶이 살아 움직이는 곳이다. 그 곳이 있었기에, 나와 함께 고락을 함께 해주는 이들이 있었기에 나는 지금까지 살 수 있었다.

늦은 인사이지만 나를 도와준 주변의 모든 이들에게 늦게나마 고맙다는 인사를 하고 싶다. 그분들이 있었기에 나는 힘겨운 삶을 견디며 살 수 있었다.

어쩌면 오늘도 엄마의 손을 잡고 가게에 들르는 꼬마 아이가 있을지 모른다. 그 아이는 고사리만한 손을 내게 가리키며 이렇게 말할 것이다.

"엄마! 돼지털 할머니야. 젓갈 할머니야."

- 감사합니다 -

노량진 가게 앞에서

공군 제20전투단 방문

노량진 시장에서 젓갈 파는 할머니 모습과 한서대학교 10주년 기념행사및 감사패 전달식

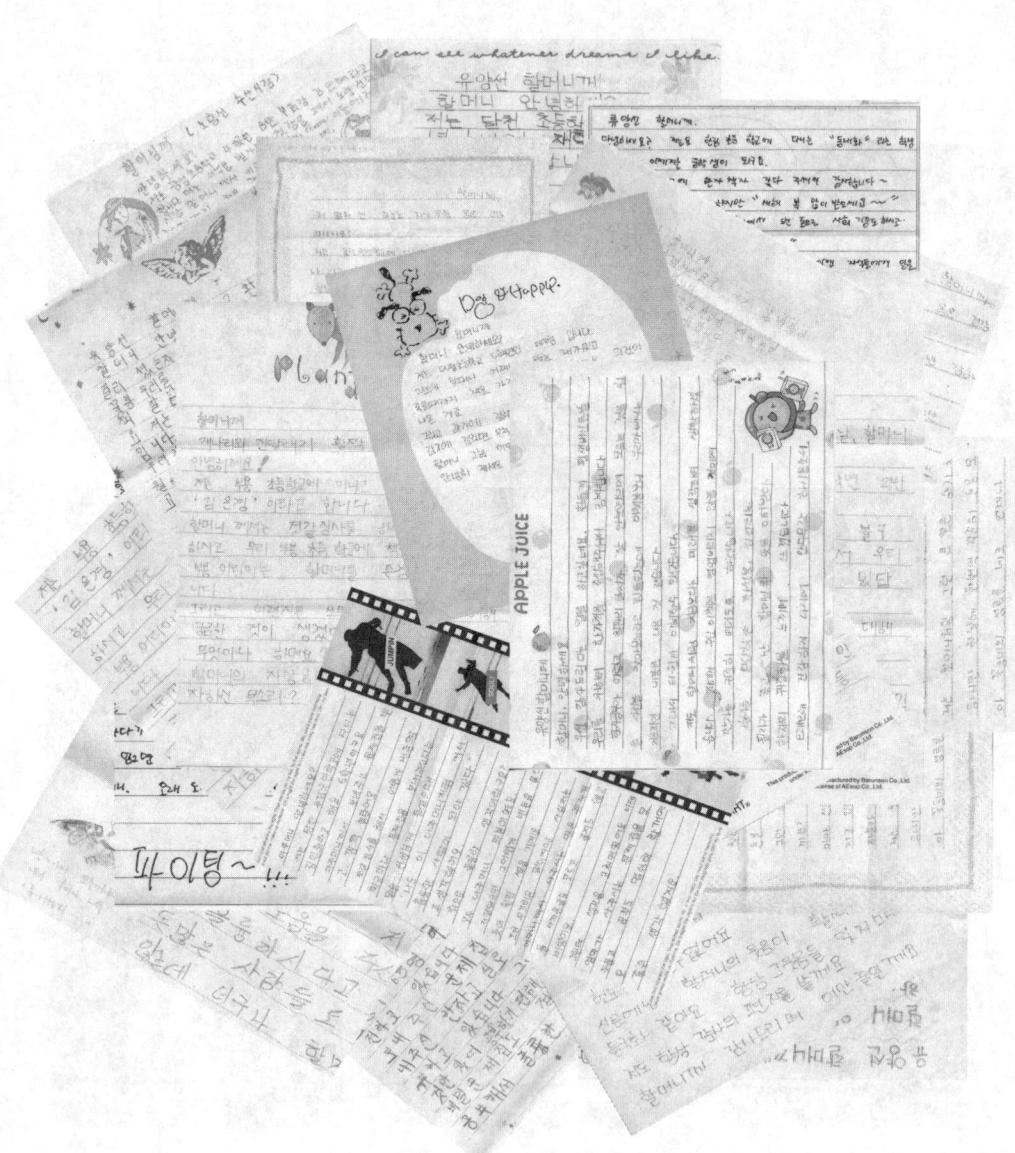

학생들이 보내준 수 천 통의 편지둘중 일부

어린이들에게 받은 편지에 일일이 답장을 하지 못해
지면을 통해 몇 자 적는다.

추운 겨울날씨에 몸 건강히 잘 지내고 있는지 궁금하구나.

놀기만 하지 말고 공부도 열심히 해라. 공부라는 것은 때가 있는 것이
란다. 나무도 묘목에다 거름을 주어야지, 고목나무에 아무리 거름을 주
어야 소용이 없단다.

할머니도 어려서 배우지 못해 지금 배우려고 노력하지만 잘 안된단다.
밤새 열심히 공부해도 아침이면 아무것도 기억나는 것이 없으니 답답하
기만 할 뿐이란다. 그런데 어려서 배운 것은 지금까지도 기억에 생생하
니 역시 공부는 어려서 해야 하는 것 같다. 어려서 공부 열심히 하면 할
머니처럼 고생하면서 살지 않을거라고 생각한다.

그리고 배운 것에서 그치지 말고 배운 것을 실천하는 사람이 되거라.
배운 것을 실천하고 노력한다면 훌륭한 사람이 될 것이며 더불어 우리나
라도 더욱 부강한 나라가 될거야. 그러면 너희들 앞날엔 더욱 찬란한 태
양이 비춰질거라고 할머니는 생각한다. 물론, 가장 중요한 것은 정직한
사람이 되는거겠지.

할머니는 너희들이 보내준 편지에, 할머니를 본받아 다른 사람을 돕고
남에게 베풀어 주는 그러한 사람이 되겠다고 써 보내준 글에 크게 감동
을 받았단다. 꼭 그런 사람이 되길 할머니는 기도 해야겠다.

그럼 몸 건강하고, 항상 최선을 다하는 어린이들이 되길 바란다.

너희들의 편지에 따뜻한 사랑을 느끼며…

유 양 선 할머니가

작가후기

　나는 한 입도 아껴먹고 한몸도 아끼지 아니하며　아홉 번 먹을 것을 세 번 먹어가며 돈을 모아 아이들을 위해 쓰려하였다.

　가난한 농촌에서 못 배운 것이 한이 되어 나 자신 돌보는 일을 미처 하지 못하고 귀한 자식 있는 것 하나 뜻대로 키우지 못했다.

　사고 파는 일 외에는 할 줄 아는 것이 없어 오로지 한길만을 고집하며 살아온 칠십 평생, 살아온 길을 뒤돌아보니 덧없는 것도 원망할 것도 없었다.

　그 동안 책과 장학금을 보내주었던 학교와 학생들, 양로원과 재활원의 연락처가 적힌 귀퉁이가 너덜거리는 수첩과 금은보석보다 더 귀한 아이들이 내게 보내온 편지들이 이제 내게 남은 마지막 재산이 되었다. 물질만능이 우선시 되는 이 세상에 나의 재산은 값비싼 옷과, 보석과, 넓은 집이 아닌 아이들이 보내온 편지들이다.

　그것은 어느 누구도 나에게서 빼앗을 수 없는 소중한 것이고 누구 하나 탐낼수도 없을 것이다.

　나는 나의 내일을 생각하지 않는다. 지금 이 순간도 지나가

버리면 과거가 되고 마는 것이 인생이다. 인생은 잠깐 뒤돌아 보는 것이다. 오래도록 뒤돌아보고 있으면 앞을 향해 내딛는 것이 더뎌질 뿐이다.

이 책 제목에서 알다시피 '나는 한밤중에도 깨어 있고 싶다' 는 다음과 같은 의미가 있다.

첫째로 나는 일찌기 오로지 공부 하는 것이 꿈이었고 하루 종일 책을 보는 것이 제일 큰 소원이었다. 그런데 가난과 여성차별로 그 꿈을 가슴에 묻은 채 한평생 한으로 살아왔다. 그래서 남들이 잠자는 시간에도 장사를 하여 돈을 많이 벌어서 가난과 차별로 인하여 배우지 못하는 아이들에게 배움의 기회를 주어 그들의 한을 풀어주고 싶었던 것이다.

둘째로 우리의 사회가 너무나 삭막하고 냉정하다는 것이다. 가진자들이 못 가진자들에게 나누어 주고 많이 배운자들이 못 배운자들에게 가르쳐 주어 따뜻하고 살기 좋은 사회가 되기를 염원하며 사회의 기부문화 정착에 큰 다리가 되어 잠자고 있는 이 삭막하고 캄캄한 한밤중을 깨우고 싶었던 것이다.

나는 한밤중에도 깨어있고 싶다

초판 1쇄 인쇄 2002년 12월 26일
초판 1쇄 발행 2002년 12월 27일
지은이 유양선
펴낸이 박대용
초고 정진영
책임교열편집 노은주
편집 · 기획 최선영 · 임혜란

펴낸곳 도서출판 징검다리
주소 서울시 마포구 합정동 426-1
전화 3143-1966 · 332-3880 / 팩스 3143-2757
e-mail zinggumdari@hanmail.net
등록 1998년 4월 3일 (제10-1574)
ISBN 89-88246-44-6